THE QUEEN OF CRIME
繁體中文版
20週年
紀念珍藏

葬禮變奏曲

阿嘉莎・克莉絲蒂——著
楊恒達、秦啟越——譯

After the Funeral

通俗是一種功力

吳念真（導演、作家）

通俗是一種功力。絕對自覺的通俗更是一種絕對的功力。

這樣的話從我這種俗氣的人的嘴巴說出來，大概很多人要笑破褲底了。不過，笑完之後請容我稍稍申訴。這申訴說得或許會比較長一點，以及，通俗一點。

小時候身材很爛，各種遊戲競爭完全任人宰割，唯一隱遁逃避的方法是躲起來看書或聽大人瞎掰。那年頭窮鄉僻壤的小孩能看的書不多，小學二年級時最喜歡的是超大本的《文壇》，老師借的。看著看著，某天老師發現我的造句竟出現：「捧著：朝陽捧著一臉笑顏為群山剪綵」這樣亂七八糟的文字，就拒絕再讓我看那些超齡的東西了。

老師的書不給看，我開始抓大人的書看。一種是厚得跟磚塊一樣的日文書，對我來說那完全是天書，但插圖好看，經常有限制級的素描。另一種書是比較薄的，通常藏得很嚴密，只是裡面有太多專有名詞、重複的單字和毫無限制的標點，比如「啊啊啊」、「……！！！」

老讓我百思不解。有一天，充滿求知欲地詢問大人竟然換來一巴掌後，那種閱讀的機會和樂趣也隨著消失了。

所幸這些閱讀的失落感，很快從大人的龍門陣中重新得到養分。講到這裡，我似乎先得跟一個村中長輩游條春先生致敬，並願他在天之靈安息。

我所成長的礦區，幾乎全是為著黃金而從四面八方擁至的冒險型人物，每人幾乎都有一段異於常人的傳奇故事。這些故事當事人說來未必精采，但一透過游條春先生的嘴巴重現，有時連當事人都聽得忘我，甚至涕泗縱橫，彷彿聽的是別人的故事。

條春伯沒當過日本兵，可是他可以綜合一堆台籍日本兵的遭遇，一如連續劇般從入伍、受訓、逃亡荒島，面對同鄉同袍的死亡，並取下他們的骨骸寄望帶回故鄉，乃至骨骸過多搞不清哪是誰的等等，讓聽的人完全隨他的敘述或悲或笑，彷彿跟他一起打了一場太平洋戰爭。此外他也可以把新聞事件說得讓一個三、四年級的小孩，到現在仍記得當時腦中被觸動的畫面。例如當年瑠公圳分屍案的凶手做案之後帶著小孩到安東街吃麵（這讓我一直以為台北的安東街是條專門賣麵的街道），還有甘迺迪總統被暗殺、賈桂琳抱住她先生、安全人員跳上飛快的車子保護賈桂琳……當然，這記憶全來自條春伯的嘴巴而不是報紙。我的記憶全是畫面，有畫面，是因為條春伯說得精采，說得有如親臨他至死都還搞不清地理位置的達拉斯命案現場。

於是這小孩長大後無條件地相信：通俗是一種功力，絕對自覺的通俗更是一種絕對的功力。透過那樣自覺的通俗傳播，即使連大字都不識一個的人，都能得到和高階閱讀者一樣的感動、快樂、共鳴，和所謂的知識、文化自然順暢的接軌。也許就是因為這些活生生的例子，俗氣的自己始終相信：講理念容易講故事難，講人人皆懂、皆能入迷的故事更難，而能隨時把這樣的故事講個不停的人，絕對值得立碑立傳。

條春伯嚴格地說是有自覺的轉述者，至於創作者，我的心目中有兩個。一個是日本導演山田洋次，一個是推理小說家阿嘉莎·克莉絲蒂。

山田洋次創造了寅次郎這個集合所有男人優點跟缺點的角色，在以《男人真命苦》為名的系列下，總共完成百部左右的電影。它們的敘述風格、開頭、結尾的方法不變，唯一改變的是故事，是時代，是遍歷日本小鄉小鎮的場景。數十年來，看《男人真命苦》幾已成為日本人每年的一種儀式，一如新春的神社參拜。

數十年前訪問過山田導演，他說，當他發現電影已然有它被期待的性格時，電影已經不是導演自己的。他說：當所有人都感動於美人魚的歌聲時，你願意為了讓她擁有跟你一樣的腳，而讓她失去人間少有的嗓音嗎？

人間少有的嗓音與動人的歌聲，都來自山田導演絕對自覺的通俗創造。

再如阿嘉莎·克莉絲蒂，如果我們光拿出她說過的故事和聽過她故事的人口數字，就足以嚇死你。五十多年的寫作生涯，她總共寫出六十六本長篇推理小說，外加一百多篇短篇小說和劇本。其中有二十六本推理小說被改編，拍了四十多部電影和電視劇集。作品被翻譯成一百零三種文字的版本，銷量超過二十億本。

夠了。你還想知道什麼？知道二十億本的意義是什麼嗎？二十億本的意義是全世界平均三個人就有一個人讀過她的書，聽過她說的故事。

說來巧合，她和山田洋次一樣，創造出個性鮮明的固定主角（當然，前前後後她弄出來好幾個），然後由他（或是她）帶引我們走進一個犯罪現場，追尋真正的罪犯。

故事就這樣？沒錯，應該說這是通常的架構。那你要我看什麼？不急，真的不急，克莉絲蒂會慢慢冒出一堆足夠讓你疑惑、驚嚇、意外，甚至滿足你的想像力、考驗你的耐心和智商的事件來。

推理小說不都是這樣嗎？你說得沒錯，大部分是這樣，不一樣的是……對了，她像條春伯，像山田洋次，她真會說，而且她用文字說。

文字的敘述可以讓全世界幾代的人「聽」得過癮、「聽」個不停，除了聖經，也許就是克莉絲蒂。她不是神，但她真的夠神。

數十年前，台灣剛剛出現她的推理系列中譯本，那時是我結婚前，常有同齡的文藝青年來我租住的地方借宿，瞄到我在看克莉絲蒂，表情詭異地說：「啊？你在看三毛促銷的這個喔？」

我只記得他抓了一本進廁所，清晨四點多，他敲開我的房門說：「幹，我實在很討厭那個白羅……再拿一本來看看，我跟你說真的，要不是你的書，我真的很想把那個矮儸壓到馬桶吃屎！」

我知道他毀了，愛吃又假客氣，撐著尊嚴騙自己。克莉絲蒂再度優雅地撕破一個高貴的知識份子的假面具，她的手法簡單，那手法叫通俗，絕對自覺的通俗，無與倫比、無法招架的功力。

昔日的文藝青年如今跟我一樣，已然老去，但不時還會看到他寫一些充滿理念和使命感極重的文章，在報紙和雜誌上出現。我知道他要說什麼，只是常常疑惑他想跟誰說；同樣，我記得他說過什麼，但轉眼間忘記他說了什麼。但請原諒我，幾十年前那個晚上，他在我家看完的那兩本克莉絲蒂的小說內容，我可還記得清清楚楚。

也許有一天再遇到他的時候，我會問他之後是否還看過克莉絲蒂其他的書，如果沒有，我會跟他說，想讀要趁早，因為你會老、會來不及。至於白羅那個矮儸，大概永遠不會消失。哦，對了，還有一個叫瑪波，你說不定會來不及認識……

老派偵探之必要

冬陽（推理評論人，台灣推理作家協會理事長）

「讀者非常喜歡白羅這個人物，表示『那個開朗的小個子，過氣的比利時名偵探』。顯然白羅是這本小說受歡迎的一個原因，雖然白羅可能不贊同用『過氣』二字來形容他。」知名編輯兼作家經紀人約翰．柯倫（John Curran）在《阿嘉莎．克莉絲蒂的秘密筆記》一書如是說，文中提到的「這本小說」，正是克莉絲蒂初試啼聲、名偵探赫丘勒．白羅優雅登場的《史岱爾莊謀殺案》，一部於一個世紀前出版的偵探推理作品。

百年光陰的淬鍊顯然證明了白羅絕無過氣的疲態，連帶讓我聯想起電影《金牌特務》（*Kingsman*）上映後，大眾熱議西裝如何能帥氣俊挺歷久不衰——或許可以從這個切入角度，在這裡跟老書迷、新讀友探究這個蛋頭翹鬍子偵探（我沒有影射哪款洋芋片食品喔）的魅力所在。

且讓我們話說從頭。

「我敢打賭你寫不出好的推理小說。」一九一六年，阿嘉莎．米勒（克莉絲蒂婚前的舊姓）在媽媽的打字機上敲擊，打算回應姐姐梅姬這挑釁的話語。她努力嘗試，但故事寫得不好，於是改從身旁熟悉的事物著手——比方說毒藥。阿嘉莎在藥房工作過，曾在某個夜裡驚醒，匆匆回到調劑室重新配置，因為她不記得有沒有漏做一個重要步驟，否則病患就要去見閻王了——噢，這似乎是個謀殺好點子。

阿嘉莎還記得姨婆對她的叮嚀：要注意他人覬覦她珍藏的首飾，時時留意是不是有人偷偷拉長了耳朵聽她們的竊竊私語。小阿嘉莎不但執行得徹底，還把這個習慣寫進小說裡。同時她還注意到，因為世界大戰爆發，家鄉托基湧入許多比利時難民，不如讓一個逃難到英國的比利時退休警官擔任偵探？一定很有趣！

啊，偵探小說顧名思義，只要塑造出一個教人印象深刻的偵探，大概就成功一半。這個人物必須要有特色、有個性，甚至是怪癖，而且聰明又自負。好幾個名字浮現在她腦海裡：莫里斯．盧布朗（Maurice Leblanc）筆下的怪盜紳士亞森．羅蘋、卡斯頓．勒胡（Gaston Leroux）創造的新聞記者胡爾達必，當然還有那最最知名的夏洛克．福爾摩斯——連帶創造一個華生型的助手好了。該怎麼安排呢……

於是，一位偵探的樣貌漸漸成形：五呎四吋的小個兒，蛋型臉上蓄著保養得宜、梳理有型的鬍子，衣著一塵不染，漆皮鞋擦得錚亮。他有嚴重的潔癖，說話不時夾雜法語，喜歡成雙成對的東西，喜歡方的不喜歡圓的（雞蛋為什麼不是方的呢？），口頭禪是「動動灰色的腦細胞」。阿嘉莎心想，他應該要有個像福爾摩斯一樣響亮的名字，取名「赫丘勒斯」怎麼樣？希臘神話中的大力士。姓氏叫白羅，不過搭赫丘勒斯這個名字好像不配……改一下，赫丘勒．白羅好像不錯？就這麼定了吧！

白羅很聰明，懂得觀察入微沒錯，但這並不表示他就得是台獨尊腦袋、缺乏情感的冰冷思考機器，尤其要在人物關係錯綜複雜的莊園宅邸查案追凶，交際手腕得高明些才行。他不是在謀殺發生、屍體出現後才開始像頭獵犬四處嗅聞，而是憑藉旺盛的好奇心與強烈的同理心接觸各種人事物，進而探入被害者、犯罪者、各個看似無辜但多少都和事件沾上邊的關係者的心靈深處，佐以現今稱作鑑識、法醫等等科學鐵證（哎，證據人人知道，可是要怎麼跟真相合理地連結到一塊，這就是名偵探的功力啦），讓原本叫人束手無策的事件得以畫下完美句點。也因此，白羅偶爾能預測進而制止罪案的發生，甚至對殘酷但值得憐憫的罪行網開一面，這樣才合乎人性不是嗎？

婚後以阿嘉莎．克莉絲蒂為名，推出《史岱爾莊謀殺案》後深獲好評，相隔六年的《羅傑艾克洛命案》更是引發街談巷議，而克莉絲蒂全球暢銷前十大作品中，還包括《東方快車謀殺案》、《尼羅河謀殺案》、《ABC謀殺案》、《藍色列車之謎》、《底牌》、《五隻小豬之歌》，合計八部皆由白羅擔綱演出。讀者不只喜愛這個聰明角色，還臣服於平實流暢的文筆及相對顯得衝突的複雜劇情，冷酷的謀殺動機隱藏在細膩的人際關係裡，穿透看似單純、帶點童話氣息的表象後，端賴名偵探明察秋毫、撥亂反正。尤其讓一個比利時人在英國土地上辦案，是克莉絲蒂的小心思，因為「英國人總是不信任外國人，也不相信睿智」（語出英國偵探俱樂部主席馬丁・愛德華茲〔Martin Edwards〕），讀者同凶手一樣輕忽不設防，卻也得到了參與鬥智競賽的意外驚奇和美好滿足。

這樣的閱讀感受，我稱之為「老派偵探之必要」，因為它純粹簡約，經得起反覆咀嚼，猶如前述的西裝革履，在潮流更迭的時間長河裡維持恆久的優雅風範——呼應吳念真先生寫在「策畫者的話」中的一段文字，那不是惺惺作態的高傲睥睨，而是「絕對自覺的通俗，無與倫比、無法招架的功力」所致。

不信？往下讀去就知道。而且我敢打賭，你有很高的比例會將整個白羅系列嗑完，然後是瑪波小姐系列以及其他系列，當然也不可能錯過像名列暢銷首位的《一個都不留》這類獨立之作……

註　克莉絲蒂推理全集一至三十八冊為「神探白羅系列」，三十九至五十二冊為「神探瑪波系列」，五十三至八十冊包含鬼豔先生、湯米與陶品絲、雷斯上校、巴門主任等名探故事。

獻詞

阿嘉莎．克莉絲蒂是世界讀者最眾，也最廣受喜愛的女作家。
身為克莉絲蒂的孫兒，我相信奶奶會非常樂見這次出版，
因為她極以自己作品中的趣味與娛樂為豪。
歡迎所有喜歡本系列的台灣新讀者參與這場饗宴！

——馬修．培察（Mathew Prichard）

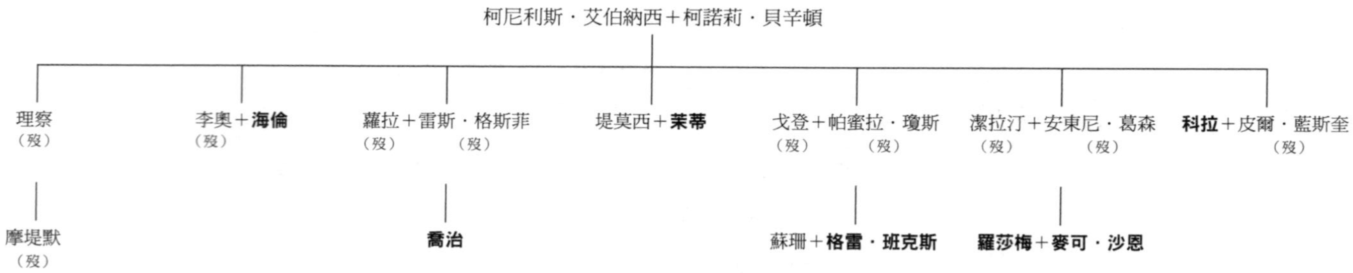

艾伯納西家族

（粗體字表出席葬禮者）

01 艾伯納西家族

老蘭斯坎步履蹣跚地從一個房間走到另一個房間，把每間的百葉窗拉上，並不時地瞇緊渾濁溼潤的雙眼，注視著窗外。

他們很快就會從葬禮上回來。他拖著腳，加快腳步。窗戶實在太多了。

恩德比山莊是一棟維多利亞時代的哥德式風格巨宅。每個房間的窗簾都是華麗的錦緞或天鵝絨，只是顏色已褪盡。部分的牆壁上也掛著褪色的絲綢。到了綠色的客廳，這位老管家瞥了一眼壁爐上方柯尼利斯・艾伯納西的畫像。恩德比山莊就是他建造的。柯尼利斯・艾伯納西棕色的鬍鬚咄咄逼人地向前伸出，他的手放在一個地球儀上，這究竟是出於被畫者的要求，還是畫家某種象徵意味的表現手法，無人知道。

真是一位相貌強悍的紳士，老蘭斯坎總是這樣想；他很高興自己和這人從未有過接觸。理察先生才是他的主人。一個好主人，理察先生。雖然醫生照料了他一小段時間，但他還是猝然離世了。唉，年輕的摩堤默先生的死給主人的打擊太大，他沒能從中恢復過來。老人一面搖頭，一面匆忙穿過通往「白閨廳」的門。太可怕了，真是一場災難。這樣一個優秀、正直的年輕紳士，身體那麼強壯、健康，竟然死了。你絕對想不到這樣的事會發生在他身上。真是可憐，太可憐了。還有，戈登先生又死在戰場上。倒楣事一件接一件。這年頭的事就是如此。這一連串意外太讓主人難以承受了。在一個星期前，他還是好好的呢。

白閨廳裡的第三扇百葉窗竟然拉不上去。它伸上去一點，卻卡住不動了。彈簧不行了，就是這麼回事，這些百葉窗太舊了，就像房子裡的其他東西一樣。現在你找不到人來修理這些舊東西。太老式啦，他們會這樣說，一面愚蠢而傲慢地搖搖頭，好像這些舊東西遠比那些新東西差多了！而他卻可以斬釘截鐵地告訴他們：舊東西比新東西強得多！那些新東西多半是外表好看的便宜貨，一到手中就碎成片了。材料不好，做工也不行。是的，他敢這麼說。

除非搬梯子來，否則就拿這扇百葉窗沒轍了。現在他不大喜歡爬梯子了，會感到頭暈目眩。算了，先不管這個百葉窗了。反正白閨廳並不在房子的正面，他們坐車從葬禮上回來時看不到它，而且現在這個房間也沒人用。這本是供女士使用的房間，但恩德比山莊很久沒有女人了。摩堤默先生當時還沒結婚，真是遺憾。他總是到挪威去釣魚、到蘇格蘭去打獵、到瑞士去進行冬季運動，卻不想娶個老婆成立家庭，不想看孩子們在房子周圍跑來跑去。這房子已很久沒有小孩了。

蘭斯坎綿延不斷的思緒轉回到舊日時光，它栩栩如生、歷歷在目……比最近二十年要清楚得多啦。這二十年裡什麼都是模模糊糊、混沌不清，他實在是記不起那些來來往往的人，記不起他們長什麼模樣。但那些舊時光他卻記得很清楚。

對理察先生那些年輕的弟弟妹妹來說，他倒像是個父親。理察先生二十四歲時，父親就去世了，於是他馬上接下家族的事業，每天像時鐘一樣準時去上班，讓家裡的一切運作如常，維持優渥的生活，一家人過得快快樂樂，讓那些少爺小姐幸福地長大。當然，他們也免不了偶爾打架吵嘴，這時那些保母的日子可就不好過了！那些保母真是懦弱不堪，蘭斯坎總是很鄙視她們。他們家的小姐們都很活潑，潔拉汀小姐更是如此。科拉小姐也不例外，儘管她的年紀要小得多。現在李奧先生去世了，蘿拉小姐也不在了。堤莫西先生又是重病在床，潔拉汀小姐也客死異鄉。戈登先生死在戰場上。理察先生雖然年紀最大，卻是他們中間最強壯的。他比他們活得都長……但還不能說得這麼肯定，因為堤莫西先生還活著，小科拉小姐則嫁給了一個搞藝術的討厭傢伙。上次見到她已經是二十五年前的事了，當年她和那傢伙離開時，還是一個年輕漂亮的女孩，而今他卻幾乎認不出她了。她長得如此壯實，還穿著一身矯揉造作的衣服！她丈夫是個法國人……或者說，算是個法國人吧，和他們這種人結婚是不會有什麼好結果的！但科拉小姐有點，怎麼說呢，「有點傻氣」……如果她住在鄉下，村人就會這麼說她。一個家庭裡總會有這樣的人。

她還記得他。「噢，你是蘭斯坎！」她說道，見到他她似乎很高興。咳，以前他們都很喜歡他，家裡舉行宴會時，他們就會溜到儲藏室，把飯廳送來的果凍和俄式奶油布丁偷拿給他們吃。以前他們都認識老蘭斯坎，現在卻幾乎沒人記起他了。年輕的一代他完全沒印象，而他們也只是把他當作一個在他們家生活了很久的管家。好多陌生人啊，當所有人都到這裡來參加葬禮時他這樣想道，而且是一大群讓人看了就不舒服的陌生人！

不過李奧夫人除外，她與眾不同。自從與李奧先生結婚後，她和李奧先生經常回來。李奧夫人很和善，是一位真正的淑女。她衣著得體，髮式齊整，一切恰如其分。主人一直都很喜歡她。遺憾的是她和李奧先生始終沒孩子……

蘭斯坎突然驚醒過來。還有那麼多事要做，他卻站在這裡緬懷過去的時光，這是幹什麼？一樓的百葉窗都拉好了，他已經讓珍妮特上樓把臥室整理好。他和珍妮特以及廚師去教堂參加了葬禮，但沒去火葬場，而是開車回來，把百葉窗拉上去，再把午餐準備好。午餐當然只能是冷餐了。火腿、雞肉、牛舌和沙拉，接下來是冷檸檬蛋奶酥和蘋果餡餅。首先要上熱湯。他最好還是過去看看，讓瑪喬妮準備好隨時可上桌，因為過不了一兩分鐘，他們就會回來了。

蘭斯坎在房間裡拖著腳跟快步走了起來。他的目光心不在焉地掃過壁爐上方的肖像，那是和綠色客廳裡那幅畫像配套的一幅畫。畫很漂亮，裡面有白色的綢緞和珍珠，而裹在中間的那個人倒無驚人之處。她面容柔和，嘴唇像玫瑰花苞一樣，頭髮從中間分開來。那是個端莊又含蓄的女人。柯尼利斯·艾伯納西夫人唯一值得注意的是她的名字：柯諾莉。

自最初問世以後六十多年來，柯諾雞眼藥膏和相關的「柯諾」足療藥劑經久不衰。若問柯諾雞眼藥膏有什麼了不起，倒也說不上來，但它們得到了消費大眾的喜愛。託柯諾雞眼藥膏的福，這棟新哥德式的豪宅才得以建成，它擁有好幾英畝大花園；也讓這個三天前去世的理察．艾伯納西身後備極哀榮。

§

蘭斯坎往廚房看一眼，提醒一番，卻遭到廚子瑪喬妮的怒責。瑪喬妮只有二十七歲，年輕氣盛，遠不是蘭斯坎心目中標準的廚子。她不夠端莊，對蘭斯坎一點應有的尊重都沒有。她經常把這棟房子稱為「一座舊陵墓」，並且抱怨廚房、洗滌室、儲藏室的空間太大，說「要把它們走一遍得花上一天的時間」。她到恩德比已有兩年了，待下來只是因為這裡薪水高，其次是艾伯納西先生很欣賞她的手藝。她的料理不錯。珍妮特站在廚房的桌邊，正在喝茶提神。她是個上了年紀的女僕，雖然也經常嘴巴不饒人地和蘭斯坎吵吵嘴，但在對抗以瑪喬妮為代表的年輕一代時，她總是和蘭斯坎聯合起來。廚房裡的第四個人是傑克斯太太，什麼地方缺少人手，她就「進場」幫上一把；她覺得這次葬禮辦得滿不錯。

「真是壯觀呀。」她一面說，一面優雅地吸吸鼻子，給茶杯添滿水。「十九輛汽車，教堂裡擠得滿滿的，教團經文唸得優美極了，我想這葬禮真是辦得漂亮。天氣也很好。唉，艾伯納西先生真可憐，天底下像他這樣的人可不多。誰都尊敬他。」

這時傳來一陣喇叭聲和汽車駛入門前車道的聲音。傑克斯太太放下茶杯叫喊道：「他們回來了。」

瑪喬妮把盛滿奶油雞湯的大平底鍋下面的煤氣開大。另外那個維多利亞時代輝煌氣派的大爐冷清清地矗立著，沒有人用，就像一座紀念舊時光的祭壇。

汽車一輛接一輛駛進來，身著喪服的人從車裡出來，不熟悉地走過廳廊，來到綠色的大客廳。鋼質的大壁爐裡，火燃燒得正旺，迎接著秋日最初的寒意，抵擋了葬禮帶來的蕭瑟。

蘭斯坎手裡拿著銀托盤走進客廳，給他們送上幾杯雪利酒。

歷史悠久而受人尊敬的「恩威斯與博勒德律師事務所」的資深合夥人恩威斯先生正背對壁爐站著取暖。他拿了一杯雪利酒，用律師那精明的眼光把周圍的人打量了一番。在這些人當中，他並非和每個人都有過交往，所以他必須把他們……就說「分類」清楚吧。參加葬禮前，大家曾有過一番介紹，但當時只能小聲進行，而且草草了事。

恩威斯先生首先對老蘭斯坎做出評價，他暗自想道：「這個可憐的老傢伙愈來愈衰弱了……我想，大概快九十歲了吧。嗯，他可以得到一筆不錯的退休年金。他不用擔心什麼。那麼忠心耿耿的一個人。這年頭再沒有所謂的『舊時代』的服務了。現在那些幫傭和保母，只能說是天可憐見喔！真是一個令人悲哀的世界。也許，可憐的理察死得早一點也好，世上再也沒多少值得留戀的東西。」

對七十二歲的恩威斯先生來說，理察・艾伯納西六十八歲就駕鶴西歸當然稱得上英年早逝。恩威斯先生兩年前從繁忙的事業中退休了下來，但他是理察．艾伯納西指定的遺囑執行人，也是他最久的委託人，同時還是理察的一個私人朋友，為此他才趕到北方來。

他考慮著遺囑的條款，在心裡把這一家人評析了一番。

李奧的夫人海倫他自然是很熟悉的。她是一個很有魅力的女人，恩威斯先生對她既喜愛又尊敬。此時她正站在一扇窗戶邊，他眼帶讚許地看著她。黑色的衣服很適合她，她的身材保養得很好。他喜歡她輪廓鮮明的面容，從太陽穴往後梳理的蓬鬆灰髮，還有那曾被比作矢車菊而現在仍然是一片湛藍的雙眸。

他想道，海倫現在多大年紀了？大概五十一、二吧。奇怪的是，在李奧死後，她都不曾再婚。一個有魅力的女人。噢，他們倆也算是忠貞不二了。

他的目光轉向堤莫西夫人。他從未真正了解她。她不適合穿黑色衣服，而應該穿鄉村斜紋軟呢裙裝。她是一個看起來很能幹、很通情達理的大塊頭女人，也一直是堤莫西忠誠的好妻子。照料他的健康，對他十分體貼關心……也許體貼關心得過頭了。堤莫西是不是真有什麼問題？恩威斯先生懷疑他是一個憂鬱症患者。理察．艾伯納西也有這樣的懷疑。「當然，小時候他的肺就不好，」他說，「但現在，我並不認為他的病有多重。」沒錯，誰都會有某種嗜好，堤莫西的嗜好就是把全部心思放在自己的健康上。堤莫西夫人吃不吃他那一套？或許不，但女人是絕對不會承認那種事的。堤莫西應該過得相當不錯。他從來就不是一個揮霍無度的人；但額外的花費總是免不了，這在什麼都課稅的今天更是如此。戰爭爆發後，他可能不得不把生活標準降低許多。

恩威斯的注意力轉向蘿拉的兒子喬治・格斯菲。蘿拉嫁了一個靠不住的傢伙，誰都不太了解他，他自稱是證券經紀人。年輕的喬治在一家律師事務所工作，那家事務所聲譽平平。他是個漂亮的小夥子，但有點不老實，不太靠得住，蘿拉傻傻地投資了不少錢給他做生意。五年前她死時，幾乎沒留下什麼財產。她是一個漂亮多情的女孩，但沒有金錢觀念。

恩威斯先生的目光從喬治・格斯菲身上移開。那兩個小姐是誰呢？噢，對了，那個是羅莎梅，潔拉汀的女兒，她正看著孔雀石桌子上的蠟花。一個漂亮女孩，真的很漂亮，一臉傻相。她是演戲的。在輪演劇團或什麼亂七八糟的機構工作。她嫁的也是一個演員。恩威斯先生如此想道，一個漂亮的傢伙，而且他也知道自己長得漂亮。他對演戲這門行業抱有偏見。「真想知道他是什麼背景，又是從哪兒來的，」他不滿地看著麥可・沙恩。沙恩有一頭金髮，神情憔悴而富有魅力。

他接著看向蘇珊，戈登的女兒，她在舞台上的表現要比羅莎梅強多了。蘇珊比較有個性。但在日常生活中或許過分有個性了點。因為靠得很近，恩威斯先生只能暗地裡打量她：黑頭髮，淡褐色（幾乎是金黃色）的眼睛，緊閉著的誘人嘴唇。她的新婚丈夫站在她身旁，據他所知，他是一個藥劑師助理。沒錯，就是一個藥劑師助理！在恩威斯先生的信條中，女孩不能嫁給那些在櫃檯後面服務的年輕男人。但這年頭就是這樣，她們誰都願意嫁！那個年輕人有一張特徵不明而蒼白的臉，一頭黃灰色的頭髮，顯得非常侷促不安。恩威斯先生感到有些奇怪，但體貼地認為，那是因為他必須面對妻子那眾多親屬之故。

恩威斯先生最後打量的人是科拉．藍斯奎。這有其必然的原因，因為科拉．藍斯奎注定是家族中最不容易讓人注意的人。她是理察最小的妹妹，出生時母親都快五十歲了，那個溫順的女人沒能活著見到第十個孩子出生（有三個孩子在襁褓中就死掉了）。可憐的小科拉！應該說她一生都是個令人難堪的人，她長得高大笨拙，一些最好不要說出來的話她總是脫口而出。哥哥姊姊全都對她很好，他們為她收拾殘局，替她挽回社交場合中犯的錯誤。誰都沒想到科拉會結婚。她不是一個很有吸引力的女孩，每每和年輕男人約會時，她的露骨示好總讓他們驚恐地望而卻步。再接下來，恩威斯先生想道，就要說到藍斯奎了，皮爾．藍斯奎。他有一半的法國血統。科拉是在一所藝術學校裡遇到他的。科拉原本選的是非常適合她的花卉水彩畫課，但不知什麼原因改上起了人體寫生課，在那裡她遇到了皮爾．藍斯奎，回家後就宣布自己打算嫁給他。理察．艾伯納西對此堅決反對，他不喜歡皮爾．藍斯奎這種人，並且懷疑那個年輕人只是在找一個富有的妻子。但就在他略加調查藍斯奎的背景時，科拉卻和那個傢伙私奔了，並且立即和他結了婚。他們分別在布列塔尼、康沃爾以及其他畫家慣常去的地方住過。藍斯奎是個很蹩腳的畫家，而且據說也不是很正派，但科拉對他一直很忠誠，並且從未原諒家人對他的態度。理察很大方地給了小妹妹一筆錢，恩威斯先生揣測他們正是靠這筆錢過活的。他猜藍斯奎從未掙過任何錢。不過，藍斯奎大概在十二年前或更早以前就死了，恩威斯先生想道。現在他的遺孀身材變得像靠墊一樣，穿著有一條條裝飾物和黑色珠縷、帶點藝術氣息的喪服，回到了她少女時代的家。她走來走去，東摸摸西碰碰，回憶起某些孩提時代的往事，便高興地叫起來。對於哥哥的去世，她沒有裝出悲痛的神情。恩威斯先生隨即想到，科拉從來都不作假。

蘭斯坎再次走進客廳，用很適合此時氣氛的柔和聲調說道：「午餐準備好了。」

02 科拉的驚人之語

在用過可口的雞湯、冷盤以及高級的夏布利白葡萄酒以後，葬禮後的氣氛變得輕鬆愉快起來。沒人因為理察・艾伯納西的死而真正感到悲痛，因為誰和他都沒有什麼密切的關係。在這之前他們舉止得體、行為節制（只有無拘無束的科拉除外，她顯然很自得其樂），但現在儀式已經結束，應該是進行正常談話的時候了。恩威斯先生很鼓勵這種態度。他對葬禮很有經驗，知道如何掌握各項葬禮環節的時機。

午餐後，蘭斯坎建議他們到書房喝咖啡。這是他的細膩之處。應該談正事了，換句話說，現在要討論遺囑問題了。書房裡有一排排的書架和厚重的紅色天鵝絨窗簾，這樣的氣氛很適合談此類事情。他給他們送上好咖啡，然後退了出去，關上房門。

閒談幾句後，每個人都開始把目光探向恩威斯先生。他瞥了一眼手錶，立即做出回應。

「我得趕三點半的火車。」他開始說道。

每個人似乎也得趕那班火車。

「你們知道，」恩威斯先生說，「我是理察．艾伯納西指定的遺囑執行人……」

他的話被打斷了。

「我可是不知道，」科拉．藍斯奎歡快地說道，「你是嗎？他給我留下什麼東西了？」

恩威斯先生已經不是第一次感覺科拉．藍斯奎說話非常不看場合。

他目帶威懾地看了她一眼，繼續說道：「直到一年前，理察．艾伯納西的遺囑一直很單純。關於遺產部分，他將所有財產全部留給兒子摩堤默。」

「可憐的摩堤默，」科拉說，「我覺得那種小兒痲痺症真是可怕。」

「摩堤默死得既突然又悲慘，這對理察是一個很大的打擊。花了幾個月他才從打擊中恢復過來。我向他提議，最好再立一份新的遺囑，重新分配財產。」

茉蒂．艾伯納西用她低沉的嗓音問道：「要是他沒有再立一份新遺囑，那結果會怎樣？是不是……是不是財產都歸堤莫西？我是說，因為他是理察最近的親屬？」

恩威斯先生開口想對「最近的親屬」這個問題說明一下，但考慮一番之後，他俐落地說：「理察根據我的建議，決定再立一份新的遺囑。但他決定先和下一代好好認識一番。」

「他把我們當成試用品，」蘇珊忽然間大笑著說道，「首先是喬治，然後是格雷和我，再來是羅莎梅和麥可。」

格雷．班克斯的瘦臉脹得通紅，他尖聲說道：「蘇珊，我覺得你不該那麼說。試用品？

這是什麼話！」

「但事實就是如此，不是嗎，恩威斯先生？」

「他給我留了什麼東西？」科拉再次問道。

恩威斯先生咳嗽一聲，冷冷地說道：「我日後會給你們每人一份遺囑副本。但要是你們願意，現在我可以把它全部讀給你們聽，只是裡面的法律術語你們可能不容易懂。簡單說就是：除去某些留給蘭斯坎的小饋贈和讓他購買養老年金的一份可觀遺產以外，大部分的財產──這筆財產數目不小──要分成相等的六份。在繳完所有的稅款之後，其中的四份分別送給理察的弟弟提莫西、外甥喬治・格斯菲、侄女蘇珊・班克斯和外甥女羅莎梅・沙恩。其餘兩份轉為信託財產，其收入付給弟弟李奧的遺孀海倫・艾伯納西夫人以及妹妹科拉・藍斯奎夫人，直到她們去世為止。她們去世後留下的本金，由其他四位遺囑受益人或他們的子孫分享。」

「真是太好啦！」科拉・藍斯奎滿心歡喜地說，「好一筆收入！有多少呀？」

「我……呃，目前說不確切。遺產稅很重，而且……」

「您能不能給我說個大概的數目？」

恩威斯先生知道必須遷就科拉一下。

「每年大約三、四千英鎊吧。」

「好耶！」科拉說道，「我要去卡布里島。」

海倫．艾伯納西柔聲說道：「理察真是太仁慈、太慷慨了，我很感激他對我的疼愛。」

「他很喜歡你。」恩威斯先生說，「李奧是他最疼愛的弟弟，他很感激你在李奧去世後常去看望他。」

海倫懊悔地說：「要是我知道他的病有多嚴重就好了……就在他去世前不久，我還來探望過他，但是儘管我知道他病了，我卻不曉得那麼嚴重。」

「他的病一直很嚴重，」恩威斯先生說，「但是他不想讓別人知道，我相信誰也沒有料到事情來得這麼快。我知道，就連醫生也感到很驚訝。」

「『在住所猝然去世』，報紙上是這樣說的，」科拉點點頭說道，「那時我還滿腹狐疑呢。」

「這對我們都是一個打擊，」茉蒂．艾伯納西說，「可憐的堤莫西難過得不得了。他不停地說，這事太突然、太突然了。」

「但事情還是掩蓋得很好，不是嗎？」科拉說道。

每個人都盯著她看，她顯得有點驚惶失措。

「我覺得你們都做得很好，」她慌忙說道，「好極了。我是說，弄得誰都知道，一點好處也沒有，只是徒增不快。這事我們家人知道就好。」

看著她的人更顯得面無表情。

恩威斯先生把身體向前傾了傾。

「是嗎，科拉？恐怕我不太明白你在說什麼。」

科拉．藍斯奎把全家人環顧了一遍，眼睛睜得大大的，顯得很驚訝。她像小鳥一樣把腦袋歪到一邊去。

「他是被謀殺的，不是嗎？」她說。

03 眾人的反應

恩威斯先生坐在頭等車廂的一角前往倫敦，想到科拉．藍斯奎那番非比尋常的話，他多少有點不安。當然，科拉是個神經有些錯亂、極為愚蠢的女人，她還未婚時，就以其令人尷尬的言行而著稱，常常脫口說出一些惹人不快的事實真相。不，那些不是「真相」，這個詞用得太不恰當了。應該說是「拙口笨舌的話」……這樣說要好得多。

他又把科拉說出那句不適宜的話後所引起的反應細想了一遍。那當下，所有的目光一起盯著她，既是吃驚又感不滿，使科拉感到說這樣的話真是犯了不小的罪過。

「不會吧？科拉！」茉蒂叫喊起來。

「親愛的科拉姨媽。」喬治說道。

「你這是什麼意思？」另一個人說。

科拉．藍斯奎一時滿臉羞慚，知道自己犯了大錯，她結結巴巴地說道：「噢，對不起，我不是故意的……噢，我這人是很蠢，可是我會這麼想，是因為他說過的話；噢，當然，我知道沒有什麼問題，可是他的死太突然了……我說的話請不要記在心上……我不是故意要這麼蠢，我知道自己老是說錯話。」

暫時的混亂隨即平息下去。然後他們對理察．艾伯納西個人遺產的處理，進行了一番實際可行的討論。恩威斯先生接著又說，這棟房子以及裡面的東西都要出售。

大家忘了科拉的失言。畢竟，科拉的行為，就算不稱之為不正常，也一向在狀況外，令人尷尬。她從來都不知道什麼該說、什麼不該說。在十九歲的年紀，這還算不上什麼問題，一個十九歲的「不懂事小孩」所在多見，但一個就快五十歲的「不懂事小孩」？這顯然是太讓人不解了。信口說出一些令人不快的真相……

恩威斯先生的思緒突然停頓下來。這已經是他第二次想到這個令人心煩意亂的字眼了。「真相」。為什麼這個字眼這樣擾人心緒？因為，它往往正是隱藏在困窘背後的事實。科拉不經大腦的話語之所以這樣令人難堪，是因為它很真實，要不也包含著某種真實！

那個身材豐滿的四十九歲女人，與早年那個笨拙的女孩已找不出相似之處，但她的某些習氣還是保留了下來……當她說出一句特別令人討厭的話時，她就會像小鳥一樣把腦袋輕微地歪到一邊去，一副歡喜期待的神情。科拉就曾有一次這般對幫廚女傭的身材評頭論足：「莫莉幾乎靠不到廚房的桌子了，她的肚子挺得那麼高。她最近一兩個月才變成這樣。奇怪，她怎麼一下子變這麼胖了？」

科拉馬上被要求住嘴。艾伯納西一家都維持著維多利亞時代的作風。那個幫廚女傭第二天就從家裡消失了，經過調查之後，助理園丁奉命娶她為妻以示負責，還得到一間小屋。都是些遙遠的往事了，但卻各有其分量。

恩威斯先生更深入地把自己的不安檢視了一遍。科拉的蠢話裡到底有什麼意涵？為什麼它們一直引起他潛意識裡的不安？現在他想到了她的兩句話：「我會這麼想，是因為他說過的話……」「他的死太突然了……」

恩威斯先生首先思索最後那句話。沒錯，理察的死勉強可以認為是很突然。恩威斯先生不僅與理察本人，而且還與他的醫生討論過理察的健康問題。後者坦言相告理察活不長了。要是艾伯納西先生自己照料得好，還能活上兩年，甚至三年，或許更長……但那不太可能了。然而醫生也斷定他近期不會垮下去。

可是，醫生推斷錯了……當然，醫生們總是先給自己預留餘地。關於病人對疾病的個別反應，他們從來就沒有把握。無可救藥的病人竟出乎意料地康復了。正在康復當中的病人卻病情復發而死去。在很大程度上，是死是活都得靠病人的生命力，靠他們想要活下去的強烈欲望。

理察．艾伯納西雖然身強力壯，精力充沛，但他並沒有生存下去的強大意願。

六個月前，他僅存的兒子摩堤默染上了小兒痲痺症，不到一星期就去世了。他原本是個身體強壯、充滿活力的年輕人，所以他的死就更加重了人們的震驚。他是個熱中運動的人，也是不錯的運動員，並且還是屬於那種一生中從未生過一天病的人。他正準備和一個非常迷人的小姐訂婚，他父親未來的希望全寄託在他這個令人滿意的兒子身上。

結果悲劇降臨了。除了強烈的失落以外，這世上已沒有什麼事物能觸痛他的喜怒哀樂。他第一個兒子死在襁褓之中，第二個兒子沒留下兒女，所以他沒有孫兒孫女。事實上，在他之後就沒人繼承艾伯納西這個姓氏了，然而他仍有不少事業在經營，並擁有龐大財產。誰來繼承他的財產，接管他的事業？

恩威斯先生知道，這讓理察深感憂慮。他僅存的弟弟重病在床。剩下的只有年輕的一代了。這位律師認為，雖然理察實際上並未說過，但他心裡是想挑選一個確定的繼承人，儘管一些不重要的小遺產可能已經有了決定。恩威斯先生知道，在過去的六個月，理察．艾伯納西連續邀請了外甥喬治、侄女蘇珊和她的丈夫、外甥女羅莎梅和她的丈夫，以及弟妹李奧．艾伯納西夫人到他家作客。律師認為，艾伯納西是要在前面三家人當中挑選他的繼承人。至於海倫．艾伯納西受到邀請，他想，這只是出於理察的個人喜愛，甚至可能是他需要找人商量一下，因為理察很信賴她的見識和判斷。恩威斯先生還記起，在過去六個月的某一天，理察曾經拜訪過他的弟弟堤莫西一次。

最終的結果是律師現在裝在公事包裡的一紙遺囑：財產平均分配。因此，唯一的結論就是他對外甥、侄女、外甥女，或可能是她們的丈夫感到失望。

就恩威斯先生所知，理察沒有邀請妹妹科拉．藍斯奎前去看望他，這又使律師回想起科拉那句語無倫次、令人不安的話：「我會這麼想，是因為他說過的話……」

理察．艾伯納西說過什麼話？他又是什麼時候說的？要是科拉沒有來過恩德比，那麼理察．艾伯納西一定是到伯克郡的藝術村找過她，她在那裡有一間小屋。要不，就是理察在某封信裡說過什麼話。

恩威斯先生皺皺眉。科拉是個很愚蠢的女人，她很有可能錯誤地理解了一句話，扭曲了它的意思。但那句話可能是什麼呢？他百思不得其解……

他感到非常不安，他考慮要不要和藍斯奎夫人聯絡，談論一下這個問題。不能操之過急，最好使它看起來稀鬆平常。他想知道理察．艾伯納西究竟說過什麼，使得她那麼尖刻地說出那句令人吃驚的話：「他是被謀殺的，不是嗎？」

§

在火車另一頭的三等車廂裡，格雷．班克斯對他的妻子說：「你那個姑媽一定是瘋了！」

「你是說科拉姑媽？」蘇珊不太明白他的意思。「噢，是的，我覺得她是有點蠢，或者諸如此類的情況。」

喬治．格斯菲坐在他們對面，他尖銳地說：「應該阻止她說那樣的話。否則大家真會這麼想了。」

羅莎梅．沙恩正聚精會神地用口紅描畫她的雙弧形嘴唇，她含含糊糊地低聲說道：「我想誰都不會注意一個衣著過時的女人說了什麼話。好古怪的衣服，弄那麼多的珠……」

「嗯，我認為應該阻止她說那樣的話。」喬治說。

「好啊，親愛的，」羅莎梅笑著說道，她收起口紅，滿意地打量著鏡子裡的自己。「你去阻止她吧。」

她的丈夫突然說道：「我認為喬治說得對。她的話很容易引起議論。」

「唉，那有什麼關係？」羅莎梅想找出自己化妝上的毛病，她那雙弧形嘴唇微笑著，嘴角翹了起來。「太有意思了。」

「太有意思？」四個聲音同時問道。

「家裡發生了一起謀殺案啊，」羅莎梅說，「你們說，這還不刺激嗎？」

緊張不安、悶悶不樂的格雷．班克斯想，蘇珊這個喜歡搔首弄姿的表妹有點像科拉姑媽。她隨後的話更是加深了他這種印象。

「如果他是被謀殺的，」羅莎梅說，「你們認為誰是凶手？」

她目帶思索地把車廂環顧一遍。

「他死了對我們來說再好不過了，」她沉思地說道，「我和麥可經濟十分窘迫。麥可在桑德伯恩劇場得到一個非常不錯的角色。不過還得等，現在我們就要過起舒適安逸的生活來了。只要願意，我們可以自己組劇團。現在有一部戲棒透了……」

誰也不想聽羅莎梅的長篇大論。他們將注意力轉到各自最近的生活狀態。

「事情有點危險，」喬治暗自想道，「我可以把那筆錢送回去，誰也不會知道……但這次真是僥倖脫險。」

格雷閉著眼睛，靠在座位上，遐想翩翩。

蘇珊用她那清晰而刺耳的嗓音說道：「當然，我為可憐的理察伯父感到很難過。但他確實是年事已高，摩提默又死了，他已沒有生存欲望，只能像個廢人一樣，一年一年地挨下去。真是太悲慘了。所以他這樣突然安靜地死去反倒好。」

看著丈夫全神貫注的臉，她那嚴厲、自信而年輕的目光柔和了下來。她深愛格雷。她模糊感覺到，格雷關心她不如她關心他那麼深，但那反而增加了她的熱情。格雷是她的，為了他，她什麼都願意做，任何事情都願意……

§

茉蒂．艾伯納西一面換衣服準備在恩德比吃晚飯（因為她要留下來過夜），一面想著是不是該多待幾天，幫海倫清點東西和收拾屋子。一定全是理察個人的東西，可能還會有一些信件……她想，大概所有重要的文件都由恩威斯先生保管著吧。但她必須盡快回到堤莫西身邊去，沒有她的照料，他總是煩躁不安。她希望他對這次的遺囑內容還滿意，不會生氣。她知道，他盼望理察的大部分財產都歸他所有。畢竟，他現在是世上唯一姓艾伯納西的人了。理察應該會信任他，讓他去照料年輕的一代。確實，她很擔心堤莫西可能會發火，那對他的腸胃很不好。當堤莫西發火時，會變得無法理喻。曾經有幾次他幾乎失去了分寸……她想自己是不是應該把這事告訴巴頓醫生……那些安眠藥，堤莫西最近吃得太多，可是當她收起藥瓶時，他竟暴跳如雷。但服用這些藥物可能很危險，巴頓醫生早就說過，它們會讓你變得昏昏欲睡，忘記已經吃過藥了，然後吃得更多，之後什麼事都有可能發生！瓶子裡剩下的藥總是比應該剩下的要少，堤莫西吃起藥來真是任性得很。他不肯聽她的，有時候他真是太難伺候了。

她嘆了口氣，隨即輕鬆愉快起來。以後日子會好過多了，就拿花園來說……

§

海倫．艾伯納西坐在客廳的爐火邊，等著茉蒂下來吃飯。

她環顧左右，回想起以前自己與李奧及其他人在這裡度過的那些時光。它曾是一棟充滿歡樂的房子。但是像這樣的房子需要人氣。它需要孩子、僕人、一大桌的食物以及冬天時熊熊燃燒的爐火。當裡面只是住著一個失去兒子的老人時，它就成了一棟悲哀的房子了。

誰會買它呢？她暗自想道。它會不會變成一家旅館、一所學院，或是一個青年招待所？

這年頭那些大宅院的命運就是這樣。誰都不想買下來當住宅。也許房子會被剷平，整塊地重建新房。想到這裡，她感到很悲哀。但她決定把這種悲哀拋在一邊。緬懷過去的時光沒什麼好處。這棟房子、以前在這裡度過的歡樂時光，理察、李奧……所有這一切都很美好，但已經全部結束了。她自己有一些興趣嗜好……而現在，有了理察留給她的一份收入，她可以繼續擁有賽浦路斯的那棟別墅，想做什麼就做什麼。

最近她的財務狀況讓她大傷腦筋，繳稅、投資全都投錯了地方……現在，幸好有理察留下來的這筆錢，所有的問題都迎刃而解了……

可憐的理察。但在睡眠中死去確實很幸運，突然在二十二日那天……她想，這可能就是科拉產生那種想法的緣故吧。科拉真是放肆！她一直都是這樣。海倫想起曾有一次在國外遇到她，那時她剛嫁給皮爾．藍斯奎後不久。那天她非常愚蠢，照舊把腦袋扭向一邊，對繪畫發表了一番武斷的看法，對她丈夫的畫更是如此，那必定使他極為不快。哪個丈夫會喜歡看到自己的妻子一副傻樣。科拉真是個傻瓜！唉，算了，可憐的女孩，她也沒辦法，丈夫待她也不是很好。

海倫的目光漫不經心地落在孔雀石圓桌上的一束蠟花上。之前他們全都坐成一圈等著前往教堂時，科拉就坐在它旁邊，她的腦海中滿是過去的記憶，認出各種東西時興奮莫名；回到以前的家，她顯然是滿心歡喜，絲毫不關心布置那些東西的原意。

「或許，」海倫想道，「她只是不像我們這些人那麼虛偽……」

科拉從來就不是一個按照規矩來的人。看看她是怎樣衝口說出那樣的話：「他是被謀殺的，不是嗎？」

周圍所有的人都被嚇了一跳，他們震驚不已，目光一起盯著她！當時他們臉上的表情可以說是千變萬化……

突然間，海倫的腦海中清晰地浮現出一幅畫面。她皺皺眉，那幅畫面有點不對……

什麼東西……

什麼人……

是不是誰臉上的表情？是嗎？那個表情，該怎麼說呢？不應該會出現……

她不知道，她一片混亂……但確實是有什麼東西、什麼地方不對勁。

§

與此同時，在斯溫登車站內的餐廳裡，一個身著喪服、喪服上掛著一條條裝飾物和黑珠縲邊的女人，正在吃著果子麵包，喝著茶，一面還期待著未來。她沒有災禍降臨的預感，心情很愉快。

這種橫越全國的旅程真累人。經由倫敦回到利奇特聖瑪莉要容易多了，而且車費也便宜得多。不過，現在車費貴已經算不了什麼了。當然，她可能還得和這些親戚一起坐火車，說上一路的話。真是累人。

不行，還是坐縱貫火車回家吧。這些果子麵包確實是好吃極了。一場葬禮下來竟讓人感到這麼餓，真是有點奇怪。在恩德比喝的湯很可口，涼蛋奶酥也不錯。

大家是多麼地體面……都是一些偽君子！那幾張臉……當她說到謀殺的時候，全是怎樣的表情！他們全都那樣看著她！

嗯，就該那麼說。她滿意地點點頭，覺得自己做得對。沒錯，就該那麼做。

她抬頭看了一眼時鐘，再過五分鐘火車就要出發了。她一口喝完了剩下的茶。茶的味道不是太好，她扮了一個鬼臉。

她坐著做了一會兒的夢，夢到未來在她面前層層展開，她像個快樂的小孩般笑了起來。

她終於可以好好享受生活了……她一面向小支線火車走去，一面盤算著各種計畫……

04 紀奎絲小姐的證詞

恩威斯先生度過了一個非常不安的夜晚。第二天早上他沒起床，感到又累又不舒服。為他料理家務的姊姊用托盤幫他把早餐端上來，口氣嚴厲地對他說，他已經這麼大年紀了，身體又這麼虛弱，實在不該沒事跑到英格蘭北部去。

恩威斯先生自傲地說，理察．艾伯納西可是他多年的老友。

「葬禮！」他姊姊深為不滿地說，「對你這麼大年紀的人來說，參加葬禮簡直是要命！要是你再不照顧好自己，你也會像你那個寶貝朋友艾伯納西先生一樣，突然間一命嗚呼。」

「突然」這個字眼讓恩威斯先生畏縮了。他緊閉雙唇，不再爭辯。

他非常清楚是什麼使他一聽到「突然」就畏縮。

科拉．藍斯奎！她的看法當然是不可能的，但他還是想弄清楚為什麼她會那樣說。沒錯，他得到利奇特聖瑪莉去找她。他可以假裝是為了遺囑驗證的事情，需要她的簽名。不能讓她知道是她的傻話引起了他的注意。他要到利奇特聖瑪莉去找她，而且是盡快前去。

他用過早餐，重新躺到枕頭上，閱讀《泰晤士報》。他發現《泰晤士報》今天沒有什麼驚悚的新聞。

當天晚上大概在五點四十五分的時候，他的電話響了起來。

他拿起話筒。電話那頭是詹姆斯．帕羅特的聲音。帕羅特是「恩威斯與博勒德律師事務所」現階段的合夥人。

「喂，恩威斯，」帕羅特先生說，「警方剛從一個叫利奇特聖瑪莉的地方打電話給我。」

「利奇特聖瑪莉？」

「對。好像是……」帕羅特先生頓了一下，他似乎有點尷尬。「好像是為了一個叫科拉．藍斯奎夫人的事。她是不是艾伯納西的遺產繼承人之一？」

「是，昨天我在葬禮上見過她。」

「噢？她出席葬禮了，是不是？」

「是的。她怎麼了？」

「咳，」帕羅特先生小心翼翼。「她……真是怪透了……她被……嗯，被謀殺了。」

帕羅特先生不以為然地迸出那最後一個字眼，表示這不是「恩威斯與博勒德律師事務所」熟悉的文字。

「謀殺？」

「是呀，是呀，恐怕是這樣。嗯，我的意思是說，這事千真萬確。」

「警方是怎麼找到我們的？」

「她的一個朋友或是管家什麼的說的……叫紀奎絲小姐，警方問她科拉的親屬或律師的姓名。那個紀奎絲小姐對科拉的親屬以及他們的地址似乎不太清楚，但她知道我們，於是他們馬上就找來了。」

「他們怎麼會認為她是被謀殺的？」恩威斯先生問道。

帕羅特先生聽起來又是小心翼翼。

「嗯，那似乎是毫無疑問了；我的意思是說，凶器是一把短斧或諸如此類的東西。犯罪手法極為殘暴。」

「是搶劫嗎？」

「大家也都是這麼認為。窗戶被打碎了，丟了一些小飾物，抽屜被拉開了；但警方認為這都是……嗯，都是故布疑陣。」

「事情是什麼時候發生的？」

「大概在今天下午兩點到四點半之間。」

「管家當時在什麼地方？」

「她去雷丁圖書館換書。五點回去時，發現藍斯奎夫人已經死了。警方想了解我們知不知道誰有可能殺害她。我說，」帕羅特的聲音聽起來義憤難平。「不可能有這種事。」

「是的，當然是。」

「一定是當地哪個沒大腦的白癡想偷點東西，然後喪失理智襲擊了她。一定是這樣……嗯，恩威斯，你認為呢？」

「是，是……」恩威斯先生心不在焉地說。

帕羅特說得沒錯，他告訴自己一定就是那麼回事……

但不幸的是，他又聽到科拉聲音歡快地說道：「他是被謀殺的，不是嗎？」

科拉這個傻瓜。她一直都是這樣。天使們都害怕走的地方，她偏偏闖進去，信口說出一些令人不快的真相。

真相！

又是這個該死的字眼……

§

恩威斯先生和莫頓警官相互打量著對方。

恩威斯先生根據警官的要求，簡潔精確地把有關科拉・藍斯奎的事情全部說了出來。她的成長經過、她的婚姻、她的寡居生活、她的經濟狀況以及她的親屬。

「堤莫西・艾伯納西先生是她唯一在世的哥哥和近親，他隱居不出，體弱多病，幾乎足不出戶。他授權讓我代表他出面處理，並且如有需要，我可以代他做出決定。」

警官點點頭。和這個年高精明的律師打交道使他感到輕鬆。此外，他還希望這個律師能給他一些幫助，解決這個令人困惑的問題。

他說：「我從紀奎絲小姐那兒了解到，藍斯奎夫人在遇害的前一天，到北方參加她哥哥的葬禮去了？」

「是的，警官，當時我本人也在場。」

「她的舉止有沒有一些異常，一些奇怪，或是憂慮？」

恩威斯先生眉毛往上一揚，假裝出來的驚訝唯妙唯肖。

「一個不久後將遭到謀殺的人，在舉止上是不是通常都會有點奇怪？」他問道。

警官苦笑了一下。

「我想她並不能未卜先知，或是產生預兆。不，我只是在尋找某種東西，嗯，某種不太尋常的東西。」

「我不太明白您的話，警官。」恩威斯先生說道。

「這個案件令人不解，恩威斯先生。可能，某個人看到紀奎絲大約在兩點鐘的時候從屋子裡出來，走向村莊裡的汽車站。於是這個人不慌不忙地拿起放在木柴棚上的一把短斧，用它砸碎廚房的窗戶，跳進屋子，走到樓上，用斧頭襲擊了藍斯奎夫人……非常野蠻的襲擊，總共砍了六到八刀。」恩威斯先生一陣畏縮。「噢，是的，做案手段極為殘暴。然後，闖入者拉開幾個抽屜，抓了一些小飾物，可能總共才值十英鎊，然後溜走了。」

「她當時還在睡覺嗎？」

「是的。前一天晚上她似乎很晚才從北方回來，又疲憊又興奮。我想，她是繼承了一份遺產吧？」

「是的。」

「她睡得很不好，醒來時頭疼得厲害，於是喝了幾杯茶，吃了一些止疼的鎮靜藥，然後告訴紀奎絲小姐，到午餐前都不要打擾她。她沒有感覺好轉，便決定服用兩片安眠藥。然後她讓紀奎絲小姐坐公車到雷丁圖書館去換一些書回來。當那個男人闖進來時，她就算還沒入睡，也是迷迷糊糊的了。他其實可以用威脅的手段拿到他想要的東西，或者也可以就摀住她的嘴，不讓她出聲。用一把短斧，而且還是特意從外面帶進來的，這似乎是太大費周章了。」

「也許他只是打算用它來威脅她，」恩威斯先生提示說，「可是她反抗了，所以……」

「根據醫學判斷，她並沒有反抗跡象。證據顯示她遇害時，正平靜地側身睡在床上。」

恩威斯先生不自在地挪動了一下身子。

「這種殘暴而非理性的謀殺，我們確實聽說過。」他指明說。

「噢，是，是，或許事實正是如此。我們已經發出通告，尋找可疑人物。當地人都與此案無關，我們對此確信無疑。他們的行蹤都有明確的交代。當時，大多數人都在工作。當然，她的小屋在鎮外的一條小巷裡，誰都可以輕而易舉地走到那裡而不被發現。村莊周圍的小巷多得讓人搞不清方向。那天早上天氣晴朗，幾天都沒下過雨，所以就算有人開車來，也不可能留下特別的汽車痕跡當作判斷的依據。」

「您認為凶手是開車來的嗎？」恩威斯先生迅速問道。

警官聳聳肩。

「我不知道。我想說的是，這個案子有些古怪的地方。比如說……」

他從桌面上推過來一把東西：一枚綴著小珍珠的三葉形胸針、一枚鑲著紫水晶的胸針、一小串珍珠，還有一只石榴石手鐲。

「這些東西是從她珠寶盒裡拿走的。我們發現它們被塞在屋子外的一個灌木叢裡。」

「是，是，這確實很奇怪。凶手或許對自己犯下的罪行感到害怕……」

「沒錯，但他也可以就把這些東西留在樓上她的房間裡……當然，他或許是在從臥室走到前門的途中，才突然感到一陣恐懼。」

恩威斯先生平靜地說：「或者，依您所言，凶手拿它們只是為了掩人耳目。」

「是的，有好幾種可能性。當然，也有可能是那個名叫紀奎絲的女人幹的。兩個女人獨居一處，我們哪知道她們彼此有多少爭執、憎恨或者不滿。噢，是的，我們也會把這種可能性考慮進去，但機會不大。從各方面看來，她們相處得很和睦。」他停了一下，再接著講下去。「按照您的看法，沒有人會因藍斯奎夫人的死而獲取利益嗎？」

律師不安地挪了挪身子。

「我沒這麼說。」

莫頓警官抬起頭來，目光銳利地看著他。

「我想您說過，藍斯奎夫人的經濟來源是她哥哥送給她的一筆錢，而且就您所知，她本人並沒有任何財產或收入。」

「是這樣沒錯。她丈夫死的時候已經破產了，而且以我從小對她的了解，如果說她存了錢或攢了錢的話，我會非常吃驚。」

「就連那個屋子也是租來的，而不是她自己的。裡面幾件家具，就算在這種年代也沒人欣賞。還有一些種假的『農家橡樹』和冒充藝術品的繪畫。無論她把這些東西留給誰，誰都無利可圖……這是說，要是她立下遺囑的話。」

恩威斯先生搖了搖頭。

「她有沒有遺囑，我一無所知。你們必須明白，我已經很多年沒見過她了。」

「那麼，剛才您究竟是什麼意思？我想，您心裡是有什麼想法吧？」

「是，是，我是有想法。只是我必須十分確定。」

「您是指您提到過的那筆錢嗎？就是她哥哥送給她的那筆錢？她是否有權可以隨便支配那些錢？」

「不，不是您說的那種意思。她無權支配本金，現在她既然已經死了，那份本金要由理察・艾伯納西遺囑的其他五個受益人來分享。這就是我的意思。他們五個人自動從她的死亡獲利。」

警官顯得很失望。

「噢，原本以為會找到一些線索。那麼，看來誰都沒有用短斧殺害她的動機了。凶手看來是一個精神不太正常的傢伙，或許是一個青少年罪犯，這種人比比皆是。殺人後他驚惶失措，把那些小飾物往灌木叢裡一塞，然後跑掉了……沒錯！一定就是這樣。除此之外，只有那個端莊的紀奎絲小姐了，但我得說，那似乎不太可能。」

「她是什麼時候發現科拉的屍體？」

「大概五點鐘左右。她坐四點五十分的公共汽車從雷丁圖書館回來，回到小屋，從前門進去，走到廚房裡，然後放上水壺燒茶水。藍斯奎夫人的房間裡悄無聲息，紀奎絲小姐猜想她還在睡覺。然後紀奎絲小姐注意到廚房的窗戶，地板上也滿是玻璃。一開始她還以為是哪個玩球或是玩彈弓的男孩打碎的。她走到樓上，小心翼翼地往藍斯奎夫人的房間裡看去，想看看她是否還在睡覺，或是要喝茶了。接下來她當然是驚駭地喊了起來，她尖叫一聲，衝到小巷裡，然後跑到最近的鄰居家。她描述的情況前後都十分一致，在她的房間、浴室或是衣服上也沒有血跡。不。我認為紀奎絲小姐與此毫無關係。醫生五點半到達那裡。他判斷遇害者死亡的時間不晚於四點半，而且很有可能接近兩點，因此不論凶手是誰，可能他早已在周圍遊蕩，等著紀奎絲小姐離開小屋。」

律師的臉上一陣輕微抽搐。莫頓警官繼續說：「我想，您準備去見見紀奎絲小姐吧？」

「我是打算去。」

「我很高興您去見見她。我想，她所能講的一切都已經告訴我們了，但你永遠不會知道那是不是全部。有時候，在談話當中總會突然出現某個關鍵點。她是一個囉嗦的老處女，但明白事理，講求實際，而她確實是對我們很有幫助。」他停了一下，然後接著說道：「屍體在太平間裡。要是您想去看一下……」

恩威斯先生同意了，儘管他並沒有多大興趣。

幾分鐘後他站著俯看科拉・藍斯奎的遺體。她身受殘害，染成棕紅色的劉海因為鮮血而凝結成塊，變得僵硬。恩威斯先生雙唇緊閉，暈眩欲吐地把目光移到一邊去。

可憐的科拉，前天她還熱情急切地想知道哥哥給她留下了什麼。她對未來一定有過無比美好的期望，有了那筆錢，她可以做很多傻事，並且樂在其中。

可憐的科拉……那些美好的期望也就持續了那麼短的一段時間。

誰都不能因為她的死得到多少好處，就連那個逃跑時把小飾物塞到灌木叢中的殘忍凶手也是。五個人是會多分享到幾千英鎊的額外本金，但他們原來獲得的那些遺產對他們皆已綽綽有餘了。不，不可能是這方面的動機。

可笑的是，就在科拉被謀殺的前一天，她的腦袋裡竟然會想到謀殺。

「他是被謀殺的，不是嗎？」

這件事說來真是荒謬。荒謬，太荒謬了！荒謬得不能向莫頓警官提及此事。

當然，在他拜訪過紀奎絲小姐以後……
或許紀奎絲小姐知道理察對科拉說過什麼話……儘管這不可能。
「我會這麼想，是因為他說過的話……」
理察究竟說過什麼話？
我必須馬上去拜訪紀奎絲小姐，恩威斯先生暗自想道。

§

紀奎絲小姐是個瘦削憔悴的女人，留著一頭鐵灰色的短髮，一張說不出什麼特徵的臉，就像那些五十歲左右的女人常有的臉型一樣。
她熱情地迎接恩威斯先生。
「您能來這兒我真是太高興了，恩威斯先生。對於藍斯奎夫人家裡的事，我知道的確實很少，而且，以前我從來、從來都沒碰過謀殺事件。真是太恐怖了！」
恩威斯先生確信紀奎絲小姐以前從未碰過謀殺案。她對這件謀殺案的反應和他的合夥人如出一轍。
「當然，大家在書上讀過這種事，」紀奎絲小姐說道，她把犯罪歸類到其合適的領域中去。「但就只是在書上。我也不喜歡讀這一類的東西，太不堪了……就大多數而言。」

恩威斯先生跟著她走進客廳，他目光敏銳地四下打量了一遍，一股強烈的油畫顏料味道充斥。正如莫頓警官所描繪的那樣，小屋裡家具不多，倒是畫滿為患。牆上掛著畫，大部分都是色調非常暗淡而且髒兮兮的油畫。但也有一些水彩速寫和一兩幅靜物畫。小幅的畫則堆在靠窗的座位上。

「藍斯奎夫人以前經常在拍賣會上買畫，」紀奎絲小姐解釋說，「這是她的一大樂趣。可憐的人。附近有拍賣會的時候她都去。現在的畫變得那麼便宜，簡直是白送啦。任何一幅畫她出的錢從不超過一英鎊，有時候只用幾先令就買下了。她總是說，有個了不起的機會，可以買到值錢的東西。她常說這是一幅義大利文藝復興前的作品，可能值很多錢。」

恩威斯先生望望她半信半疑指給他看的那幅「義大利文藝復興前的作品」。他想，科拉對畫向來一竅不通，若說那些塗鴉之作中有哪一幅賣得了五英鎊，他都可以把頭砍下來！

「當然，」紀奎絲小姐注意到了他的表情，敏銳地感覺到他的反應。「我自己也不太懂，儘管我父親是個畫家……不過，恐怕他不是很成功。但以前我年輕的時候，就常常畫一些水彩畫，也聽過很多關於繪畫方面的評論，所以藍斯奎夫人覺得我很不錯，因為她需要一個懂畫而且能夠和她談論繪畫的人。可憐又可愛的人，她對藝術方面的東西十分關心。」

「您喜歡她嗎？」

真是一個愚蠢的問題，他暗自想道。她可能回答「不」嗎？他認為，不管誰和科拉生活在一起，都會覺得她是一個討厭的女人。

「噢，當然喜歡，」紀奎絲小姐說，「我們之間相處得非常好。您知道，在某些方面，藍斯奎夫人就像一個孩子，想到什麼就說什麼。我知道她的判斷並不一定對……」

「她是個愚蠢透頂的女人，」誰都不說死人的是非，但恩威斯先生還是說了。「她實在不是個理智的女人。」

「不，不，這倒未必。實際上她很聰明。恩威斯先生，確實是很聰明，有時候真是讓我大為驚訝，覺得她說話怎麼能夠那樣一針見血。」

恩威斯先生更感興趣地看著紀奎絲小姐，他認為她倒並不愚蠢。

「我想，您和藍斯奎夫人一起生活了幾年吧？」

「三年半。」

「您……呃，您和她作伴，此外還，呃，還料理家務？」

顯然，他觸及到了一個很敏感的問題。紀奎絲小姐的臉微微有些脹紅。

「噢，是的，確實是這樣。大部分烹飪都由我來做，我非常喜歡烹飪……此外撢撢灰什麼的，還做些輕微的家務。當然，工作都不是很粗重。」

紀奎絲小姐的口氣裡表達出一種堅定的原則。恩威斯先生想像不出「很粗重的工作」是什麼，他安慰性地咕噥了一聲。

「鄉下來的帕特太太會做那些工作，通常一週兩次。您知道，恩威斯先生，我是絕無可能委身擔任傭僕。我的小茶館倒閉的時候——那真是一場災難——您知道，正在打仗。我的小茶館是一個怡情養性的地方，我把它叫作『柳樹茶館』，所有的瓷器都是白底藍色的柳樹圖案，又漂亮又可愛；蛋糕也挺不錯……我做蛋糕和烤餅都有一手。是的，我一直經營得很好，可是戰爭爆發了，供給品被迫削減，一切都垮掉了。這是戰爭帶來的損失，我總是這樣說，也試著這樣去想。投資進去的一小筆錢是我父親留給我的，結果被我花光了。當然，我得找點事做。但我從未受過任何專業訓練，於是我就到一位女士那裡去，可是做不來，她的態度粗魯又傲慢。此後我坐過辦公室，但我根本不喜歡，再後來，我就到藍斯奎夫人這兒來了，而且從一開始我們就很合得來，因為她的丈夫是個畫家，還有其他等等因素。」紀奎絲小姐氣喘吁吁地停了一會，接著悲哀地說道：「我是多麼喜歡我那心愛的小茶館呀。來的客人全都那麼有教養！」

恩威斯先生看著紀奎絲小姐，突然浮起了一種印象，一幅綜合景象，上面有成百上千淑女模樣的人物在「月桂樹」、「黃貓」、「藍鸚鵡」、「柳樹」、「舒適角落」等等的茶館裡向他走來，全都樸素地穿著藍色、粉紅色或橙色的工作服，記下客人點的一壺壺中國茶和蛋糕。紀奎絲小姐有個精神家園，一個仕女般古色古香的茶館，裡面有體面文雅的各型顧客。他想，全國一定有無數像紀奎絲小姐一樣的人，她們彼此都很相像，有著溫和容忍的面孔、固執的上唇以及略嫌稀疏的銀髮。

紀奎絲小姐繼續說道：「我實在不該老是談論自己。警方人員太好了，凡事考慮周到，他們真是太好了。一個叫莫頓的警官到我這兒來，他最是體貼人。他甚至安排我晚上到下面小巷萊克夫人的家裡去過夜，但我說不用了。我覺得和藍斯奎夫人這些好東西一起留下來是我的責任。當然，他們把……把……」紀奎絲小姐有點喘不過氣來。「把遺體搬走了，而且將房間鎖上，那位警官告訴我說，會有一個警察在廚房裡徹夜值班，因為窗戶玻璃被打碎了。我很高興地告訴您，今天早上他們為我重新裝上了玻璃……我剛才說到哪兒了？噢，對了，於是我說，睡在我自己的房間裡不會有什麼問題，儘管我得承認，我確實還是把衣櫃拖到門後，而且在窗檻上放了一個大水罐，以防會有什麼事。萬一那人是個瘋子……大家都聽說過這類事情……」

紀奎絲小姐終於說完了。恩威斯先生飛快地說道：「大致的經過我都知道，是莫頓警官告訴我的。但要是不會使您太難過的話，您能不能再講述一次？」

「當然可以，恩威斯先生。我知道您的感覺。警方都很鐵石心腸，不是嗎？都是這樣的。」

「藍斯奎夫人前天夜裡從葬禮上回來……」恩威斯先生慫恿她說下去。

「是的，她坐的車很晚才到。我按照她的吩咐，叫了一輛計程車去車站接她。她累壞了，可憐的人，那是當然的，但整體說來她興致很好。」

「是的，沒錯。她有沒有說過葬禮的事？」

「說了一點。我給了她一杯熱牛奶，除此之外，她什麼都不要。她告訴我說，教堂擠得滿滿的，有很多很多的花。噢，她還說她很遺憾，沒能見到她的另外一個哥哥……提莫西，是這個名字吧？」

「沒錯，是叫堤莫西。」

「她說她已經有二十多年沒有見過他了，她希望他會到場，但她很清楚，按照當時的情形，他會覺得還是不去的好；可是她也知道，他的妻子會出席葬禮，而她絕對難以容忍茉蒂……噢，天哪，真的要請您原諒，恩威斯先生，我太口無遮攔了，我真的不是故意要……」

「沒關係，沒關係，」恩威斯先生帶著鼓勵的口氣說道，「您知道，我和他們沒有親戚關係。而且我也相信，科拉和她的嫂子一直相處不好。」

「嗯，她差不多也是這樣說的。她說：『我早就知道，茉蒂是一個專橫霸道、愛管閒事的女人。』然後她累了，說要馬上上床睡覺。我已經給她準備好了熱水瓶，然後她就上樓去了。」

「她沒有說過什麼別的話，讓您印象特別深刻嗎？」

「她並沒有產生什麼預兆，恩威斯先生，如果那是您的意思的話。對此我確信不疑。您要知道，除了勞累和那個……那個令人悲哀的事件以外，她的興致確實是非常好。她問我想不想去卡布里。去卡布里！我當然說那真是太好了，我作夢都想不到可以去卡布里。然後她說：『我們去吧！』就那樣。我想……當然她沒有提起這件事，她的哥哥給她留了一份年金或諸如此類的東西。」

恩威斯先生點點頭。

「可憐的人。唉，我很高興她好歹有過快樂的計畫，」紀奎絲小姐嘆了口氣，悵然若失地咕噥道，「我想我永遠去不成卡布里了……」

「第二天早上怎麼樣？」恩威斯先生無法顧及紀奎絲小姐的失望之情，慫恿她說下去。

「第二天早上，藍斯奎夫人的精神很不好，看起來真是嚇人。她告訴我說，她幾乎整夜未睡，一直作噩夢。『那是因為您昨天勞累過度的緣故，』我告訴她。她說或許是吧。她在床上吃了早餐，整個上午都沒下床，但在吃午餐的時候她告訴我，她再也睡不下去了。『我感到很不安，』她說，『我老是想到一些事情，百思不得其解。』然後她說她要服用一些安眠藥，希望下午好好睡上一覺。她要我坐公車到雷丁圖書館去幫她換兩本書，因為她已經在旅途中把它們都看完了，再沒有什麼可以看的了。通常，兩本書她要將近一星期才看得完。於是兩點剛過我就走了，沒想到那……那竟是最後一次……」紀奎絲小姐開始抽泣。「要知道，她當時一定還在睡覺。她什麼聲音都聽不到，那位警官向我保證說，她並沒有遭受很大的痛苦……他認為凶手一斧頭就把她殺死了。噢，天哪，只是那麼想一下，就讓我感到十分不舒服！」

「好，好，我不會再問這件事。我只想聽您說說悲劇發生之前藍斯奎夫人的情況。」

「我敢確定，她很正常。請您務必告訴她的親屬，除了那天晚上睡得很不好以外，她確實是很快樂，一心期待著未來。」

恩威斯先生在問下一個問題之前停頓了一下。他想小心謹慎一點，不要引起她的懷疑。

「她沒有特別提到她的哪個親屬嗎？」

「不，沒有，我認為沒有，」紀奎絲小姐想了一下。「她只是說到，她很遺憾沒有見到她的哥哥堤莫西。」

「她完全沒談到她哥哥理察死亡的問題嗎？呃……死亡的原因，或是諸如此類的事？」

「她沒說過。」

紀奎絲小姐的臉上沒有任何警覺的跡象。要是科拉衝口對她說過理察是被謀殺的這類的話，她現在一定是滿臉警戒，恩威斯先生對此深信不疑。

「我想，他是病了一段時間吧，」紀奎絲小姐含糊地說道，「雖然我得說，聽到那個消息我感到很驚訝。他看起來是那麼健壯、精力充沛。」

恩威斯先生飛快地說道：「您見過他……那是在什麼時候？」

「他到這兒來看藍斯奎夫人的時候。讓我想想……那是在大約三個星期以前。」

「他在這兒過夜了嗎？」

「噢，沒有，只是來吃了頓午餐。真是讓人感到意外。藍斯奎夫人沒想到他會來。我想是為了一些家庭糾紛吧。她告訴我說，她已經很多年沒見過他了。」

「沒錯，的確如此。」

「這使她十分沮喪，可能是因為再次見到他，也或許是因為得知他病得很厲害……」

「她知道他病了？」

「噢，是的，我記得很清楚。因為我當時想——您知道，我只是暗自尋思——艾伯納西先生是不是患了腦軟化症。我的一個姑媽……」

恩威斯先生靈巧地把關於她姑媽的話題轉移開去。

「藍斯奎夫人是說過什麼話，讓您想到腦軟化症嗎？」

「是的，藍斯奎夫人說過一些話，像『可憐的理察。摩提默的死一定使他蒼老了許多，他好像有點老糊塗了，有各種受迫害的胡思亂想，還說有人向他下毒。人老了就會變成這個樣子』。當然，就我所知，那可是確有其事。剛才我要講的那個姑媽，她總認為僕人們在食物中向她下毒，最後只肯吃水煮蛋。因為她說，你總不能在雞蛋裡下毒吧。我們只好遷就她，但若是在現在，我真不知道我們該怎麼辦。現在雞蛋這麼少，而且多半是由外人提供的，所以水煮蛋也是要冒風險的。」

恩威斯先生心不在焉地聽著紀奎絲小姐講述她姑媽的事，心裡十分不安。

當紀奎絲小姐吱吱喳喳講完後，他終於說道：「我想，藍斯奎夫人並沒有把那些話當真吧？」

「噢，是的，恩威斯先生，她非常理解。」

恩威斯先生發現這句話也讓人覺得不安，但不完全是因為紀奎絲小姐表達的那種意思。

科拉．藍斯奎真的理解嗎？或許當時並不理解，而是後來才想通的。她是不是理解得太透徹了？

恩威斯先生知道理察・艾伯納西並沒有犯糊塗。理察的各種官能還完好無損，他絕對不是一個有被害妄想症的人。他一直都是頭腦冷靜清醒的生意人，他的病對這方面並沒有什麼影響。

他竟然會以那種方式和他妹妹說話，這似乎有點非比尋常。但科拉或許以她古怪而天真的機靈，悟出他的言外之意，明確說出了理察・艾伯納西實際上所說的意思。

恩威斯先生想著，科拉在大多數狀況下都是一個十足的傻瓜，她沒有判斷力，情緒不穩定，見解拙劣幼稚，但她也有小孩子那種不尋常的本領，有時候往往以某種令人吃驚的方式一語中的。

恩威斯先生暫時作罷。他認為，紀奎絲小姐已經把一切都告訴了他，她再不知道別的什麼了。他問她是否知道科拉・藍斯奎留下了遺囑。紀奎絲小姐馬上回答說，藍斯奎夫人的遺囑留在銀行裡。

問完這句話，並做了某些安排後，他告辭了。他堅持要紀奎絲小姐接受一小筆現金，用以支付目前的費用，並且告訴她說，他會再和她聯繫，在她尋找新工作的期間，如果她可以繼續待在這個小屋裡，他將會很感激。紀奎絲小姐回答說，那沒問題，而且她確實沒有絲毫的緊張不安。

他禁不住紀奎絲小姐的盛情邀約，參觀了小屋一番，還被她領去看已故皮爾・藍斯奎創作的各種繪畫，它們在小餐廳裡比比皆是，看得恩威斯先生畏縮不前……那些繪畫大部分是裸體畫，很忠實於細節，唯獨缺少畫技；他還被帶去觀賞科拉自己畫的各種小幅油畫速描，畫裡是景色唯美的漁港。

「波爾佩羅，」紀奎絲小姐自豪地說，「去年我們到過那兒，藍斯奎夫人很喜歡那兒的景色。」

恩威斯先生從西南、西北以及羅盤上才有的各種角度終於看清了波爾佩羅，他承認藍斯奎夫人確實熱情十足。

「藍斯奎夫人曾經答應要把她的素描留給我，」紀奎絲小姐愁眉苦臉地說，「我太喜歡它們了。在這幅畫中，真的看得到那些飛濺的浪花，不是嗎？就算她忘記了，我還是可以要上一幅作為紀念，您說是嗎？」

「這應該不成問題。」恩威斯先生寬厚地說。

他做了些安排，然後去拜訪銀行經理，並且與莫頓警官進一步磋商。

05 與小輩們的會談

「一句話，『精疲力盡』就是你現在的樣子，」恩威斯小姐以憤怒而且威嚇的口氣說道，這種口吻只有為弟弟照料家務的忠誠姊姊才有。「依你現在的年紀，你不該管這件事。我想知道，這些事和你有什麼關係？你已經退休了，不是嗎？」

恩威斯先生溫和地說，理察・艾伯納西是他相交最久的朋友。

「就算是吧。但理察・艾伯納西已經死了，不是嗎？我覺得你毫無理由非要攪進那些跟你無關的事情裡，在那些骯髒、風又大的火車上染上致命的感冒。那也是謀殺！我不知道他們為什麼要來找你？」

「他們和我聯繫，是因為那個小屋裡的一封信是我簽的名，那封信告訴科拉有關葬禮的安排。」

「葬禮！老是那麼多沒完沒了的葬禮！這倒讓我想起來了。另外一個你當成寶貝的艾伯納西家人打過電話來……我想，他說他叫堤莫西吧。從約克郡的某個地方打來的。那也是關於葬禮的事！他說他待會兒再打來。」

那天晚上有恩威斯先生的一通私人電話。他拿起話筒，聽到電話那頭是茱蒂．艾伯納西的聲音。

「謝天謝地！我終於找到您了。堤莫西的狀況非常糟，科拉的噩耗讓他十分痛心。」

「可以理解。」恩威斯先生說。

「您說什麼？」

「我說那可以理解。」

「我想是吧，」茱蒂聽起來滿腹狐疑。「您的意思是說，這確實是一樁謀殺案？」

（「他是被謀殺的，不是嗎？」科拉這樣說。但這次回答起來他不必再猶豫了。）

「是的，這是一樁謀殺案。」恩威斯先生說。

「報紙上說，凶器是一把短斧？」

「是的。」

「真是讓我難以置信，」茱蒂說，「堤莫西的妹妹——親妹妹——竟然被人用一把短斧殺了！」

恩威斯先生同樣覺得難以置信。堤莫西的生活與暴力離得那麼遠，以至於誰都會覺得，就是他的親屬也應該同樣幸免於難。

「我想，恐怕大家都必須面對事實。」恩威斯先生口氣溫和地說。

「我確實非常擔心堤莫西。這一切對他太傷了！現在我把他送上了床，但他堅持要我勸您過來看一下他，有一大堆事情他想知道：要不要進行驗屍、誰應該到場、多久之後才能舉行葬禮、錢從哪裡來、又是什麼錢、科拉有沒有說過要火化或別的什麼、她是否留下了遺囑……」

恩威斯先生打斷了茉蒂的話，免得她一連串地說下去。

「是的，有一份遺囑。她讓堤莫西做她指定的遺囑執行人。」

「噢，天哪，我擔心堤莫西什麼事也做不了……」

「律師事務所會處理所有必要的事務。遺囑很簡單。她把自己的素描和一個紫水晶胸針留給了她的女伴紀奎絲小姐，其餘的一切都留給蘇珊。」

「留給蘇珊？奇怪，為什麼要留給蘇珊？我相信她從未見過蘇珊，打從蘇珊還是個小孩起就沒見過。」

「我想那是因為蘇珊和一個人結了婚，那人也不合家人的心意。」

茉蒂哼了一聲。

「就算是格雷，也要比皮爾．藍斯奎好得多！當然，嫁給一個在商店裡當店員的人，在我年輕時代是聞所未聞，但在藥房工作總要比在服飾用品店好多了；而且格雷至少看起來比較像個正經人，」她頓了一下，接著說道：「也就是說，蘇珊得到了以前理察送給科拉的那筆錢？」

「噢，不是，根據理察的遺囑，那筆錢的本金要分成幾份。科拉留下來的財產只有那麼幾百英鎊和她小屋裡的家具。還清大筆債務並賣掉家具以後，我看全部的遺產加起來最多不過五百英鎊。」他接著說道：「當然，要進行驗屍。時間訂在下個星期四。堤莫西要是同意，我們會派勞埃德代表你們家出面監督驗屍的全部過程。」他語帶歉意地加了一句：「因為……呃，因為現在的情況，恐怕這次驗屍會帶來一些不好的名聲！」

「真是讓人討厭！他們抓到那個殺死科拉的壞蛋沒有？」

「還沒有。」

「我想，凶手大概是那些一天到晚在鄉村遊蕩、四處作惡的地痞流氓。警方太無能了。」

「不不，」恩威斯先生說，「警方絕非無能，先不要這麼想。」

「嗯，在我看來這件事真是太怪了，對堤莫西也影響很大。我想您可能不會過來了吧，恩威斯先生？要是您能來，我真是太感激了。我想，您若能過來撫平堤莫西的疑慮，他可能會安下心來。」

恩威斯先生沉默了片刻。這一邀請讓他答應得十分不情願。

「您說的不無道理，」他承認說，「我也有些文件需要堤莫西簽名。好吧，我想去一趟也不錯。」

「那太好了。明天怎麼樣？您會在這裡過夜嗎？搭乘十一點二十分從聖潘克羅斯開來的火車最合適。」

「恐怕我得坐下午的車，」恩威斯先生說，「早上我還有其他事……」

§

喬治．格斯菲熱情迎接恩威斯先生的到來，但也感到些許意外。

「我剛從利奇特聖瑪莉趕來。」恩威斯先生解釋道，儘管這句話實際上並未解釋什麼。

「那麼真是科拉姨媽了？我在報紙上讀到了這則消息，真是令人難以相信。我還以為是和科拉姨媽同姓的人哩。」

「藍斯奎可不是一個常見的姓。」

「是的，它當然不是一個常見的姓。我想這是一種自然反應，不願相信自己的家人可能被謀殺。在我看來，這很像上個月在達特穆爾發生的一起案件。」

「是嗎？」

「是的，也是同樣情形。有棟位在荒涼地帶上的小屋，也是兩個上了年紀的女人生活在一起。被拿走的現金數額很少，有些人根本不看在眼裡。」

「金錢的價值是相對的，」恩威斯先生說，「重要的是需求。」

「是，是，我想你說得對。」

「如果你極需要十英鎊，那麼十五英鎊對你而言就綽綽有餘了。反過來也是一樣。如果你的需求是一百英鎊，那麼有四十五英鎊還不如沒有。如果你需要的是幾萬英鎊，那麼上千英鎊根本不夠。」

喬治目光忽然一閃，說道：「不過這年頭多少錢都能派上用場，大家的手頭都很緊。」

「但沒有到極度缺乏的地步，」恩威斯先生指出，「關鍵在於極度的需要。」

「您是不是想到什麼特別的事？」

「噢，不，完全不是。」他頓了一下，才接著說下去。「在遺產轉讓之前尚有一段手續時間；不知道您需不需要先預支？」

「事實上，我正準備談這個問題。今天早上我到銀行走了一趟，向他們提起您，他們對帳戶透支的客戶很能體諒。」

喬治的目光又閃了一下，恩威斯先生憑他深厚的閱歷，知道原因何在。他敢肯定，喬治要不是需錢孔急，也是經濟上十分窘迫。他確認了潛意識中一直存在的印象，亦即金錢方面的事他是不能信任喬治的。他很想知道，與他一樣閱人無數的老理察．艾伯納西是不是感覺到了這一點。恩威斯先生也敢肯定，在摩堤默死後，艾伯納西就產生要把喬治培養成繼承人的念頭。喬治不是艾納伯西家的人，但他是子侄輩中唯一的男性。理察．艾伯納西派人把喬治叫來，讓他在家裡住了幾天。看來，可能是在喬治來訪的後期，理察發現他並不適合。他是不是也像恩威斯先生一樣，憑直覺感到喬治為人不正直？全家都認為，蘿拉選擇喬治的父親是個錯誤的決定。他是一個證券經紀人，另外還曾從事過一些神祕莫測的活動。喬治比較像他的父親，而不像艾伯納西家的人。

喬治或許是誤解了這位老律師的沉默，他不安地笑道：「我近期的投資不是很順利，冒了一點風險，結果並不成功，多少把我給耗空了。但現在我快要挽回損失了。只是需要一些資本。阿登斯聯合公司很不錯，您說呢？」

恩威斯先生不置可否。他很想知道喬治是否在做投機生意，而且用的是公司的錢而不是自己的。如果喬治有面臨刑事訴訟的危險……

恩威斯先生明確地說：「葬禮後的第一天，我就想找你，但你不在辦公室。」

「是嗎？他們從未跟我說過。我想，在聽到那樁好消息後，我有權休假一天！」

「好消息？」

喬治的臉變紅了。

「噢，不，我指的不是理察舅舅的死。但是得知自己得到一筆錢，確實會有點興奮。誰都會覺得應該慶賀一下。我去了赫斯特公園，把賭注下在篤定跑贏的兩匹馬上。真是不鳴則已，一鳴驚人，運氣來了就賺錢！也就下五十英鎊，但大賺了一筆。」

「噢，是的，」恩威斯先生說，「大賺了一筆。現在你的科拉姨媽死了，你又有了一筆額外的收入。」

喬治顯得很關切。

「可憐的老姨媽，」他說，「很倒楣，不是嗎？正當她準備要好好享樂一番的時候。」

「祈禱警方能找到那個該對她的死負責的人吧。」恩威斯先生說。

「我盼望他們能夠抓到他。他們很不錯，我們的人民保母。他們應該要拘捕那附近的不良份子，對他們嚴加審問，要求他們詳細說明凶案發生時，他們在幹些什麼。」

「已經過了一段時間，事情沒那麼容易了，」恩威斯先生說。他露出一個冷淡的微笑，表明他想要開個玩笑。「當天的三點三十分我本人在哈查德書店。要是十天以後警方再來詢問我，我還能不能想起來？對此我深表懷疑。而你，喬治，當天你在赫斯特公園。但要是過了……比如說，一個月，你還記不記得哪天你去看賽馬了？」

「噢，我可以根據那次葬禮來確定。那是葬禮後的第二天。」

「是的，沒錯，而且那時候你把賭注下在篤定跑贏的兩匹馬上。這是能幫助你記憶的另一件事，一個人很少會忘記讓他贏錢的那匹馬。順便問一下，那兩匹馬叫什麼名字？」

「讓我想想，『蓋馬克』和『佛羅格二世』。是的，就算匆忙之間，我也不會忘記。」

恩威斯先生咯咯地小聲乾笑幾下，然後告辭走了。

§

「當然，見到您真是太好了。」羅莎梅說，她的口氣裡沒有任何熱情。「但是現在還是一大早啊。」

她重重地打了一個呵欠。

「現在是十一點。」恩威斯先生說。

羅莎梅又打了一個呵欠，語帶歉意地說道：「昨天晚上我們舉行了一個瘋狂的派對。喝得太多了。麥可爛醉如泥，現在還很不舒服。」

這時麥可出現了，也是呵欠連天。他手裡拿著一杯濃咖啡，身穿一件漂亮的晨衣。他一臉憔悴又富吸引力，微笑也像平常一樣迷人。羅莎梅穿著一條黑裙和一件髒兮兮的黃套衫，根據恩威斯先生的判斷，裡面再沒穿什麼了。

這個刻板而挑剔的律師完全不認可沙恩夫婦這對年輕人的生活方式。這是切爾西區一所房子的一個混亂房間，酒瓶、酒杯和菸蒂扔得滿地都是，空氣汙濁，整個房間垃圾遍地、一片狼藉。

在這令人喪氣的環境中，羅莎梅和麥可倒是青春煥發、笑容滿面。他們倆當然是漂亮的一對，恩威斯先生覺得他倆似乎挺相親相愛。羅莎梅一定非常喜歡麥可。

「親愛的，」她說，「喝口香檳怎麼樣？讓我們振作起來，為將來乾杯。噢，恩威斯先生，理察舅舅給我們留了一筆可觀的錢，這可真是不得了的好運氣……」

恩威斯先生注意到麥可飛快、不悅地皺了一下眉頭，不過羅莎梅還是從容不迫地繼續說下去。

「因為現在有個劇本，這是個大好機會。麥可擁有這個劇本的購買權。他可以演一個非常了不起的角色；就是我也有一個小角色可演。您知道，這齣戲講的是年輕罪犯，他們都是一些聖人，戲裡絕對充滿最新潮的前衛觀念。」

「看來是吧。」恩威斯先生口氣僵硬地說。

「他搶劫、殺人，被警方和全國人民追捕，最後，他創造了一個奇蹟。」

恩威斯先生被激怒了，坐著一言不發。這些傻愣愣的年輕人談的、寫的，都是些什麼毒害人心的胡言亂語啊！

麥可．沙恩不禁出聲斥責，臉上還有一絲怒容。

「恩威斯先生不會想聽我們的狂想，羅莎梅，」他說，「閉一下嘴，聽他說他為什麼過來看我們。」

「只是要解決一兩個小問題，」恩威斯先生說，「我剛從利奇特聖瑪莉回來。」

「這麼說真的是科拉姨媽被謀殺了？我們在報紙上讀到這件事。我說那一定是因為她的姓很罕見的緣故。可憐的科拉老姨媽。那次在葬禮上我一直在看她，覺得她真是一個過時的女人，誰要是像她那樣子還不如死了算了……而現在她真的死了。昨天晚上我告訴他們，報紙上刊載被斧頭殺害的人是我姨媽，他們沒人相信！他們只是笑，是吧，麥可？」

麥可．沙恩沒回答，羅莎梅興味盎然地說：「接連發生了兩樁謀殺案。有點太誇張了，不是嗎？」

「別傻了，羅莎梅，你的理察舅舅不是被謀殺的。」

「嗯，但科拉可是這麼想的。」

恩威斯先生插口問道：「參加完葬禮後你們就回倫敦了，是嗎？」

「是的，我們是和您搭同一班火車回來的。」

「是，是。我這樣問是因為我曾設法要聯絡你們，」他飛快地掃了一眼電話。「就在第二天，我打了好幾次電話，但是沒人接。」

「噢，天哪，實在是對不起。那天我們幹什麼去了？那是前天。十二點之前我們一直在這兒，不是嗎？然後你和羅森海姆聯絡，接著去和奧斯卡吃午飯。我出去買尼龍長襪，逛了幾家商店。我原本要和珍妮特見面，但沒碰上。說真的，那天我買了很多東西，度過了一個愉快的下午。後來我們在卡斯泰爾餐館吃了飯。我想，我們回到這兒大概是十點左右吧。」

「大概就是那個時間，」麥可說。他看著恩威斯先生，一臉沉思的表情。「先生，您為什麼要打電話找我？」

「噢，只是為了理察．艾伯納西遺產中的一些問題，有些文件要您簽名，就這樣。」

羅莎梅問道：「我們現在就能得到那筆錢呢，還是得再等上一段時間？」

「我想，」恩威斯先生說，「牽涉到法律事務多少會造成耽擱。」

「但我們可以得到預付，是吧？」羅莎梅顯得有點警覺的樣子。「麥可說可以預付。那對我們很重要，因為那齣戲。」

麥可和悅地說：「噢，實際上不用急。那只是關係到是否取得購買權。」

「先預付一筆錢並不難，」恩威斯先生說，「您們需要多少都可以。」

「那就好了。」羅莎梅寬慰地嘆了口氣。轉念一想，她又問道：「科拉姨媽留下錢了嗎？」

「有一些，她把錢留給了您的表妹蘇珊。」

「為什麼留給蘇珊，我倒想知道一下！錢多嗎？」

「幾百英鎊和一些家具。」

「是很精美的家具嗎？」

「不是。」恩威斯先生說。

羅莎梅不感興趣了。

「這件事很邪門，是不是？」她說，「科拉在葬禮之後突然說出『他是被謀殺的』，然後第二天她回去後，自己也被謀殺了。我的意思是，這很奇怪，不是嗎？」

「是的。這件事確實很奇怪……」

§

恩威斯先生仔細打量著蘇珊．班克斯，她的身體在桌子上往前傾，熱情激動地侃侃而談。

蘇珊絲毫沒有羅莎梅的那種率真可愛。但她有一張迷人的臉龐，恩威斯先生覺得它的魅力在於它生氣勃勃、充滿活力。她嘴唇的曲線飽滿而豐潤，是張女人的嘴巴，她的身體也是女人的身體。然而在很多方面，蘇珊讓他想起了她的伯父理察·艾伯納西。那腦袋的形狀、下顎的線條，還有那深陷的沉思雙眼。她有著與理察·艾伯納西同樣喜歡發號施令的個性，具有同樣的幹勁、同樣的預測能力和明確的判斷力。在年輕一代的三個家族成員中，似乎只有她具有艾伯納西家那份豪門鉅富的氣勢。理察在他這個侄女身上，是否已看出與他自己血緣相通的氣質？恩威斯先生認為他一定看出來了。理察一直十分重視氣質。毫無疑問，蘇珊恰好具備他所尋求的氣質。然而，理察·艾伯納西在遺囑中一視同仁，並未對她另眼相待。恩威斯先生相信，理察覺得喬治靠不住，那個可愛的傻瓜羅莎梅也不予考慮，但他難道沒發現蘇珊正是他所要尋求的人，一個和他擁有同樣氣質的繼承人？

如果真是這樣，那麼原因一定是……對了，按邏輯推理，是她的丈夫……

恩威斯先生的目光悄悄溜過蘇珊的肩膀，看到格雷漫不經心地站在那兒，正在削著一枝鉛筆。

那是一個瘦削、蒼白、說不出什麼特徵的年輕男子，有一頭微紅的棕色頭髮。蘇珊的生動個性完全遮住了他的光彩，因此令人難以認識到真正的他。在這個人的身上什麼也看不出來，他性情愉快，很容易附和別人，用時髦的話說，就是一個「好好先生」。然而這樣描述他似乎還不算完全。格雷．班克斯的不起眼之中，有一種模模糊糊令人不安的東西。他和蘇珊很不相配，然而蘇珊堅持要嫁給他，不顧一切反對……這是為什麼？她看中他哪一點了？

到現在，他們結婚已有六個月。「她對那個傢伙十分迷戀。」恩威斯先生暗自想道。他熟知那些感覺。有很多在婚姻上出現問題的妻子來過「恩威斯與博勒德律師事務所」，妻子們瘋狂地愛著沒什麼出息、貌不驚人的丈夫，卻對魄力十足且無可挑剔的丈夫既鄙視又厭煩。女人在某個特定的男人身上看到的東西，是一般有才智的男性所無法理解的。事實就是這樣。一個女人或許對人情世故精明強悍，但一碰到某個特定的男人時，她可能就是個十足的傻瓜了。恩威斯先生想道，蘇珊就是這樣一個女人。對她來說，世界是圍著格雷轉的。這在很多方面有其危險性。

蘇珊言辭憤慨地強調說：「這件事太丟臉了。您記不記得去年在約克郡被謀殺的那個女人？始終沒有人被逮捕。還有那個在糖果店被兇手用一根棍棒殺害的老女人，他們拘留了某個男人，然後又把他放了！」

「得有證據，親愛的。」恩威斯先生說。

對他的話蘇珊置若罔聞。

「此外還有那個案子，一個退休的護士，凶器是一把短柄小斧或是大斧頭，就像科拉姑媽的這個案子一樣。」

「呵，蘇珊，看來你對那些罪行很有研究呀。」恩威斯先生口氣溫和地說。

「我當然會想起那些事，尤其受害者又是自家人，遇害方式也大同小異。嗯，這表明一定有很多這種人，他們在鄉村裡四處遊蕩，闖進民宅對那些獨居的女人行凶，而警方竟袖手旁觀！」

恩威斯先生搖了搖頭。

「不要貶低警察人員，蘇珊。他們都是非常精明又極具耐心的人，而且相當堅持。報紙上不再提及一個案子並非意味著它已經結案了，事實遠非如此。」

「可是每年還是有數以百計的罪案破不了。」

「數以百計？」恩威斯先生半信半疑。「沒錯，是有一定數量的犯罪破不了案。但有很多情形是這樣的：警方知道是誰犯的罪，可惜證據不足，不能對其提出控訴。」

「我不相信，」蘇珊說，「我認為，要是你明確知道是誰犯的罪，你一定能找到證據。」

「我很想知道，」恩威斯先生聽起來像在思索著什麼。「我非常想知道……」

「他們知不知道科拉姑媽這件案子的凶手可能是誰？」

「目前我也不清楚。但他們也不可能透露給我，案子畢竟還處在初期階段。別忘了，謀殺是前天才發生。」

「凶手一定是某一種人，」蘇珊若有所思地說，「一個殘忍、也許有點弱智的人，一個退伍士兵或是慣犯，不然怎麼會那樣凶暴地用斧頭做案。」

恩威斯先生稍稍顯得有點嘲弄的樣子，把眉毛一揚，低聲哼道：

莉琪．柏頓掄起斧
砍了父親五十斧。
看到自己造下孽
又砍母親五十一。

「噢，」蘇珊生氣地脹紅了臉。「科拉沒有和任何親屬住在一起，除非您是指她的那個女伴。而且，不管怎樣，莉琪．柏頓最後被判無罪。沒有人確定她是否殺了父親和繼母。」

「這首小詩確實具有誹謗性。」恩威斯先生表示同意。

「你是說，是她的那個女伴殺了她？科拉留給她什麼東西了嗎？」

「一枚沒有多大價值的紫水晶胸針，還有一些只有情感價值的漁村素描。」

「謀殺總得有動機，除非那人是弱智。」

恩威斯先生咯咯咯地笑了一下。

「就目前看來，親愛的蘇珊，唯一有動機的人是你。」

「那是什麼意思？」格雷突然向前走來。他就像一個酣睡者剛剛醒過來，眼睛裡露出一絲醜陋的神情。他突然不再是一個無足輕重的普通人物。「蘇珊和這件事有什麼關係？您是什麼意思，為何說這樣的話？」

蘇珊厲聲說道：「住嘴，格雷。恩威斯先生沒有什麼意思……」

「我只是開個小玩笑，」恩威斯先生抱歉地說，「恐怕不是很得體。科拉留下的遺產不多，但她還是留給了你，蘇珊。不過，對一個剛剛繼承了好幾十萬英鎊的年輕女士來說，謀奪一份區區幾百英鎊的遺產，實在難以被當成殺人的動機。」

「她把她的錢留給了我？」蘇珊聽起來很驚訝。「真是奇怪。她甚至都不認識我！您認為她為什麼會這麼做呢？」

「我想是因為她聽到了一些傳言，說是你的婚姻……呃，經歷了一些波折。」重新退回去削鉛筆的格雷皺了皺眉頭。「她自己的婚姻也有過一些周折……我想她是同情你吧。」

蘇珊興味盎然地問道：「她嫁給了一個全家人都不喜歡的藝術家，是嗎？他是一個不錯的藝術家嗎？」

恩威斯先生非常堅決地搖了搖頭。

「那個小屋裡有他的繪畫嗎？」

「有。」

「那麼我就可以自己去判斷了。」蘇珊說。

恩威斯先生朝著蘇珊果決翹起來的下巴笑了笑。

「好吧。畢竟我是一個老古板，對於藝術的品味早已落伍了，但我還是認為，等你看過之後，你不會對我的判斷表示異議。」

「不管怎樣，我還是該去那兒一趟，看看那裡的情況吧？現在那兒還有人嗎？」

「我請紀奎絲小姐在接到進一步通知之前，一直待在那兒。」

格雷說：「她一定是個很有膽量的人，竟然敢待在發生過謀殺案的現場。」

「我敢說，紀奎絲小姐是個很理智的女人。此外，」律師乾巴巴地補充說，「在找到另外一份工作之前，我想她也沒有別的地方可以去。」

「這麼說，科拉姑媽死後她就無依無靠了？她是不是，她和科拉姑媽……是不是關係很親密？」

恩威斯先生很好奇地看著她，不知道她心裡究竟在想什麼。

「我想，一定程度上是的，」他說，「她從不把紀奎絲小姐當傭人看待。」

「但比對待傭人要糟糕一千倍，」蘇珊說，「這些可憐的『女伴』如今只不過是些出氣筒。我會設法幫她找份正經的工作。這不是什麼難事。願意從事家務、烹飪的人，都是非常有價值的……她會烹飪，是吧？」

「噢，是的。我看她唯一不願做的是一些她所謂的，呃，『粗重的工作』。但我不大明白『粗重的工作』是指什麼。」

蘇珊看來好像覺得很有趣。

恩威斯先生看了一眼手錶，說道：「你姑媽讓堤莫西做她指定的遺囑執行人。」

「堤莫西，」蘇珊輕蔑地說道，「堤莫西伯簡直是個謎嘛。從未有人見過他。」

「沒錯，」恩威斯先生看了一眼手錶。「今天下午我要過去看他。我會把你要去那個小屋的事告訴他。」

「我想，那只需花上一兩天的時間。我手邊還有很多事，不想離開倫敦太久，我準備要做生意。」

恩威斯先生環顧這個擁擠的客廳。格雷和蘇珊顯然手頭拮据。他知道，她父親揮霍掉了大部分的錢，結果讓女兒日子過得很艱難。

「我可不可以問一下，你將來的計畫是什麼？」

「我看上了卡蒂岡街的一塊地。如果我有需要，您能不能先預付我一些錢？我可能得付一筆押金。」

「這可以安排，」恩威斯先生說，「葬禮後第二天我給你們打過幾次電話，但沒人接。我當時想，或許你們需要先提一筆錢。我猜你們當時可能不在倫敦。」

「噢，不。」蘇珊馬上說道，「我們整天都在家，我們倆都在，根本就沒出去。」

格雷輕聲說道：「蘇珊，我想我們的電話那天一定是出了問題。你記不記得那天下午我打電話到哈德公司時，怎麼也打不通。我原本打算報修的，但第二天早上它又沒事了。」

「電話有時候很靠不住。」恩威斯先生說。

蘇珊突然說道：「科拉姑媽怎麼知道我們結了婚？我們是在戶籍登記處登記的，當時沒有告訴任何人！」

「我想可能是理察告訴她的吧。大約在三個星期前，她修改了遺囑（以前的受益人是神智學會），差不多就在理察去看她的時候。」

蘇珊顯得很吃驚。

「理察伯父去看過她？我怎麼不知道？」

「我也不知道。」恩威斯先生說。

「那麼，那是在……」

「在什麼？」

「沒什麼。」蘇珊說。

06 拜訪堤莫西與茱蒂

「您能來真是太好了，」茱蒂聲音沙啞地說道，她在貝漢康普頓車站的月台上迎接恩威斯先生。「我可以向您保證，堤莫西和我都很感激您能來。當然，理察的死，對堤莫西來說相當不利。」

恩威斯先生還沒從這個角度思考過他朋友的死。但他明白，這是堤莫西．艾伯納西夫人思考這件事的唯一角度。

當他們走向出口時，茱蒂展開了話題。

「首先，這是一個重大打擊。堤莫西確實和理察很親。然後很不幸，這事又把死的念頭塞進了堤莫西的腦袋。想到自己這樣重病在身，他深感不安。他知道自己是兄弟裡唯一在世的人了，他開始說他就是下一個要走的人，而且時間不會很長……我告訴他，這全是一些病態的話。」

他們出了車站，茉蒂領他走到一輛老舊得令人難以置信的破車旁。

「對不起，讓您坐我們格格響的老爺車，」她說，「多年來我們一直想買一輛新車，但實在是買不起。這輛車已經換過兩次引擎了……這些舊車真是經得起折騰。我希望它發動得起來，」她接著又說：「有時候得用曲柄搖動，才能發動。」

她按了幾下啟動器，結果只發出一聲毫無意義的呼響。恩威斯先生這一生中還從未用曲柄發動車子，所以他感到很擔心。但茉蒂自己下了車，她把發動車子用的曲柄插進去，使勁地搖了幾圈，引擎便發動了。恩威斯先生想道，幸好茉蒂是個體格健壯的女人。

「就這樣，」她說，「這個老怪物近來常讓我惱火。那次參加葬禮回來時，它就胡鬧過。我不得不走幾英里路到最近的一家汽車修理廠，那些人也好不到哪裡去，只會修那種鄉下的玩意兒。我只得在當地一家小旅店投宿，讓他們去瞎整它。當然這會讓堤莫西感到很擔心。我只好打電話給他，告訴他我第二天才能回家。為此他極度煩躁不安。大家平常盡可能不讓他知道一些事情，但有些事總是讓人束手無策，例如科拉被謀殺的事。謀殺之類的事對堤莫西這種身體狀況的人來說，實在是難以承受。我認為科拉一直都是個傻瓜。」

恩威斯先生一聲不吭地領會著這句話。

這個結論他還不是十分確定。

「自從我們結婚以後，我就沒見過科拉了，」茉蒂說，「我不好對堤莫西說：『你最小的妹妹經常瘋瘋癲癲的。』我不能說那樣的話。但我是這麼想的。她總是說一些荒誕不經的話，讓人不知道該報之以憤怒還是嘲笑。我想，那是因為她一直生活在自己的幻想世界吧，那裡面充滿著駭人聽聞的故事和奇想。咳，可憐的人，現在她為此付出了代價。她沒有什麼門客吧，是不是？」

「門客？您指的是什麼？」

「我只是猜測。某些騙吃騙喝的年輕藝術家、音樂家或諸如此類的人。那天她可能讓誰進了她的小屋，對方為了拿她零散的現金殺害了她。或許是個青少年，他們在那種年紀有時真是古怪，尤其是那種不正常的藝術派。我是說，凶手在下午時間闖進去殺害了她，這看起來很奇怪。想要破門而入，應該會選在晚上。」

「那樣的話，屋子裡就會有兩個女人在。」

「噢，是的，還有科拉的那個女伴。但我確實難以相信，到底誰會蓄意等到她不在的時候，闖進去襲擊科拉。為什麼呢？凶手不可能指望她有現金或放些有價值的東西在家裡，而且如果兩個女人全都不在家、屋子裡空無一人的時候，不是安全多了？除非逼不得已，要不然去犯謀殺罪就太愚蠢了。」

「您覺得，找不到理由謀殺科拉嗎？」

「那太愚蠢了。」

謀殺還應該符合情理嗎？恩威斯先生很想知道。從純理論的角度說，答案是肯定的，但記錄在案的許多案例都是毫無意義的犯罪。恩威斯先生想，這得根據凶手的心理狀況而定。

他真的了解凶手及其心理過程嗎？幾乎不了解。他的律師事務所從未處理過刑事方面的業務。他本人也不是一個犯罪學的研究者。就他所了解的，殺人凶手似乎五花八門，什麼種類都有。有些凶手傲慢自負；有些凶手利慾薰心；有些凶手卑鄙貪婪，比如賽登；另外一些瘋狂地貪戀女色，比如史密斯與羅斯；還有一些人緣極佳，比如阿姆斯壯。伊迪絲．湯普森生活在一個充滿暴力的幻想世界；護士沃丁頓精神愉悅而有條有理地把她的老病人幹掉。

茱蒂的聲音打破了他的沉思。

「我要是能讓堤莫西不讀報紙就好了！但他堅持要讀……然後，當然，他又被搞得心煩意亂。恩威斯先生，驗屍時，堤莫西不可能到場，這您能夠理解，是吧？如果有必要，我會請巴頓醫生開出一份證明或別的什麼東西。」

「這一點您可以放心。」

「真是謝天謝地！」

他們拐入史丹斯菲爾德莊園的大門，開上一條乏人照料的私人車道。這裡曾是一個美麗的所在，但現在卻呈現一副未被照料又令人悲哀的面貌。

茱蒂嘆息著說道：「戰爭期間我們不得不任它荒蕪下去。兩個園丁都應召入伍了。現在我們只剩下一個老人，而他又不是很在行。工資漲得嚇人。我得說，一想到我們現在終於有錢整修，就很令人高興。我們倆都很喜愛這個地方。以前我很擔心必須把它賣掉……這倒不是說我向堤莫西提過這類的建議。那會使他心煩不已，病況加劇。」

他們停在一棟非常古老的喬治王朝屋宇前面。這棟房子極需塗漆整修一番。

「我們沒有僕人，」茱蒂一面領路，一面痛苦地說，「只有兩三個女人偶爾來這兒做家務。直到一個月前，我們才請了一個住在這裡的女僕。她有些駝背，腺體腫脹得厲害，不是很伶俐，但有她在，我們就感到很欣慰了，而且她對烹飪很拿手。可是您信不信，她後來離職，到一個養了六隻獅子狗的傻女人那裡工作（那裡的房子比這棟大，工作也多）。她說因為她『太喜愛小狗了』。狗，真是的！我覺得牠們令人噁心，只會把屋子搞得一團糟！這些女人真是有神經病！我們就是這樣，要是哪個下午我得出門，堤莫西就得孤零零地留在屋子裡，萬一發生什麼事，他怎麼辦？儘管我已經把電話放在緊靠著他椅子的地方，以防他感覺快昏倒時，可以馬上打電話給巴頓醫生。」

茱蒂把他領進客廳，茶水已經沏好，擺在爐火邊；她把恩威斯先生安置好，然後走開，大概去了後屋。過了幾分鐘，她回來了，拿著一只茶壺和一個銀水壺，著手服侍恩威斯先生。茶水不錯，還有自製的蛋糕和新鮮的果子麵包。

恩威斯先生低聲說道：「堤莫西怎麼樣了？」

茱蒂輕快地解釋說，她出發去火車站以前，才端了餐盤給堤莫西。

「現在嘛，」茱蒂說，「他可能小睡完了，您去看他的時間最好，一定要設法別讓他過分激動。」

恩威斯先生向她保證，他會謹言慎行。

他在搖曳不定的爐光中仔細打量著她，突然感到一陣同情。這個高大健壯、講究實際的女人那麼健康、生氣勃勃、充滿常識，然而一方面又脆弱得奇怪，讓人覺得可憐。恩威斯先生斷定，她對丈夫的愛是一種母親般的愛。茉蒂．艾伯納西沒生過孩子，但她是一個天生的母親。她患病的丈夫成了需要她去庇護、保衛和照料的孩子。或許，因為她是比較強壯的那一個，她下意識地把丈夫看作是無能為力的病人了，而她丈夫的病情可能並不像她想像的那麼嚴重。

「可憐的堤莫西夫人。」恩威斯先生暗自想道。

§

「您能來真是太好了，恩威斯。」

堤莫西從椅子裡支起身子，伸出手去。他身材高大，酷似他的哥哥理察，但理察顯得堅強的地方，堤莫西卻十分虛弱：優柔寡斷的嘴角，稍微向後傾斜的下巴，不夠深陷的眼睛，額頭上的皺紋也顯得乖戾而易怒。

他雙膝橫蓋著一條毛毯，右手邊的桌子上擺著小瓶、小盒藥效良好的備用藥品，這更凸顯了他病弱的情形。

「我不可以用力，」他警覺似地說，「醫生不許我那樣做。老是讓我不要擔心！不要擔心！我敢打賭，要是他家裡發生了一起謀殺案，他也會非常擔心！太讓人難以承受了。先是理察的死，然後聽到那些葬禮和遺囑方面的事……那是什麼遺囑！最讓人難以承受的是可憐的小科拉竟被人用斧頭給殺害了。斧頭！呸！這個國家如今全是歹徒、惡棍，都是從戰場上剩下來的人渣！他們四處殺害毫無防衛能力的女人。沒有人敢制止這些事情或採取強硬手段。我倒想知道，這個國家要何去何從？這個該死的國家要何去何從？」

恩威斯先生很熟悉這樣的開場白。在過去的二十年裡，他的委託人難免總要發出這種憤慨，他也有了回答它的慣常模式。他說的那些含糊其詞的話，都可以歸到「安慰性聲響」的分類標題下邊去了。

「這都是從該死的工黨執政開始的，」堤莫西說，「他們把整個國家都送進了地獄。我們現有的政府也好不到哪兒去。都是些說話拐彎抹角、軟弱無力的社會主義者！看看我們所處的狀況！雇不起一個像樣的園丁、雇不起僕人……可憐的茉蒂還得自己在廚房裡忙得不可開交（順便說一句，今晚咱們吃牛奶蛋糊布丁加比目魚，一定很不錯，親愛的；或許先喝一點清湯？）。我得保持自己的體力，巴頓醫生就是這麼說的……讓我想一想，我說到哪兒了？噢，對了，科拉。我跟你說，聽到自己的妹妹，親妹妹，被人謀殺了，這真是一個打擊！咳，我當時都顫抖了二十分鐘！您得為我關照一切，恩威斯。我不能參加驗屍，也不要拿科拉的遺產的事來煩我。我想忘掉這全部的事情。順便問一句，理察留給科拉的那筆錢怎麼樣了？我想是歸我吧？」

茱蒂咕噥著說要撤走茶水，離開了房間。

堤莫西躺回到他的椅子裡，說道：「沒有女人在真是一件好事。現在我們可以談談正事，而不會被任何傻話打斷了。」

「作為信託資金送給科拉的那筆錢，」恩威斯先生說，「平均分給您、一個侄女和一個外甥。」

「可是聽著，」堤莫西的雙頰因憤慨而略顯紫色。「不可否認的，我是她最近的親屬吧？我是她唯一在世的哥哥。」

恩威斯先生謹慎小心地解釋了一下理察．艾伯納西遺囑的確切條款，溫和地提醒堤莫西說，自己曾請人送過一份副本給他。

「別指望我能理解那些法律術語，」堤莫西毫不領情地說，「你們這些律師！事實上，當初茱蒂回家後告訴我事情的要點時，我就難以置信。我想她是理解錯了。女人們從沒有過頭腦清楚的時候。茱蒂是世界上最好的女人，但女人都不懂錢的問題。我相信茱蒂甚至不明白，如果理察沒死，我們也許都得從這裡搬走，真的！」

「當然，要是您向理察請求……」

堤莫西發出短短的一陣刺耳笑聲。

「那不是我的行事作風。我們的父親相當公平地給我們每人留了一份錢，也就是說，要是我們不想進入家族公司的話。我可不想進入。恩威斯，我的心是超越雞眼膏之上！理察不太諒解我的態度。嗯，由於繳交各種稅款、收入縮減，還有各種層出不窮的事情，日子不好維持，我不得不了解一些資金運用的事。這是這陣子以來最有收穫的事。我有一次向理察暗示，這個地方管理起來有點難了。他的態度是，我們應該住小一點的地方，這樣日子會過得寬裕多了。他說，茉蒂會輕鬆些，也可以節省更多勞力……節省勞力？這是什麼話！噢，不，我本來不想向理察求援的，但我告訴你，恩威斯，憂慮對我的健康非常不利，一個處於我這種身體狀況的人不應該憂慮。然後理察死了，雖然我對此——我哥哥的事情——感到很傷心，但我禁不住對未來的前景感到輕鬆。把房子油漆一遍，花園裡雇上兩三個不錯的園丁——你出高價就可以雇到他們——有個全新的玫瑰園。還有……我說到哪兒了？」

「您將來的計畫。」

「是的，是的。但我不該拿這些事來煩你。真正使我受到傷害的、使我殘酷地受到傷害的，是理察遺囑的條款。」

「是嗎？」恩威斯先生顯得很好奇。「那些條款不是……像您所期望的那樣？」

「我得說，確實如此！在可憐的摩堤默死後，我理所當然地認為理察會把一切財產都留給我。」

「嗯，他……曾經向您那樣暗示過嗎？」

「他從不那樣說……不會說那麼多話，理察是那種沉默寡言的人。但他在這裡問過我，就在摩堤默死後不久。他想全盤討論一下家族事務。我們討論了年輕的喬治，還有那些女孩和她們的丈夫。他想知道我的觀點，當然我也說不出什麼。我是一個病人，不能走動，和茉蒂的生活又與世隔絕。但要是你問我，我會說，這兩個女孩的婚姻都是既愚蠢又不幸。嗯，聽著，恩威斯，我當然認為，他是想到自己死後我就是一家之主了，才來和我商量，因此我當然覺得他死後的財產應該由我來掌管。理察應該相信我能夠對年輕一代做出妥善的安排，並且照料年老可憐的科拉。可是真他媽的見鬼，恩威斯，我是一個姓艾伯納西的人……最後一個姓艾伯納西的人哪。理察的財產本來應該由我來全權掌管的。」

激動之中，堤莫西把他的毛毯踢到一邊，並且從椅子裡坐了起來。在他身上沒有絲毫衰弱或脆弱的跡象。恩威斯先生感覺，即使有點易於激動，但他看起來完全是個健康人。此外，老律師非常清楚地察覺到，堤莫西．艾伯納西可能暗地裡一直嫉妒著他哥哥理察。堤莫西很有可能怨恨哥哥強而有力的個性、怨恨他對事情緊抓不放。理察死後，堤莫西期望著在這遲到的日子繼承權力，以掌握別人的命運，他對這個前景十分興奮期待。

然而理察．艾伯納西並沒有給他這份權力。理察有沒有想過那樣做，卻又做出了截然相反的決定呢？

花園裡的幾隻貓像一陣風似的突然跑過，堤莫西氣得從椅子上站了起來，他衝到窗戶邊，把窗推上去，高聲罵道：「你們給我停下來！」然後他撿起一本厚厚的書，向那幫強盜猛擲過去。

「討厭的貓，」他咕噥道，重新回到客人身邊來。「會把花壇給毀了，而且我忍受不了牠們該死的尖叫聲。」

他重新坐下來，問道：「恩威斯，喝上一杯？」

「還不想，茉蒂剛給我喝過一杯非常不錯的茶。」

堤莫西咕噥了一句：「能幹的女人，茉蒂，但她做得太多了，甚至還得修理我們那輛舊車的內部機械。你知道，她完全成了一個自學的修理工了。」

「我聽說她從葬禮上回來時，汽車拋錨了？」

「是的。汽車出了毛病，她擔心我會著急，想打個電話回來講一下，但每天來幫傭的那個傻女人記下來的話，卻讓人看不懂。當時我到外面呼吸一些新鮮空氣——醫生建議我，要是我願意，可以做一些我能力所及的鍛鍊——散步回來後，我發現一張小紙條上亂塗著幾個字：『夫人對不起汽車壞了要過夜』。我以為她還在恩德比。我打了一通電話，得知茉蒂那個早上就離開恩德比了。她可能在路上任何地方拋錨！真是一團混亂！那個每天來幫傭的傻女人只給我留下一大塊通心麵奶酪布丁當晚餐。我不得不自己下廚把它熱一下，而且還給自己沏了一杯茶，更不用說給鍋爐添燃料了。我隨時都有可能心臟病突發。但那種程度的女人在意嗎？她根本不在乎！只要存有一點高尚的情操，那天晚上她就會回來，把我照料妥當。那種下等人毫無忠誠可言……」

他悲哀地沉思著。

「我不知道茉蒂跟您講過多少葬禮當天以及親屬方面的事，」恩威斯先生說，「科拉曾有一刻搞得大家很尷尬。她突然大剌剌地說：『理察是被謀殺的，不是嗎？』或許茉蒂告訴過您了。」

堤莫西開心地笑起來，發出咯咯咯的聲音。

「噢，是的。我聽說過了。每個人都嗤之以鼻，並且裝出很震驚的樣子。科拉就會說這種事！恩威斯，你知道，她還未嫁時就老是說錯話吧？我記得，她在我們的婚禮上說過什麼，結果讓茉蒂很不舒服。茉蒂一直不很喜歡她。對了，葬禮後的那天晚上，茉蒂給我打電話，想知道我是不是很好，瓊斯太太有沒有過來給我做晚餐。然後她告訴我一切進展順利。我問遺囑怎麼樣，她試圖打馬虎眼，但我當然讓她說出了事實。我真難以置信，我說她一定是搞錯了，但她堅持說就是那樣。這使我受到了傷害，恩威斯，這確實傷害了我，你應該知道我指的是什麼。我指的就是理察對我懷有的惡意。我知道一個人不該說死者的是非，但是，真的……」

堤莫西就這個話題繼續說了一段時間。

這時茉蒂回到房間裡，堅定地說：「親愛的，我想恩威斯先生和你待得夠久了。你真的必須休息了。要是你們什麼都談好了……」

「噢，我們談好了。我什麼都交給你了，恩威斯。等他們抓到了那個傢伙時，要讓我知道……要是他們真的抓住的話。我不相信現在的警察，那些警察局長都不是什麼好東西。你會負責這次的……呃，這次的安葬，是不是？恐怕我們不能去了。但我們會訂一個貴重的花圈，也得豎塊合適的墓碑……我想，她就葬在當地是嗎？把她帶到北部去沒什麼意義，我也不知道藍斯奎葬在哪裡，我相信是在法國的哪個地方吧。不知道遇到謀殺該在墓碑上寫什麼……說『安息』之類的話可能不大好吧。得選擇字眼，合適的字眼。『R. I. P.』怎麼樣？不行，那只是用於天主教徒。」

「噢，主啊，你已經看到我的過失。請你審判我。」恩威斯先生低聲說道。

堤莫西吃驚地掃了恩威斯先生一眼，後者淡淡一笑。

「這是〈耶利米哀歌〉裡面的句子，」他說，「雖說有些戲劇化，但看來挺合適的。可是，墓碑的問題還有時間斟酌，您知道，呃，墓地的問題得先解決。您現在什麼事也不要擔心。我們會處理各種事情，並且讓您完全了解。」

第二天早上，恩威斯先生搭乘早班火車前往倫敦。

回到家後，他稍微猶豫了一下，然後打了電話給一個朋友。

07

恩威斯求助於白羅

「受到你的邀請，我真是萬分感激。」

恩威斯先生熱情地緊握住主人的手。

白羅殷勤地示意他坐到爐火邊的椅子上。

恩威斯先生坐下時嘆了口氣。

在房間的一邊，桌子上擺好了兩人用的餐具。

「今天早上我才從鄉下回來。」他說。

「你有事情要和我商量吧？」

「是的。我想，恐怕這是一個冗長而混亂的故事。」

「那麼我們還是吃完飯再談吧。喬治？」

能幹的喬治馬上付諸行動，拿出一些鵝肝醬和餐巾裡的熱吐司麵包。

「我們在爐火邊吃鵝肝醬吧，」白羅說，「然後再到桌子上去吃。」

一個半小時後，恩威斯先生在椅子裡舒服地伸展四肢，心滿意足地嘆了口氣。

「你一定很知道怎樣享受生活，白羅。法國人對這種事最在行。」

「我是比利時人。但您這句話的後半部說得倒也貼切。在我這個年紀，主要的樂趣，或者可說是唯一的樂趣，就是飯桌上的美食了。幸好我有一個健壯的脾胃。」

「呃。」恩威斯先生咕噥了一句。

他們主餐吃的是配葡萄的鰨魚，然後是米蘭小牛肉片，再接下去是火燒梨子冰淇淋。

他們喝了普利佛賽酒，然後又喝了卡頓葡萄酒，以及現在就放在恩威斯手邊一種上等的甜葡萄酒。不喜歡甜葡萄酒的白羅正小口地喝著可可香草甜酒。

「我不知道，」恩威斯先生回味無窮地輕聲說道，「你是怎麼弄到這種牛肉片的！它一入嘴就化了！」

「我有個朋友是屠夫，住在歐陸。我為他解決了一個小小的家庭問題，他很感激我。從那以後，他對我的胃便極盡善待之能事。」

「一個家庭問題，」恩威斯先生嘆了一口氣。「真希望你沒有提起……在這麼完美的時刻。」

「朋友，那就把它延後吧。現在我們喝上一小杯咖啡和高級白蘭地，然後，等我們胃裡的食物在靜靜消化的同時，你再告訴我為什麼你需要聽取我的意見。」

九點半時鐘敲響了，恩威斯先生在椅子裡挪動了一下，心想是時候了。他不再猶豫不決，要把他的困惑都講出來，他渴望這樣做。

「我不知道……」他說，「我是不是在庸人自擾。但除了來請教你，我不知還能如何是好。我把事實全告訴你，我想知道你是怎麼想的。」

他停了一會兒，然後以他一貫枯燥而嚴謹的方式把事情講了一遍。訓練有素的法律頭腦使他能夠把事實講得清楚，沒有絲毫遺漏，也不加入任何無關的東西。這種簡潔、清晰的描述，正是那個坐著傾聽、有著蛋形腦袋的小老頭所欣賞的。

他講完後停頓一下，準備回答問題，但過了好一陣子，那小老頭並沒有提出任何問題。白羅正在反覆思考。

最後他說：「看起來很清楚。你懷疑你的朋友理察·艾伯納西可能是被謀殺的，這種懷疑或者假設的基礎，是建立在一件單一事件上——科拉·藍斯奎在理察·艾伯納西葬禮後說過的話。把那些話拋開，就什麼都沒了。她自己在第二天遭受謀殺的事實，可能全然只是一種巧合。理察·艾伯納西確是突然死亡，但他一直由一個聲名卓著而且了解他的醫生照料，醫生沒有產生懷疑，而且開出了死亡證明。理察是被埋葬的還是火化的？」

「火化的……根據他自己的要求。」

「是的，這符合規定。這代表另外一位醫生也在他的死亡證明上簽了字，表示這事不存在什麼疑點。所以我們還是回到關鍵所在吧：科拉·藍斯奎說過的話。你當時在場，聽到了她說的話。她說的是：『他是被謀殺的，不是嗎？』」

「是的。」

「真正的原因是……你相信她說的是真話。」

律師猶豫了一下，然後說：「是的，我相信她說的是真話。」

「為什麼？」

「為什麼……」恩威斯重複道，他微感迷惑。

「是的，為什麼？是不是因為在你內心深處其實對理察的死亡方式感到不安？」

律師搖了搖頭。

「不，不，不是這樣。」

「那麼是因為她……因為科拉本人？你很了解她嗎？」

「我已經有……哦，有二十多年沒見過她了。」

「要是你在街上遇到她，你還能認出她嗎？」

恩威斯先生想了一下。

「我可能和她擦肩而過而認不出她來。我最後一次見到她的時候，她還是個瘦削的女孩，現在她已經變成一個壯實而衣著寒酸的中年女人了。但我想，只要我一和她面對面說話，就可以認出她。她的髮型還是一樣，前額還留著劉海，像一個害羞的小孩一樣，習慣斜眼打量你。她說話的方式非常莽撞、自我，而且，她總是把腦袋歪到一邊，說出一些很驚人的話。她相當有個性，你知道，所以顯得十分格格不入。」

「所以，她還是你多年以前認識的同一個科拉，而且她仍然會說一些令人吃驚的話！她以前說過的那些話，那些令人吃驚的話，通常都……證明是對的嗎？」

「這方面科拉總是讓人尷尬。最好不要說出來的事情她偏偏說出來。」

「而這種個性她一直未改。理察．艾伯納西被謀殺了，因此科拉馬上提出這個事實。」

恩威斯先生動了一下。

「你認為他是被謀殺的嗎？」

「噢，不，不，我的朋友，我們不能這麼快就下定論。我們只是一致同意……科拉認為他是被謀殺的，她完全確定他是被謀殺的。在她看來，這不是一種猜測，而是一個確定的事實，因此，我們可以說，她這樣堅信不疑，必定有某種理由。根據你對她的了解，我們一致認為，這不只是開玩笑。現在告訴我，她那句話一說出，馬上就是一片反對聲浪，對吧？」

「完全正確。」

「然後她又是迷惑又是羞愧，放棄了她的立場。就你所能記得的，她說了這樣的話：『我會這麼想是因為他說過的話。』」

律師點了點頭。

「我希望我能記得更清楚。但我對那一點十分有把握。她用的詞句是：『他說過的話』或『他告訴我的話……』」

「然後騷動就平息下去了，每人都談起其他的事。回想一下，你能不能記起誰的臉上有出現特別的表情？你印象中有沒有任何，嗯，異常的事？」

「沒有。」

「就在第二天，科拉被殺害了。於是你就自問：『這裡面是否有連帶關係？』」

律師挪動了一下。

「我猜，你覺得我想太多了？」

「完全不會。」白羅說，「假設那個推測是正確的，那麼事情就合乎邏輯。那樁天衣無縫的謀殺，即對理察・艾伯納西的謀殺發生之後，一切都風平浪靜，卻突然冒出一個知道事情真相的人！顯然，必須盡快使這個人閉嘴。」

「那麼，你認為……這是謀殺？」

白羅嚴肅地說：「我親愛的朋友，我想的剛好和你想的一樣，這件事需要調查。你是否已經採取行動了？有沒有跟警方說過這些事？」

「沒有。」恩威斯先生搖搖頭。「在我看來，那會壞事的。我的立場是，我代表著那個家族。如果理察・艾伯納西是被謀殺的，似乎只有一種方式辦得到。」

「下毒？」

「一點也沒錯。屍體已經火化了，再也找不到任何證據。但我認為自己必須在那一點上找到答案。白羅，這就是為什麼我來找你。」

「他臨終時誰在房子裡？」
「一個跟了他很多年的老管家、一個廚師和一個女僕。看起來，凶手似乎是他們當中的一個……」
「哈！別矇了。這個科拉，她知道理察．艾伯納西被謀殺了，但她還是默然同意不做張揚。她說：『我覺得你們都做得很好。』因此，事情一定涉及到她的家人，是一位就算是受害者本人也不願公開譴責的人。否則，既然科拉那麼喜愛她的哥哥，她一定不會同意讓凶手高枕無憂、逍遙法外。您會同意這一點，對吧？」
「是的，我也是這樣推測，」恩威斯先生說，「但他們家的人如何能下手……」
白羅打斷他的話。
「涉及到毒藥，則有各種可能。如果他是睡覺時候死的，而且沒有任何特別的跡象，那麼毒藥大概是某種麻醉劑，可能他一直在服用這種麻醉劑。」
「不管怎麼樣，」恩威斯先生說，「討論是如何下毒的，並沒有什麼意義，因為我們永遠也不能證明。」
「沒錯，理察．艾伯納西這案子是這樣。但科拉．藍斯奎謀殺案則不同了。我們一旦知道凶手是『誰』，那麼就可能取得證據。」他目光銳利地掃視了一下，接著說道：「你應該有所行動了吧？」
「幾乎沒有。我的目的主要是釐清疑惑。想到艾伯納西家的哪個人是個凶手，這讓我感到不快。我仍然無法相信，希望透過一些瑣碎的問題來證實他們家的成員是清白的。誰知道呢，或許他們全都很無辜。這樣一來，就是科拉推測錯了，她自己的死則是某個偶然闖入的小偷所為。要搞清楚問題其實很簡單，科拉．藍斯奎被殺的那天下午，艾伯納西家的人都在做什麼？」

「那麼，」白羅說，「他們在做什麼？」

「喬治．格斯菲在赫斯特公園看賽馬；羅莎梅．沙恩人在倫敦，外出購物去了；她的丈夫……我想丈夫也必須包含在內……」

「沒錯。」

「她的丈夫正在處理某個劇本的購買權交易。蘇珊和格雷．班克斯整天都在家裡，堤莫西．艾伯納西是一個病人，在他約克郡的家裡，他的妻子正從恩德比駕車回家。」

他停住了。

白羅看著他，心領神會地點了點頭。

「沒錯，他們是這樣說的。但這都是真的嗎？」

「我完全不知道，白羅。有些說詞可以查證，有些則否，但我們如果沒有表明自己的真實目的，便很難這樣做。實際上，這樣做相當於控告。我只告訴你我自己的某些感想。喬治可能到赫斯特公園看賽馬去了，但我認為他沒去。他魯莽地誇耀說他把賭注下在兩匹穩贏的跑馬上。根據我的經驗，很多犯罪者就是因為說得太多而毀了自己。我向他問那兩匹勝馬的名字，他把名字告訴我，沒有絲毫的猶豫。我查出那兩匹馬當天都被下了大注，其中一匹馬如預期的那樣跑贏了，另外那匹儘管大有希望獲勝，卻莫名其妙地連名次都沒拿到。」

「有意思。這個喬治在舅舅死的時候，是不是財境窘迫？」

「他給我的印象是他極需要錢。我沒證據，但我很懷疑他一直在用他委託人的資金做投機生意，有面臨被起訴的危險，這只是我的印象，但我有這方面的經驗。我很抱歉地說，怠忽職守的律師比比皆是。我只能告訴你，我絕對不會把我的老本託付給喬治，而且我猜，精於識人的理察．艾伯納西也不放心他這個外甥，對他很不信任。」

「他的母親是個外貌漂亮但很愚蠢的女人，」律師接著說道，「她嫁給了一個可以說是性格古怪的傢伙，」他嘆了口氣。「艾伯納西家的女孩都不會挑選丈夫。」

他頓了一下，然後繼續說道：「至於羅莎梅，她是個可愛的傻瓜。我難以想像她會用一把斧頭敲碎科拉的腦袋！她的丈夫麥可．沙恩是個高深莫測的人物，他雄心勃勃、傲慢虛榮。但我確實是不怎麼了解他。我不敢妄下斷語，說他是個殘暴的罪犯，或是一個會設計下毒的人，但得等到確認他當時確實是在做他所說的事情時，我才能把他排除在外。」

「你絲毫不懷疑他的妻子嗎？」

「那是當然，當然了。她的表現是有點過分無動於衷……但不會吧，我確實難以想像她使用那種短斧。她看起來那麼纖弱。」

「而且美麗！」白羅說，他稍微挖苦地笑了一下。「那麼那個侄女呢？」

「蘇珊？她和羅莎梅屬於完全不同的類型。我想，這位小姐能力非凡。那天她和丈夫一起待在家裡。我假意說，當天下午我試圖打電話給他們。格雷馬上就說，那一整天他們的電話都壞了，他想打電話出去也打不通。」

「因此這又是無解……你不能如願地把他們排除在外。那丈夫是個怎樣的人？」

「我發覺他難以捉摸。他個性不太好，雖然我說不清為什麼會對他產生這種印象。至於蘇珊……」

「怎麼？」

「蘇珊讓我想起了她的伯父。她有著理察．艾伯納西的精力、幹勁、智力。但我覺得她缺少理察的仁慈和熱情。」

「女人不懂得仁慈，」白羅說，「雖然有時候她們很溫柔。她愛她的丈夫嗎？」

「我想，她對丈夫很忠誠。說實話，白羅，我難以相信，我一點也不相信蘇珊……」

「你寧願相信是喬治？」白羅說，「這很自然。至於我，我對漂亮的年輕女人不是那麼感情用事。現在談談你對年長一輩的造訪經過吧。」

恩威斯先生詳細地描述了拜訪堤莫西和茉蒂的經過。對此白羅進行了總結。

「這麼說，艾伯納西夫人是個不錯的修理工，她對汽車的內部構造瞭如指掌。艾伯納西先生也不像他自己認為的那麼病弱。他外出散步，而且，據您所說，他能夠做很花力氣的活動。他還有一點利己主義，憎恨他哥哥的成功和傲慢的性格。」

「他充滿深情地說到科拉。」

「並且譏笑她在葬禮後說的傻話。那麼第六個遺囑受益人怎麼樣？」

「你是說海倫，李奧夫人？我毫不懷疑她。要證明她的清白很容易。當時她在恩德比，和房子裡的三個僕人在一起。」

「好吧，我的朋友，」白羅說，「我們還是務實點。你想要我做什麼？」

「我想知道事情的真相，白羅。」

「是，是，處在你的位置，我也會這麼想。」

「你是能夠為我查明真相的人，我知道你不再接案子了，但我請求你接下這一樁。這是一筆好生意，我會付給你費用。接下吧，錢是永遠不嫌多的。」

白羅咧嘴一笑。

「要是都繳去國庫，那就沒用了！但我必須承認，我對你的問題很感興趣！因為它不是很容易，全都模糊不清……我的朋友，有件事最好由你去辦，其他的我可以全部自己來。我想，最好還是由你去把照料過理察．艾伯納西的醫生找出來，你認識他嗎？」

「稍微認識。」

「他是怎樣一個人？」

「一個中年的普通科醫生。能力不錯，和理察的關係相當好，是個非常好的人。」

「那麼把他找出來。他和你說話會比對我說話更直率。向他問問艾伯納西先生的病，查明艾伯納西先生臨終時及在此之前服的是什麼藥，查明理察・艾伯納西有沒有向他的醫生說起任何猜想他自己被下毒的話。順便問一下，這個紀韋絲小姐是否確實記得，理察和科拉談話時，用的就是『下毒』這個字眼？」

恩威斯先生想了一下。

「她用的就是這個字眼，但她是那種經常變換使用語言的證人，因為她認為自己並沒有改變原意。要是理察說過他擔心誰想殺害他，紀韋絲就會假定那表示有人要下毒，因為她的一個姑媽曾經擔心自己的食物被人動過手腳，因此她就把兩者聯繫起來了。我可以找個時間再和她談這個問題。」

「好吧。要不我來做這件事。」他頓了一下，然後換了一種嗓音說道：「朋友，你有沒有想過，那位紀韋絲小姐或許會有危險？」

恩威斯先生顯得有些吃驚。

「我沒想過。」

「可是，可能有的，科拉在葬禮當天說出了她的懷疑。凶手會思忖，她最初聽到理察的死訊時，有沒有向誰說過她的懷疑？而她最有可能說的對象就是紀韋絲小姐，我想，親愛的，她最好不要單獨留在那個小屋裡。」

「蘇珊就要去那兒了。」

「噢，班克斯夫人要去那裡？」

「她想去看看科拉的東西。」

「我知道了，我知道了……好吧，朋友，去做我要你做的事吧。你也可以讓艾伯納西夫人……我是說李奧・艾伯納西夫人做點準備，因為我可能會去拜訪她。到時候再說吧。從現在起我得打起精神查案了。」

白羅拈了拈鬍鬚，顯得精神抖擻。

08 醫生與管家的證詞

恩威斯先生若有所思地看著拉勒比醫生。

他在判斷性格方面已有一輩子的經驗，因為經常會遇到一些情況，需要應付困難局面或處理棘手問題。如何確切地採取適當方法，恩威斯先生可說是駕輕就熟。他就要問到一個很讓人為難的問題，而且這個醫生可能會因它質疑到自己的專業能力而感到憤慨，那麼怎樣才是和拉勒比醫生打交道的最佳方式呢？

坦率，恩威斯先生想，至少是經過修飾的坦率。最好不要說是一個蠢女人冷不防脫口說出某種暗示，因而使人疑團頓生。拉勒比醫生可不認識科拉。

恩威斯先生清了一下嗓子，壯膽地發了話。

「我想請教您一個很棘手的問題，」他說，「也許會冒犯你，但我真誠地希望不會。你是個明理的人，我確信你會明白，對一種……呃，一種荒謬的看法，最好是提出合理的答案來處理它，而不是馬上就譴責它。這個問題涉及到我的委託人，已故的艾伯納西先生。我想直截了當地問你。他被斷定是自然死亡，對此你能不能肯定？能不能完全肯定？」

聽到恩威斯先生的話，拉勒比醫生那張和氣、紅潤的臉變得驚訝萬分。

「到底是……當然，他是自然死亡。我開過死亡證明，不是嗎？要是我不搞清楚……」

恩威斯先生機敏地打斷他的話。

「當然，當然。我向你保證我沒有任何反對的意思。但面對周圍這些……呃，這些四處流傳的謠言，能夠得到你明確的保證，我將會很安心。」

「謠言？什麼謠言？」

「誰也不知道這些謠言是怎麼開始的，」恩威斯先生說謊道，「但我覺得應該把它們平息下來，要是可能的話，最好通過專業權威。」

「艾伯納西是個病人，他罹患了一種疾病，這種病，我應該說，兩年內就有致命危險，甚至還會早得多。他兒子的死，削弱了他的生存意志和抵抗力。我承認我沒有料到他會死得那麼快，或者說那麼突然，但這也有先例，很多先例。任何醫務人員若要確切預言一個病人什麼時候死或還能活多久，那他注定只是自我愚弄。人為因素最是難以預測。體弱者常會意外地獲得抵抗力，身強力壯的人有時候卻突然暴斃。」

「這我全都了解。我並不是懷疑你的診斷。可以說（雖然有點過於誇張），艾伯納西先生被判了死刑。我要問你的只是，這樣一個知道或懷疑自己行將就木的人，可不可能自願縮短壽命？或者找其他人幫他縮短壽命？」

拉勒比醫生皺了皺眉說：「你是指自殺？艾伯納西不是會自殺的人。」

「我知道了。那從醫學上來講，你能夠保證，這種假設是不可能的嗎？」

醫生不安地動彈了一下。

「我不願意用『不可能』這個詞語。自從他兒子死後，生命對他來說，已不再像過去那樣有趣了。我當然不認為他的死是自殺，但我不能說那就是『不可能』。」

「你是從心理學角度來說的。當我說『從醫學上來講』的時候，我真正指的是：從他死時的情形，是不是可以斷定他不可能自殺？」

「沒有，噢，沒有。不，我不能這麼說。但他是在睡眠中死去的，很多人都是這樣。沒有理由懷疑他是自殺，沒有心理狀態方面的證據。要是每個病情嚴重的人在睡眠中死去後都要求驗屍……」

醫生的臉變得愈來愈紅。恩威斯先生趕緊插話道：「當然，當然。但是，如果真有證據……真有連你自己都不知道的證據呢？例如，要是他向誰說過什麼話……」

「他暗示他打算自殺，是嗎？我得說這讓我感到驚訝。」

「但是，如果確實是這樣……我說的情況純粹只是假設，你能排除這種可能性嗎？」

「不，不能，我不排除有這種可能性。但我要再次申明，我會感到十分驚訝。」

恩威斯先生順勢把問話繼續下去。

「那麼，如果我們假定他不是自然死亡——這一切純粹只是假設——那他可能因什麼東西而致死？我是說，有什麼藥物嗎？」

「有好幾種。從當時的現象看來，很可能是某種麻醉劑。他身上沒有青紫的痕跡，神態很安詳。」

「他服用安眠藥水或藥片嗎？或諸如此類的東西？」

「是的。我給他開了『斯藍伯爾』，這是一種很安全可靠的安眠藥。他並不是每晚都吃，而且他一次只吃幾片。這種藥吃上三倍甚至四倍的劑量都不會致死。我記得他死後我還看過他臉盆架上的藥瓶，幾乎還是滿的。」

「你還為他開過別的什麼藥嗎？」

「什麼藥都有。一種含有少量嗎啡的藥，他感到疼痛時就服用它；一些維他命膠囊；一種治消化不良的混合劑。」

恩威斯先生打斷了他的話。

「維他命膠囊？有一次我的醫生幫我開過維他命的處方，那是一些球形的小膠囊。」

「是的，裡面含有阿德克索林[1]。」

1 阿德克索林（adexoline），維生素A、D製品。

「可不可能有別的東西混入，比如說，混入到其中一個膠囊裡去？」

「你是說某種致命的物質？」醫生愈來愈驚訝了。「可是，不可能，誰也不會……咳，恩威斯，你講這話是什麼意思？天哪，嘿，你是在說謀殺？」

「我也不大明白我在說什麼……我只是想知道有什麼可能。」

「但你說到謀殺了，你有什麼證據？」

「我什麼證據也沒有。」恩威斯先生說，他的嗓音裡透露出一絲疲憊。「艾伯納西先生死了，和他說過話的那個人也死了。整件事都是謠言……模稜兩可、說不清楚的謠言。要是可以，我想戳穿這些謠言。如果你能告訴我，無論從哪方面來看，要向艾伯納西下毒是不可能的，那我就高興了！我跟你保證，那會解除我精神上沉重的負擔。」

拉勒比醫生站起身來，來回踱步。

「我不能告訴你你想聽的話，」最後他說，「我倒希望我能夠。可是下毒當然是有可能做到的。誰都可以把膠囊裡的藥物抽走，換上，比如說，純尼古丁或任何東西。或者是他的食物、飲料被人動了手腳，加了什麼東西，這不是更有可能嗎？」

「可能是吧。但是你知道，他死的時候屋子裡只有僕人在，而我認為他們誰也不可能是凶手，我對此確信無疑。因此我在想，會不會是某種延期發作的毒藥。有沒有一種藥是下了以後過幾個星期才會死人？」

「這是一個想當然耳的念頭，但是，恐怕它站不住腳。」醫生冷淡地說道，「我知道你是個講道理的人，恩威斯，但誰在做這種暗示？在我看來，這真是太牽強附會了。」

「艾伯納西從未向你說過什麼嗎？他從未暗示過他的某個親屬可能想除掉他？」

醫生好奇地看著他。

「沒有，他從未向我說過什麼。恩威斯，你確定不是有人在危言聳聽嗎？你知道，有些精神不穩定的人，表面上看來很正常。」

「我希望是這樣。而且也很可能是這樣。」

「讓我搞清楚。有人聲稱艾伯納西向她說過什麼……我想，那人是個女的吧？」

「噢，是的，是個女人。」

「是告訴她有人意圖殺害他嗎？」

恩威斯先生被逼得沒辦法，只得勉為其難把科拉在葬禮後的話講了一遍。拉勒比醫生的臉色頓時開朗起來。

「親愛的朋友，我不用再費神了！理由相當簡單。處於人生某一時期的女人，她們渴望刺激，心態不平衡，很不可靠，什麼話都可能說。你知道，她們就是這樣！」

恩威斯先生對醫生這般隨便假設很是反感。他本人曾與很多追求刺激、歇斯底里的女人打過交道。

「你說的也許很對，」他一面說，一面站起身來。「不幸的是，在這個問題上我們無法和她再溝通了，因為她自己也被謀殺了。」

「什麼……謀殺？」拉勒比醫生看起來似乎對恩威斯先生的精神狀態深表懷疑。

「你可能在報紙上讀過那件事。死者是伯克郡利奇特聖瑪莉的藍斯奎夫人。」

「是呀……但我沒想到她是理察·艾伯納西的親戚！」拉勒比醫生看起來相當震驚。

恩威斯先生感覺到自己已報復了醫生盛氣凌人的專業優越感，但又頗為不快地意識到，這次拜訪並未減輕自己的懷疑，於是他便告辭走了。

§

恩威斯先生回到恩德比，決定和蘭斯坎談一談。

他首先問這個老管家有什麼打算。

「先生，李奧夫人要我一直待在這兒，直到房子賣出去為止，我很樂意幫她的忙。我們都很喜歡李奧夫人，」他嘆了口氣。「我很清楚，這棟房子不得不賣出去……先生，請您原諒我提到這件事。住在這棟房子已經那麼多年了，眼看著年輕的先生小姐們在這裡慢慢長大。我以前總是以為摩提默先生在他父親去世後會回到這兒來，或許還會在這兒建立起一個家庭呢。先生，原本已經安排好了，等我在這兒的工作告一段落，我就到北屋去住。北屋可是一個很不錯的小地方，我期待著把它整理得非常整潔舒適。但是現在，什麼都別想了。」

「恐怕就是這樣，蘭斯坎。這塊土地也得一起賣出去。但你有那筆遺產……」

「噢，我不是在發牢騷，先生，而且我也知道艾伯納西先生十分慷慨。我生活很寬裕，但如今要想買一塊小地方不是那麼好找了，雖然我那已經結婚的侄女要我和他們住在一起，可是，唉，那和住在這兒是不一樣的。」

「我知道，」恩威斯先生說，「對我們這些老人家來說，這個新世界確實讓人難以應付。在我這個老朋友去世之前，我要是能多來看看他就好了。最後的那幾個月，他看起來怎麼樣？」

「嗯，他好像不大對勁，先生，自從摩堤默死後他一直不大對勁。」

「是啊，摩堤默的死把他擊垮了。然後他生病了……病人有時候會有一些稀奇古怪的想法。我想，艾伯納西先生在最後這段日子，一定飽受這類事情的折磨。或許……他說到過他的敵人，說到過有人想傷害他？甚至想過他的食物被人動了手腳？」

老蘭斯坎顯得很驚訝，又驚訝又生氣。

「我不記得有這類的事，先生。」

恩威斯目光銳利地看著他。

「你是一個忠心耿耿的僕人，蘭斯坎，我知道這一點。可是在某些……呃，某些疾病的症狀中，艾伯納西先生這麼想可以說是……呃，不算什麼。」

「是嗎，先生？我只能說，艾伯納西先生從未跟我說過那種事情。」

恩威斯先生平緩地轉到另外一個話題上。

「在他去世之前，他曾經邀請家族裡的一些親戚來家裡是吧？有他的外甥、侄女和外甥女以及她們的丈夫？」

「是的，先生，確實如此。」

「對他們的來訪，他滿意嗎？還是感到失望？」

蘭斯坎的目光變得很茫然，他年老的脊背僵硬地挺直了。

「我實在是說不上來，先生。」

「我想你說得上來。您很清楚，」恩威斯先生口氣柔和地說，「你沒有權利談論那類的事情，這才是你真正的意思。但是，有時候一個人不得不違背自己認為恰當的判斷。我是你主人相交最久的朋友，我非常關心他，你也是這樣。所以我想聽聽你身為一個人而不是一個管家的意見。」

蘭斯坎沉默了一會兒，然後口氣平淡地說道：「是不是有什麼……不對勁的地方，先生？」

恩威斯先生如實相告。

「我不知道，」他說，「我希望沒有什麼不對勁。我只想搞清楚。您感覺到有什麼不對勁的地方嗎？」

「我是在葬禮之後才覺得，先生。我也說不清那究竟是什麼，但是那天晚上人都走了以後，李奧夫人還有提莫西夫人，她們好像不大對勁。」

「你知道遺囑的內容嗎？」

「知道，先生，李奧夫人認為我可以知道。如果我能夠加以評論，在我看來這是一個相當公正的遺囑。」

「是的，這是一個公正的遺囑，利益均等。但是我想，這並不是艾伯納西先生在他兒子死後最初立下的遺囑，現在你能不能回答我剛才那個問題？」

「身為一個人的觀點……」

「是，是，是這個意思。」

「先生，我的主人在喬治來了之後，感到十分失望……我想，他是盼望喬治先生會與摩堤默先生相像。如果我可以這麼說的話，喬治先生並不符合主人的標準。蘿拉小姐的丈夫一直被認為不太可靠，我想，恐怕喬治先生和他一樣吧，」蘭斯坎停頓了一下，才又繼續說道：「後來，年輕的小姐們就帶著她們的丈夫來了。主人馬上就喜歡上了蘇珊小姐，她是一個很活潑很漂亮的年輕女士。但是據我看來，他難以容忍她的丈夫。現在的年輕女孩挑選丈夫的標準真是可笑，先生。」

「那麼另外一對呢？」

「很難說。那是一對非常漂亮、非常令人愉快的年輕人。我覺得主人喜歡他們到這兒來。但我並不認為……」老人欲言又止。

「怎樣，蘭斯坎？」

「嗯，主人對戲劇毫無興趣。有一天他對我說：『我不理解為什麼有人會成為戲迷，那是一種愚蠢的生活，似乎連人類少得可憐的一點理性也要被它奪走。我不知道它對你的道德觀念有何影響，但你一定會失去分寸。』當然，他並沒有直接提到……」

「是，是，我很明白。在這些拜訪之後，艾伯納西先生自己出動了……先去看望他的弟弟，後來再去看望妹妹藍斯奎夫人。」

「這我不知道，先生。我的意思是說，他向我提起過他準備去看堤莫西先生，之後再去一個叫什麼聖瑪莉的地方。」

「沒錯，您記不記得他回來後，曾經就那些造訪經過說些什麼話？」

蘭斯坎想了一下。

「我實在是不知道……應該沒說過什麼直接的話。他很高興回到家裡。長途旅行，加上在陌生的屋子裡留宿，使他疲憊不堪……我只記得他說過這些話。」

「再沒有別的了？一次造訪也沒有提起？」

蘭斯坎皺了皺眉。

「主人以前經常……嗯，經常低聲說話，不知道您懂不懂我的意思?他會向我說話，然而更多的是自言自語，幾乎意識不到我就在他旁邊，因為他太了解我了。」

「了解你並且信任你，是嗎？」

「至於他說過什麼話，我的記憶就模模糊糊的了……好像說過他想不出他用他的錢幹了什麼事。我想，那是指堤莫西先生吧。然後又說什麼『女人在九十九個部分可能是傻瓜，但在第一百點上卻可能相當精明』。噢，對了，他說過：『你只能把真正的想法說給你自己這一代的人聽。他們不會像年輕一代那樣，認為你是在胡思亂想。』後來他說——但我不知道他指的是哪一方面——『給人設圈套不是一件很光彩的事，但我不知道我還能做什麼了。』先生，我認為他說的可能是助理園丁，也就是桃子被別人拿走的那個問題。」

但恩威斯先生認為理察．艾伯納西指的不是園丁。他又問了幾個問題後，就讓蘭斯坎走了。他開始思索自己到底了解了什麼。什麼也沒有，真的，也就是說，除了他以前推測的東西之外，什麼也沒有。然而有些問題還是具有啟發性。那番女人「是傻瓜，然而又很精明」的看法，他想的不是他的弟媳茉蒂，而是妹妹科拉。他向其吐露「胡思亂想」的那個人就是科拉。而且他談到了設圈套的問題。給誰設圈套呢？

§

應該告訴海倫多少，對此恩威斯先生已經有過一番深思熟慮。最後他決定，應該完全信任她。

他首先感謝她清理好了理察的東西，並且安排好家務事宜。房屋出售的廣告已經登了出去，很快就會有一兩個買主過來察看。

「是私人買主嗎？」

「恐怕不是。基督教女青年會正考慮要買下它，此外還有一個青年人俱樂部，傑佛遜信託基金會的受託人也正在尋找一個合適的地方，用來存放他們的收藏品。」

「這棟房子將不再當作住家，似乎令人感到悲哀，但如今它確實不是一個實用的住所。」

「我正準備問您，在這棟房子賣掉之前，您可不可能一直待在這兒？或許這讓您感到很不方便？」

「不會的，實際上這很適合我。我要到五月才去賽浦路斯。我原來準備去倫敦，但我寧願待在這裡。您知道，我喜歡這棟房子，李奧以前就喜歡它，我們一塊住在這兒的時候，生活過得很快樂。」

「我感激您留在這兒，還有另外一個原因。我有一個朋友，名叫白羅……」

海倫尖聲說道：「白羅？那麼您是認為……」

「您知道他？」

「是的。我的一些朋友……但我以為他早就死了。」

「他活得好好的。當然，不再年輕了。」

「是的，他不可能還年輕。」她機械式地說著話，臉色蒼白，緊張。她艱難地說道：

「您認為……科拉是對的？理察是被謀殺的？」

恩威斯先生卸去了精神上的負擔。把事情講給頭腦清晰而冷靜的海倫聽，是一件愉快的事。

當他講完後，海倫說道：「大家應該會認為這很荒唐，但事實上也不盡然。葬禮後的那天晚上，茉蒂和我……我敢肯定，我們倆都在想這個問題。我們對自己說，科拉真是一個愚蠢的女人，然而，卻又感到不安。後來，科拉被殺害了。我心想，這只是一種巧合，當然也有可能……可是，噢！有誰能夠肯定就好了，這一切是這麼撲朔迷離。」

「是的，這很難。但白羅是一個很有創見的人，有些方面近乎天才。他完全理解我們需要什麼……我們需要確信整個事件只是子虛烏有。」

「假若不是子虛烏有呢？」

「您為什麼這麼說？」恩威斯先生尖銳地問道。

「我不知道。我感到不安……不只是因為那天科拉說過的話，還有別的什麼。當時我就覺得有什麼不對。」

「不對？哪方面不對？」

「就是覺得不對，我不知道。」

「您是說當時房間裡有人不對勁？」

「是的，是那麼回事。但我不知道是誰或者哪方面……噢，這聽起來很荒謬……」

「一點也不荒謬，這很重要，非常重要。海倫，你不是一個傻瓜，如果你注意到了什麼事，那它一定有意義。」

「是的，但我想不起那是什麼。我愈想就……」

「別想了。想要記起什麼，這是錯誤的方法。讓它去吧，遲早它會突然閃過您的腦海。當您想起來後，馬上讓我知道。」

「好的。」

09 驗屍

紀奎絲小姐把頭上的黑帽子用力往下一拉，再把一綹灰白的頭髮塞進去。驗屍定在十二點，現在十一點二十分都還不到。她覺得她那灰色的外衣和裙子看起來很漂亮，而且她還給自己買了一件黑色的襯衫。她希望全身都穿上黑色，但那遠不是她的財力所能及。她環顧了一遍整潔的小臥室，再看了看四周的牆壁，牆上掛滿了圖畫：「布里克薩姆港」、「科肯頓鐵匠店」、「安斯蒂小灣」、「基耶斯小灣」、「波佛勒克遜港」、「貝巴科姆海灣」等等，這些畫的簽名都剛勁有力：「科拉．藍斯奎」。她的目光停留在「波佛勒克遜港」那幅畫上，眼神中流露出衷心的喜愛。在五斗櫃上面，有一張細心裝在鏡框裡的褪色相片是她的「柳樹茶館」。紀奎絲小姐心愛地看著它，然後嘆了口氣。

樓下的門鈴聲把她從幻想中驚醒過來。

「哎呀，」紀奎絲小姐喃喃道，「不知道有誰會……」

她走出房間，下了搖搖晃晃的樓梯。門鈴又響了起來，伴隨著一陣激烈的敲門聲。

不知什麼原因，紀奎絲小姐感到一陣緊張。她把腳步放慢了片刻，然後極不情願地走向大門，告訴自己不要胡思亂想。

一個穿著一身漂亮黑服的年輕女人，拿著一個小箱子站在台階上。她注意到紀奎絲小姐臉上驚恐的神色，於是很快地說道：「紀奎絲小姐嗎？我是藍斯奎夫人的侄女蘇珊．班克斯。」

「哎呀，是的，當然。剛才我不知道。請進來，班克斯夫人。當心衣架，它伸出來了一點兒。請往這邊走，對了。我不知道您要來參加驗屍審訊。我應該準備點東西，咖啡或別的什麼。」

蘇珊．班克斯連忙說：「我什麼也不要。剛才嚇著您了，真是抱歉。」

「嗯，您是有點嚇著我了。我太神經質了，通常我不會緊張的。我告訴過那位律師說我不緊張，就是獨自待在這兒也不會感到緊張，我確實是。只是，或許是因為驗屍的事。而且因為我在想事情，所以整個早上都有點神經過敏。大約就在半個小時前，門鈴響了起來，我幾乎無法去開門……這真是太愚蠢了，凶手不可能再回來嘛，為什麼他要回來呢？實際上來的是一位修女，來為一間孤兒院募款。我大感欣慰，給了她兩先令，儘管我並不是天主教徒，並且對羅馬天主教會和那些僧侶沒有多少同情心，當然『窮人姐妹會』倒確實辦得不錯。請坐，嗯……您是……」

「班克斯。」

「是的，是呀，班克斯夫人。您是坐火車來的嗎？」

「不是，我是開車來的。這條小巷看起來很窄，我只好往前開一點，找到了一個有點像舊採石場的地方，把車倒了進去。」

「這條小巷是很窄，平時幾乎沒有過往的車輛。這是一條人跡罕至的路。」

在說最後那句話時，紀奎絲小姐稍微戰慄了一下。

蘇珊．班克斯環顧了一下房間。

「可憐的科拉姑媽，」她說，「您知道她把東西都留給了我吧？」

「是的，我知道。恩威斯先生告訴過我。得到這些家具，我希望您會感到高興。我知道您結婚不久，現在置辦家具又是那麼貴，藍斯奎夫人有一些很漂亮的東西。」

蘇珊顯然不以為然。科拉不喜歡古式家具，房間裡的東西不是「外表現代化」，就是「冒充的藝術品」。

「這些家具我都不要，」她說，「您知道的，家具我自己有。我要把它們拍賣了。除非……這裡面有您想要的家具嗎？我很願意……」

她停下不說了，感到有些尷尬。但紀奎絲小姐沒有絲毫的難為情，她面帶微笑。

「是嗎？您真是太好了，班克斯夫人，嗯，確實是太好了，我真的很感激。但您知道，實際上我有自己的東西。我把它們藏了起來，以防哪天我會需要它們。我還有我父親留下來的一些畫。您知道，我曾經有個小茶館，但後來戰爭爆發了……這真是倒楣。但我並沒有把什麼都賣光，因為我希望哪天我再擁有一個小屋子，因此我把一些最好的東西，連同我父親的畫以及家裡一些紀念品都藏了起來。但是，如果您真的不介意，我很想要藍斯奎夫人那張彩繪的小茶桌。這麼漂亮的桌子，我們總是在上面喝茶。」

蘇珊看著一張畫有碩大紫色鐵線蓮的綠色小桌，身子微微顫動了一下。她馬上說，紀奎絲小姐想要它，她感到很高興。

「真是太感謝您了，班克斯夫人。我覺得自己有點貪婪。您知道，她把她那些漂亮的畫全都給了我，還有一枚可愛的紫水晶胸針，但我認為或許我應該把它還給您。」

「不用了，真的不用還。」

「您想查看一下她的東西嗎？或許參加完驗屍審訊再看？」

「我原本就想在這兒待上兩三天，查看一下東西，再把什麼都整理好。」

「您是說睡在這兒？」

「是的。有什麼困難嗎？」

「噢，沒有，班克斯夫人，當然沒有。我會把我的床鋪上新床單，我可以在這兒的沙發椅上睡。」

「可是，不是還有科拉姑媽的臥室嗎？我可以在那兒睡。」

「您……您不介意？」

「您是指因為她是在那兒被謀殺的？噢，不，我不介意。紀奎絲小姐，我不是那麼軟弱的人。那裡，我是說，那裡已經沒事了吧？」

紀奎絲小姐知道她擔心的是什麼。

「噢，是的，班克斯夫人。所有的毯子都送到乾洗店去了，潘特太太和我把整個房間徹底地擦洗了一遍。另外還有很多備用的毯子。但您還是親自去看一下吧。」

她領路上樓，蘇珊跟在她後面。

科拉·藍斯奎遇害的房間乾淨清新，沒有任何不祥的氣氛，這真令人覺得奇怪。就像客廳一樣，這個房間也是現代化實用物品和精心彩繪的家具混合在一塊。體現了科拉快樂而庸俗的個性。壁爐台上方是一幅油畫，一個身段豐滿的女人正準備入浴。

蘇珊在看這幅畫時，身體輕微地顫動了一下，紀奎絲小姐說：「這是科拉的丈夫畫的。樓下的客廳裡還有更多他的畫。」

「畫得真差勁。」

「嗯，我自己也不太喜歡這種繪畫風格，但是藍斯奎夫人很為她當畫家的丈夫自豪，並且認為他的作品不被人欣賞太過可惜。」

「科拉姑媽自己的畫在哪兒？」

「在我的房間裡。您想去看看嗎？」

紀奎絲小姐自豪地把她的寶貝展示出來。

蘇珊評論說，科拉姑媽似乎喜歡海邊勝地。

「噢，是的。您知道，她和藍斯奎先生在布列塔尼的一個小漁村生活了很多年。漁船是很別致的東西，不是嗎？」

「確實如此。」蘇珊喃喃自語道。

她想，科拉．藍斯奎這些忠於細節、色彩極為絢麗的畫，都可以製成一整套的風景明信片了。這些畫也使人懷疑它們根本是按照明信片畫下來的。

可是當她冒昧地說出這種觀點時，紀奎絲小姐很生氣。藍斯奎夫人是描摹大自然的景物！真的，有一次光線正好時，她由於不願意放下正在創作的畫作，都差點中暑了。

「藍斯奎夫人是個真正的藝術家。」紀奎絲小姐責備地說道。

蘇珊瞄了一眼手錶，很快地說：「對了，我們應該去參加驗屍審訊了。路程遠不遠？要我把車開過來嗎？」

紀奎絲小姐向她說，走路只要五分鐘。於是她們一起步行出發。坐火車過來的恩威斯先生迎接了她們，並把她們領進村中的禮堂。

似乎有相當多的陌生人在場，過程平淡。程序有死者的身分證明、有致命傷的醫學證據。證明沒有反抗的痕跡、死者在遇到攻擊時可能處於麻醉狀態，在不知不覺中結束了生命。死亡時間可能不晚於四點半，兩點到四點半是最有可能的做案時間。

紀奎絲小姐作證是她發現的屍體。一名警員和莫頓警官也作證了。驗屍官進行了簡短的總結。陪審團毫不猶豫地做出定論：「故意謀殺特定人或不特定多數人。」

審訊結束了。他們重新走到太陽底下。六、七台相機卡嚓卡嚓地響了起來。恩威斯先生把蘇珊和紀奎絲小姐領進「王座飯店」，他已預先安排好在酒吧間後面一個雅座餐廳和她們共進午餐。

「這頓午餐不是很好。」他表示歉意地說。

但根本不會。紀奎絲小姐稍微吸了吸鼻子，咕噥了一句「事情太糟糕了」，但是在恩威斯先生執意勸她喝過一杯雪利酒後，她振作起來，放開胃口地品嘗嘗起洋蔥馬鈴薯燉羊肉來。恩威斯先生對蘇珊說道：「我沒想到你今天會過來，蘇珊。我們本來可以一塊來的。」

「我知道我說過不想來。但是全家族沒一個人來似乎太不像話了。我打過電話給喬治，他說他很忙，可能來不了；羅莎梅要試演；堤莫西伯伯，當然，他是一個體弱多病的人。所以只能是我來了。」

「您先生沒和您一起來？」

「格雷得處理那家破店裡的事。」

看到紀奎絲小姐眼睛裡吃驚的神色，蘇珊解釋說：「我丈夫在一家藥房工作。」

一個做店員的丈夫。這與蘇珊漂亮時髦的形象似乎不太一致，不過她還是勇敢地說：

「噢，就像濟慈一樣。」

「格雷可不是詩人。」蘇珊說。她接著說道：「對將來，我們有個很大的計畫。我們要建立一個雙重機構：美容院和專門生產製劑的實驗室。」

「那很好啊，」紀奎絲小姐讚許地說，「就像伊麗莎白・阿登那樣，我聽說她是一位真的伯爵夫人呢！要不就是海倫娜・魯賓斯坦。無論如何，」她又和善地接著說道：「藥房並不像一般的店鋪，比如說一家布店或雜貨店什麼的。」

「您說您開過茶館，是吧？」

「沒錯。」

紀奎絲小姐的臉上頓時容光煥發。她從沒想過，經營柳樹茶館算是「做生意」。在她心目中，經營一家茶館是個風雅的行為。她開始跟蘇珊說起她的柳樹茶館。

恩威斯先生已經聽過柳樹茶館的故事，他的思緒停留在別的事情上。蘇珊跟他說過兩次話，都沒有得到應答，後來他才匆忙致歉。

「請原諒，親愛的，我是在想你的伯父堤莫西。我有點擔心他。」

「擔心堤莫西伯父？我可不擔心他。我相信他其實沒什麼病，只是一個疑心病患者。」

「是……是的，你可能說得對。我承認讓我擔心的不是他的健康，而是堤莫西夫人。她從樓梯上摔了下來，扭了腳踝，臥床不起。這樣一來，你伯父的情況就麻煩了。」

「因為這次要倒過來，輪到他照料她了？這對他可是大有好處。」蘇珊說。

「是，我想也是。但他照不照顧得了你可憐的伯母呢？這是個問題；而且他們家裡又沒有僕人。」

「對老年人來說，過日子簡直是在受罪。」蘇珊說，「他們住在一棟喬治王朝時代的莊園，是吧？」

恩威斯先生點點頭。

他們小心翼翼地走出王座飯店，但新聞記者們已經走掉了。

小屋門邊有兩三個記者正埋伏著等蘇珊回來。在恩威斯先生的指導下，她說了幾句必要而不置可否的話。然後她和紀奎絲小姐進了小屋，恩威斯先生回到王座飯店去，他在那兒訂了一個房間。葬禮定在第二天舉行。

「我的車還在採石場，」蘇珊說，「我都忘了這回事了。等會兒我把它開到村子裡。」

紀奎絲小姐憂慮地說：「不要弄得太晚了。您不會天黑才出去，對吧？」

蘇珊看了看她，笑了起來。

「您不會認為還有凶手在附近遊蕩吧？」

「不……不是，我想不會再有凶手了。」紀奎絲小姐顯得很窘。

但她就是這樣認為的，蘇珊想道，真是令人驚訝！

紀奎絲小姐朝廚房走去。

「您想早點喝下午茶吧？大約半個小時以後，怎麼樣，班克斯夫人？」

蘇珊認為三點半就喝茶是有點過早了，但她寬厚地想到，紀奎絲小姐是想藉由喝一杯好茶舒緩緊張情緒；而且她希望取悅紀奎絲小姐，於是說道：「您想什麼時候就什麼時候吧，紀奎絲小姐。」

廚具開始響起一陣愉快的撞擊聲，蘇珊進了客廳。她在裡面待了不過幾分鐘，門鈴就響了起來，接著是一陣非常清晰而輕巧的敲門聲，「砰砰砰」。

蘇珊從客廳出來，走到門廳，紀奎絲小姐出現在廚房門口，她圍著圍裙，沾滿麵粉的手在上面擦著。

「哎呀，您認為可能是誰呢？」

「我想是記者吧。」蘇珊說。

「哎呀，怎麼還來吵你呢，班克斯夫人。」

「噢，沒關係，我去看看。」

「我正準備做一些配茶的烤餅。」

蘇珊向前門走去，紀奎絲小姐猶豫不決地待在原地。蘇珊猜她是不是以為會有一個手拿短斧的男人正等在門外。

然而，來人卻是一位老紳士，蘇珊打開門時，他脫帽致敬，像長輩那樣向她微笑，說道：「我想，您是班克斯夫人吧？」

「是的。」

「我叫格斯里，亞歷山大・格斯里。是藍斯奎夫人的一個朋友，一個很老很老的朋友。我想，您是她的侄女，也就是以前的蘇珊・艾伯納西小姐吧？」

「是的。」

「既然我們已經彼此認識了，我可以進來嗎？」

「當然可以。」

格斯里先生在鞋墊上把兩隻鞋仔細地蹭乾淨，走了進來。他脫下大衣，把它和帽子一起放在一個橡木小櫃上，然後隨著蘇珊走進客廳。

「真是個悲傷的場合。」格斯里先生說道，他自己喜歡微笑，對他來說，抑鬱悲傷是件不自然的事。「是的，一種非常使人悲傷的場合。我活了這麼大把年紀，最百般不願的事就是參加驗屍，當然還有葬禮。可憐的科拉，可憐又愚蠢的科拉。她婚後不久我就認識她了，親愛的班克斯夫人。她是一個有理想的女孩，熱愛藝術，對待皮爾・藍斯奎也很真心……我是說，把他當成一個真正的藝術家。整體看來，他是一個還可以的丈夫。他迷失了，不知道您懂不懂我的意思，是的，他誤入歧途，但走運的是，科拉把這看作是藝術家的脾性。他是一個藝術家，因此可以不道德！我不知道她是否認為：他不道德，因此他必然是個藝術家！對藝術這門學問毫無理解，可憐的科拉。不過在其他方面，請注意，在其他方面科拉非常有見識；是的，有見識得令人驚訝。」

「大家似乎都這麼說，」蘇珊說，「我實際上不了解她。」

「是，是，因為家人不喜歡被她當作寶貝的皮爾，她就中斷了和家人的聯繫。她不是一個漂亮的女孩，但是她有某種特質，是個有趣的朋友！你絕不知道她下一句話要說什麼，也絕不會知道她的天真是真的，還是故意表現出來的。她使我們每個人都開心不已。永遠的小孩……我們一直都是這樣看待她。真的，上次我看到她的時候（自從皮爾死後，我經常看到她），她給我的感覺仍然很像一個小孩。」

蘇珊給格斯里先生遞上一根菸，但老紳士搖了搖頭。

「不用，謝謝，親愛的，我不抽菸。您一定不知道我來幹什麼。說實話，我感到良心不安。幾個星期前，我答應科拉要過來看她。以前我經常每年拜訪她一次，近來她習慣在本地拍賣會上買畫，常要我過來看看她買的一些畫。您知道，我的職業是做藝術批評的。當然，科拉買的畫，大都是亂七八糟的塗鴉之作，但整體說來，也不是不划算。那些鄉村拍賣會上賣出的畫幾乎是一文不值，光是畫框的價值就超過畫作本身。當然，重要的交易都由商人來操作，誰也不可能得到真的傑作。但就在前幾天，有個農舍裡舉行的拍賣會上，一幅庫普[2]的小品賣了幾英鎊。這幅畫的來歷很有意思。一個年老的保母忠心耿耿地為一家人服務了很多年，那家人便把這幅畫給了她……他們不知道它的價值；老保母再把它送給她一個當農夫的侄兒，他喜歡畫裡面的那匹馬，但認為這幅畫又髒又舊……是，是的，有時候就是有這種事發生。科拉相信自己很懂畫（她當然不懂）。她要我來看看她去年無意中買到的一幅林布蘭[3]的畫。什麼林布蘭的畫！說它是一幅像樣的複製品都算不上，不過她倒是買到一幅非常漂亮的巴托洛奇[4]版畫，可惜有受潮的斑點。我為她賣了三十英鎊，這使她大受鼓舞。她寫信給我，極其熱忱地談到她在某次拍賣會上，買到一幅義大利文藝復興前的作品，我答應過來看看。」

「我想，就是那兒的那幅畫吧。」蘇珊說道，一面用手示意他身後的牆壁。

格斯里先生站起身來，戴上一副眼鏡，走過去研究那幅畫。

「可憐又可愛的科拉。」最後他說。

「還有更多的畫。」蘇珊說。

格斯里先生不慌不忙地將藍斯奎夫人滿心歡喜買到手的藝術珍品檢查了一遍，偶爾他嘖嘖有聲，有時候則嘆息不已。

最後他取下眼鏡說道：「班克斯夫人，灰塵、汙垢是一種神奇的東西！有了它，繪畫藝術中最可怕的代表作，也會增添一種古色古香的傳奇色彩。那幅巴托洛奇的版畫恐怕只是新手碰上的好運氣。可憐的科拉。儘管這樣，它還是給了她一種生活樂趣。我真欣慰自己沒有使她的幻想破滅。」

「在客廳裡還有一些畫，」蘇珊說，「但我想那都是她丈夫的作品。」

格斯里先生微微顫抖了一下，然後抗議地舉起一隻手。

2 庫普（Aelbert Cuyp, 1620-1691），荷蘭風景畫家。
3 林布蘭（Rembrandt Harmenszoon van Rijn, 1606-1669），荷蘭畫家。
4 巴托洛奇（Francesco Bartolozzi, 1727-1815），義大利銅版畫家。

「不要再強迫我看那些畫了！我還有很多寶貴的事要做！我總是試圖不去傷害科拉的感情。她是一個忠誠的妻子，一個非常忠誠的妻子。嗯，親愛的班克斯夫人，我不能再占用您的時間了。」

「噢，請你一定要留下來喝點茶。我想差不多已經準備好了。」

「您真是太好了。」格斯里先生又迅速坐了下來。

「我過去看看。」

廚房裡面，紀奎絲小姐正從爐子裡取出最後一盤烤餅。茶盤已經準備好了，水壺的蓋子正在輕輕地格格作響。

「來了一個名叫格斯里的先生，我邀請他留下來喝茶。」

「格斯里先生？噢，對了，他是藍斯奎夫人的一個老朋友，一個著名的藝術批評家。幸好我做了很多好吃的烤餅。那些是自製的草莓醬；我剛剛還做好了一些甜餅。我馬上就泡茶，茶壺已經熱好了。噢，班克斯夫人，請您不要拿那個笨重的茶盤。我會弄好一切的。」

然而，蘇珊還是拿起茶盤走進了客廳，紀奎絲小姐帶著茶壺和水壺跟在她後面，她和格斯里先生打過招呼，隨即開始喝茶。

「熱烤餅，太難得了，」格斯里先生說，「果醬真好吃！說實在的，這些東西現代人都是用買的，不自己做了。」

紀奎絲小姐滿臉悅色，喜不自勝。小甜餅做得好吃極了，烤餅也一樣，三個人都開懷地大吃了一頓。柳樹茶館的精神在此重現。很明顯，這正是紀奎絲小姐的拿手好戲。

「嗯，我應該要感謝您。」格斯里先生一面說，一面接過紀奎絲小姐硬塞給他的最後一個甜餅。「可是我實在覺得很內疚，可憐的科拉被殘暴地謀殺了，我卻在她遇害的地方品嘗茶點。」

紀奎絲小姐卻出人意料地做出維多利亞作風的反應。

「噢，但藍斯奎夫人也會希望您好好喝上一杯茶的。您得保持體力。」

「是，是，也許您說得對。您知道，人很難相信自己認識的某個人——確確實實認識的某個人——竟然被人謀殺了！」

「我同意這種說法，」蘇珊說，「那好像是……很荒唐的事。」

「一定不是哪個流浪漢偶然闖入殺害了她。您知道，我能夠理解科拉為什麼會被人謀殺……」

蘇珊馬上說道：「是嗎？什麼原因？」

「嗯，她說話、做事不夠謹慎，」格斯里說道，「科拉一向不小心。而且她還喜歡，怎麼說呢……喜歡表現她說話是多麼尖銳，就像一個知道了別人祕密的小孩一樣。科拉要是知道了一個祕密，就非得說出來不可。即使她曾經答應不說，到頭來還是會說，她控制不住自己。」

蘇珊沒說話。紀奎絲小姐也沒說話，她顯得很憂慮。格斯里先生接著說：「是的，在茶裡放上一小點砒霜或是郵寄過來一盒巧克力，這不會讓我感到意外。但卑鄙的搶劫和行凶殺人，這似乎非常不合理。我想的不一定對，但我早該想到，她幾乎沒有什麼東西值得竊賊光臨。她在屋子裡沒放多少錢，對吧？」

紀奎絲小姐說：「幾乎沒有。」

格斯里嘆了口氣，站了起來。

「唉！戰後以來違法犯罪的事情太多了。時代已經變了。」

他謝過兩位女士，然後禮貌地起身告辭。紀奎絲小姐送他出去，幫他穿好大衣。蘇珊透過客廳的窗戶，看著他沿著院內小道快步向大門走去。

紀奎絲小姐回到客廳，手裡拿著一個小包裹。

「我們去參加驗屍審訊的時候，郵差一定來過了。他把它往信箱裡面一塞，結果掉在門後的角落裡。我想，嗯，這一定是結婚蛋糕。」

紀奎絲小姐愉快地把包裝紙撕掉，裡面是一個白色的小盒子，紮著銀白色絲帶。

「果然是！」她拉開絲帶，裡面是一個中等大小、楔形的高級蛋糕，蛋糕的外面塗滿杏仁和白色糖霜。「太漂亮了！看看是誰……」她查看了一下附帶的卡片。「約翰與瑪麗。那是誰呀？怎麼那麼糊塗，竟然沒寫上姓什麼。」

蘇珊眼露驚訝，她含糊地說道：「只寫名字有時候很難辨認是誰。前幾天，我收到一張署名為『瓊』的明信片，我認識叫瓊的人加起來就有八個。現在的人打電話司空見慣，經常就不認得別人的字跡了。」

紀奎絲小姐愉快地仔細回想她的熟人裡，有誰叫約翰和瑪麗。

「可能是多蘿西的女兒，她的名字就叫瑪麗，但我沒聽說過她訂婚，更不用說結婚了。還有一個小約翰．班菲爾德，我想他已經長大，是到了結婚年齡了……或者是那個姓恩菲爾德的女孩……不，她的名字叫瑪格麗特。也沒寫地址或別的什麼。噢，算了，我敢說我總會想起來的……」

她拾起茶盤，走到廚房去。

蘇珊振作起來，說道：「嗯……我想我最好還是出去把車停好。」

10 蘇珊的試探

蘇珊開回她留在採石場的汽車，把它開到村子裡。村裡只有一個汽油唧筒，沒有車庫，她聽從別人的建議把車開到王座飯店去。那裡有停車的地方。她把車停在一輛很大的戴姆勒轎車旁，這輛車正準備開出去。它由一個專門的司機駕駛，裡面坐著一個年老的外國紳士，全身包得緊緊的，留著一撮濃密的鬍鬚。

蘇珊向服務生說明有關汽車的事情，他卻只是凝視著她，看來她說的話他連一半也沒聽明白。

最後他帶著驚奇的口氣說道：「您是她的侄女，對吧？」

「什麼？」

「您是受害者的侄女。」服務生感興趣地重複道。

「噢，是的……是的，我是受害者的侄女。」

「呃！我是在想，我是不是以前在什麼地方見過您。」

幸災樂禍的傢伙，蘇珊想道。她順著原路回到小屋去。

紀奎絲小姐迎接她說道：「噢，您平安回來了。」這種寬慰的語氣更加深了她的惱怒。紀奎絲小姐急切地加上一句：「吃義大利麵，可以吧？今晚，我想……」

「噢，好的，什麼都可以。我吃不多。」

「我很自豪自己可以做出很鮮美的脆皮義大利麵。」

這種吹噓並非毫無根據。蘇珊想道，紀奎絲小姐確實是一個了不起的廚師。蘇珊提出要幫忙洗點什麼，紀奎絲小姐儘管對此表示感激，但還是向她保證沒有什麼要做的。

過了一會兒，她拿著咖啡進來了。咖啡不太好喝，過淡。紀奎絲小姐端了一塊結婚蛋糕給蘇珊，但蘇珊婉拒了。

「這蛋糕確實很不錯。」紀奎絲小姐一面品嘗，一面強調。她自己相當確信，蛋糕一定是那位「艾倫的女兒」送來的。「我知道她已經訂婚，就該結婚了，但我想不起她的名字。」

蘇珊任憑紀奎絲小姐嘰嘰喳喳說個不停。直到她安靜下來，蘇珊才開始自己的話題。晚飯後坐在爐火前的這段時光，是一個最適合談天的時候。

她說道：「我的理察伯父去世之前到這兒來過，對吧？」

「是的，他來過。」

「確切地說，那是什麼時候？」

「讓我想一想，應該是在宣布他去世的一兩個……將近三個星期前。」

「當時他看起來……有病嗎？」

「嗯，不，我不認為他看起來有病。他精神飽滿、健壯有力。藍斯奎夫人見到他感到很意外。她說：『噢，真是你嗎，理察，這麼多年沒見了！』他說：『我過來是想親眼看看你究竟過得怎麼樣。』藍斯奎夫人說：『我很好。』您知道，我認為她當時對他的偶然出現……在隔了這麼長時間之後，感到有點生氣。但不管怎樣，艾伯納西先生說：『念念不忘舊怨沒有什麼好處。你、我還有提莫西，是我們家僅存下來的三個人了；而堤莫西這個人，除了自己的健康狀況外，也不能和他說點別的什麼了。』他又說道：『皮爾似乎使你很幸福，看起來是我錯了。好啦，這你滿意了吧？』他把話說得非常漂亮。他是一個氣量大的男人，儘管年事已高。」

「他在這兒待了多久？」

「他留下來吃了午餐。燉牛肉捲，我做的。幸虧那天賣肉的有來。」

紀奎絲小姐的記憶似乎都著重在烹飪方面。

「他們看起來相處融洽嗎？」

「噢，是的。」

蘇珊頓了一下，才接著說道：「在……在他死後，科拉姑媽感到驚訝嗎？」

「噢，是的，這件事很突然，不是嗎？」

「是的，是很突然。我的意思是說，她確實感到很驚訝。他沒有向她暗示過他病得多麼重。」

「噢，我知道您是指什麼了，」紀奎絲小姐頓了一會兒。「是的，是，我想或許您說得對。她倒是說過他變得很老了，我想她說過『老糊塗』這個字眼……」

「但是您不認為他像老糊塗嗎？」

「嗯，看上去不是那樣。但我和他交談不多，我當然讓他們單獨在一起。」

蘇珊沉思地看著紀奎絲小姐。紀奎絲小姐是那種會在門口偷聽的女人嗎？蘇珊相信她為人誠實，不會偷偷摸摸，不會在家務上偷懶，或是偷拆信件。但是愛打聽別人隱私的人，也可能披上一層正直的外衣。紀奎絲小姐也許覺得有必要在打開的窗戶邊做些園藝工作，或是打掃一下門廳……這都在允許的範圍內。然後，當然，她就難免聽到了什麼……

「您沒聽到他們的談話吧？」蘇珊問道。

這句話問得太唐突了，紀奎絲小姐氣得滿臉通紅。

「沒有，真是的！班克斯夫人，在門口偷聽不是我的習慣！」

這表示她聽了，蘇珊想，要不然她只會說「沒有」。

她大聲說道：「非常抱歉，紀奎絲小姐，我不是故意那樣說。但是有時候，在這些結構單薄的小屋裡說話，一個人免不了會聽到一些事情。既然他們倆現在都去世了，對我們家族來說，知道他們那次會面說過什麼確實很重要。」

這個小屋子的結構根本不算單薄，它屬於建築結構最為結實的那個時代的產物，但是紀奎絲小姐吞下了這個誘餌，被引到蘇珊提出的那個問題上。

「您說的當然很對，班克斯夫人，這個地方是很小，我確實理解您想知道他們之間說過什麼話的心情，但是恐怕我幫不上什麼忙。我想他們是在談論艾伯納西先生的健康狀況，還有某些……嗯，他的某些胡思亂想。他看起來是不像，但他必定是個病人，並且把他的健康狀況不佳歸結於外部因素。我相信這很平常。我姑媽……」

紀奎絲小姐描述起她姑媽來。

蘇珊像恩威斯先生一樣，把她姑媽的故事岔開去。

「是的，」她說，「我們就是那麼想的。我伯父的僕人們都喜愛他，他那麼想，他們當然感到很不安……」她頓了一下。

「噢，當然！僕人總是對那種事情很生氣。我記得我姑媽……」

蘇珊再次打斷了她的話。

「我想，他懷疑的就是那些僕人吧？我是說，懷疑是他們給他下毒？」

「我不知道……我……真的……」

蘇珊注意到了她的慌亂。

「不是那些僕人。那是某個人？」

「我不知道，班克斯夫人。我真的不知道……」

她避開蘇珊的目光，蘇珊暗自想道，紀奎絲小姐知道的比她願意承認的還要多。紀奎絲小姐很可能知道很多很多……

蘇珊決定此刻不要逼問這個問題，她說道：「您將來有什麼打算，紀奎絲小姐？」

「嗯，說實話，我正準備和您談這個問題，班克斯夫人。我告訴恩威斯先生說，我願意一直待在這兒，直到這裡都清理好為止。」

「我知道。我很感激。」

「而且我剛才就想問您，那可能要等上多久，因為我得開始另外找一份工作。」

蘇珊想了一下。

「這裡實在沒有多少事要處理。過兩三天我就能把東西整理好，並通知拍賣商。」

「那麼，您是決定把什麼東西都賣了？」

「是的。我想，把這個小屋租出去不會有什麼困難吧？」

「噢，是的。我敢肯定，很多人會排隊來租。出租的小屋非常少。大家幾乎都得用買的才有房子住。」

「那您看，一切都很簡單了。」蘇珊在接著說下去之前猶豫了一會兒。「我早就想告訴您，我希望您會接受三個月的薪水。」

「您真是太慷慨了，班克斯夫人。我確實很感激。您可不可以——我的意思是說我想請您，如果必要的話——推薦一下我？就說我曾經跟隨過您的一個親屬，並且……證明我是令人滿意的？」

「噢，當然可以。」

「我不知道我是不是應該這樣請求，」紀奎絲小姐的雙手開始顫抖，她試圖把她的聲音穩定下來。「但可不可以不要……不要提及這種情況，甚至那個名字？」

蘇珊凝視著她。

「我懂您的意思。」

「那是因為您沒有想過，班克斯夫人，這是件謀殺案。這樁謀殺上過報紙，誰都讀過。您不明白我的意思嗎？人們或許會想：『兩個女人在一起生活，其中一個被殺害了，可能就是那個同伴幹的。』您不明白嗎，班克斯夫人？要是我在找一個傭人的話，我一定會——不知道您明不明白我的意思——在決定雇用之前考慮再三的。因為誰知道你是什麼人！這一直讓我萬分憂慮，班克斯夫人，我徹夜難眠，很怕我再也找不到工作……我是說現在這種工作。除此之外，我還能做什麼呢？」

這個問題讓人不由得感到憐憫。蘇珊突然之間一陣感動。這個說話和氣的平凡女人想要生存，還要忍受雇主的憂慮和一念之間的定奪，蘇珊可以體會到她的絕望心情。而且紀奎絲小姐也說得很有道理，一個女人捲進了一樁謀殺案，雖然她清白無辜，但如果不是迫不得已，誰會雇用這樣一個女人到家裡來朝夕相處呢？

蘇珊說：「但是如果他們找到了凶手……」

「噢，那樣的話，當然就毫無問題了。但是他們會找到兇手嗎？我個人認為，警方是一無所知。要是沒有抓到兇手，那麼我的處境就是……我不只是嫌疑最大的人，我有可能被認為是兇手。」

蘇珊若有所思地點點頭。紀奎絲小姐從科拉・藍斯奎的死亡中沒有受益，這是實情……但是誰又會知道這一點？此外，曾經有過那麼多的故事……醜惡的故事，是描寫生活在一起的女人彼此之間滋生出惡意，一些古怪、病態的動機導致突然的暴力行為。不了解科拉・藍斯奎和紀奎絲小姐的人，會認為她們之間的關係也是如此……

蘇珊以她慣常的果斷說道：「別擔心，紀奎絲小姐。」她輕鬆愉快地說：「我相信我能給您找到一份工作，這一點也不困難。」

「恐怕，」紀奎絲小姐說道，她又恢復了平時的態度。「我不能做粗重的工作。只能做一些普通的烹飪和家務……」

這時電話鈴響了，紀奎絲小姐跳了起來。

「哎呀，不知道是誰打來的。」

「我想是我丈夫，」蘇珊站起來說道，「他說過今晚會給我打電話。」

她向電話機走去。

「喂？是的，我是班克斯夫人……」她頓了一下，然後改變了口氣，變得柔和而熱情。「你好，親愛的……對，是我……噢，很好……不知名的人犯下謀殺案……很平常的事……

只有恩威斯先生……什麼？……很難說，但我是這麼想的……對，就像我們想的那樣，完全按計畫……我將把這些東西賣了。沒有我們要的東西……一兩天不行……太嚇人了……不要大驚小怪。我知道我在做什麼……格雷，你沒有……你小心……不，沒什麼。根本沒事。晚安，親愛的。」

她掛了電話。紀奎絲小姐就在身邊，有點礙事。紀奎絲小姐雖然知趣地退到廚房裡去，但在那裡仍然可以聽得很清楚。蘇珊原本有些事情要問格雷，但她不想問了。

她站在電話機旁，心不在焉地皺著眉，隨即突然想到一個主意。

「是了，」她咕噥道，「就這樣。」

她拿起話筒，要打長途電話。

過了大約一刻鐘，從電話交換台傳來一陣疲倦的聲音說道：「恐怕還沒有答覆。」

「請繼續撥。」

蘇珊專橫地說道。她聽著遠方電話鈴的嗡嗡聲。然後，它突然被一個男人的聲音打斷了，這個暴躁而帶些怒氣的聲音說道：「喂，喂，是誰？」

「是堤莫西伯父嗎？」

「你是誰？我聽不見你說什麼。」

「您是堤莫西伯父嗎？我是蘇珊・班克斯。」

「蘇珊什麼？」

「班克斯。就是以前的艾伯納西，您的侄女蘇珊。」

「噢，你是蘇珊，是吧？有什麼事嗎？這個時間打電話來有什麼事嗎？」

「現在還很早。」

「不早了，我已經睡覺了。」

「您一定很早睡覺。茉蒂伯母怎麼樣了？」

「你打電話過來就問這個？你伯母腳痛得厲害，做不了事，什麼事也做不了。她沒用了。我可以告訴你，我們是一團糟。那個蠢醫生說他連一個護士也找不到。他想用車把茉蒂送到醫院去。我堅決反對。他現在正設法為我們找一個人。我什麼都不能做，甚至都不敢試一下。有個鄉下來的傻瓜今天晚上留在家裡，但她老是咕噥說要回到她丈夫身邊去。我們不知道該怎麼辦。」

「我打電話過來就是為了這件事。您想不想要紀奎絲小姐？」

「她是誰？從沒聽說過。」

「科拉姑媽的女伴。她非常好，非常能幹。」

「她會烹飪嗎？」

「會，她烹飪手藝很好，而且還可以照料茉蒂伯母。」

「那太好了，她什麼時候能過來？這兒一切都得靠我自己，只有那些白癡村婦會偶爾一下來了，又一下走了，這對我沒什麼用。我的心臟真是氣死我了。」

「我會安排她盡快到您那兒去。也許，後天怎麼樣？」

「好吧，非常感謝，」那個聲音極為勉強地說道，「你是一個好女孩，蘇珊……呃，謝謝你。」

蘇珊掛了電話，走進廚房。

「您願不願意去約克郡照顧我的伯母？她摔了一跤，扭了腳踝，而我伯父又很沒用。他有點討人厭，但茱蒂伯母卻是一個很受歡迎的人。他們有個鄉下來的人幫忙，但您可以烹飪和照料茱蒂伯母。」

紀奎絲小姐激動地把咖啡壺放下來。

「噢，謝謝您，謝謝，那真是太好了。我想，在病房裡幫忙我很拿手，我也相信我能照料好您的伯父，給他做些不錯的食物。您真是太好了，班克斯夫人，我真的很感激。」

11 紀奎絲小姐中毒了

蘇珊躺在床上，等著睡意襲來。這是漫長的一天，她感到累了，確信自己馬上就會入睡。在睡眠方面她從未有過任何困難。然而現在幾個小時過去了，她仍是睡意全無，任憑思緒飛馳。

她說過她不介意睡在這間臥室的這張床上。科拉．艾伯納西就是在這張床上……

不，她必須不去想這一切。她一直以自己不會神經緊張而自豪。但她為什麼老想著不到一星期前的那個下午？想想以後的事情，想想將來，她的將來和格雷的將來。卡蒂岡街上的房屋，那正是他們想要的。一樓是店鋪，樓上是個漂亮的套房。屋後外面有個房間，可以當作格雷的實驗室，從所得稅的角度來看，這會是一種很棒的安排。格雷會重新平靜、健康起來，再不會有那些令人驚恐的精神疾病爆發。有幾次他看著她，卻好像不認識。有一兩次她被嚇壞了……老科爾先生曾暗示、威脅過：「要是再發生那樣的事……」如果理察伯父這次沒死，或許還會發生那樣的事……確實還會發生……

理察伯父……真的是，為什麼要這樣想呢？他已經沒有活下去的動力了。又老又累又病。兒子死了。這真是一種幸運，安靜地死在睡夢中。安靜地……在睡夢中……要是她能夠睡著就好了。一小時又一小時地躺著睡不著真是愚蠢……聽著家具吱吱嘎嘎響，窗戶外面的樹枝和灌木叢發出瑟瑟的聲音，時不時還有幾下「嗚嗚」的叫聲，又詭異又傷感。她想，那是貓頭鷹的叫聲吧。鄉下地方總是莫名其妙地令人覺得不祥。和喧鬧冷漠的大城鎮比起來，真是太迥異了。在城鎮裡，你會覺得很安全，周圍都是人，絕不是孤身一人。而這裡……

發生過謀殺案的房子有時會鬧鬼，這個小屋以後或許會以「鬼屋」而聞名。科拉．藍斯奎的鬼魂在這裡出沒……科拉姑媽。真是奇怪，自從她一到這兒來，她就覺得科拉姑媽似乎離她很近，伸手可及。這一切都是神經緊張和幻想。科拉．藍斯奎已經死了，明天就要下葬。小屋裡除了自己和紀奎絲小姐以外，再沒有別人。那她怎麼又覺得這個房間裡還有誰在，而且就近在身邊呢……

短斧劈下來的時候，她就躺在這張床上，睡得安穩踏實……在短斧劈下來之前，什麼都不知道……現在她不讓蘇珊安睡了……

家具又吱吱嘎嘎地響了起來……是不是有腳步聲？蘇珊擰開了電燈。什麼也沒有。神經緊張，根本就是神經緊張。放鬆……把眼睛閉上……

那確實是一聲呻吟，一聲呻吟或是一聲微弱的哀鳴……有誰在痛苦中掙扎，有誰奄奄一息……

「我不能胡思亂想，不能，不能。」蘇珊喃喃自語道。死了就結束了，死後什麼都不復存在。人死不能復生。或者她是在重溫過去的某個場景，一個垂死的女人呻吟時的場景……

呻吟聲又起，聲音更大了……有誰在劇痛中呻吟……但……這是真的。蘇珊再次擰開燈，坐在床上傾聽。呻吟聲是真的，她聽到它們透過牆壁傳來。聲音來自隔壁的房間。

蘇珊從床上蹦下來，匆忙地披上睡衣，向房門走去。她走到樓梯平台上，敲了一會兒紀奎絲小姐的房門，然後走了進去。紀奎絲小姐的燈打開了。她正坐在床上，顯得很恐懼。她的臉痛苦地扭曲著。

「紀奎絲小姐，什麼事？您病了嗎？」

「是的。我不知道我……我……」

她試圖從床上起來，但是一陣嘔吐過後，又重新倒在枕頭上。她喃喃說道：「請……請給醫生打電話，我一定是吃了什麼東西……」

「我給您拿一些小蘇打來。如果沒有好轉，早上我們可以叫醫生。」

紀奎絲小姐搖搖頭。

「不，現在就叫醫生。我……我覺得很難受。」

「您知道他的電話號碼嗎？或者我去查電話簿？」

紀奎絲小姐把號碼給了她，隨即又是一陣嘔吐。

接蘇珊電話的是一個睡意朦朧的男人。

「誰？紀奎絲？在米茲小巷。對，我知道，我就來。」

醫生言行都很迅速。十分鐘後，蘇珊就聽到他的汽車在外面停了下來，她過去為他打開門。

她把情況說明了一遍，然後領他上樓。

「我想，」她說，「她一定是吃了什麼不對的東西，看起來病得不輕。」

從醫生臉上的神情可以得知，他善於克制自己的脾氣，而且有過不止一次被人毫無必要叫去看病的經驗。但是他一檢查這個呻吟的女人，態度馬上就變了。他對蘇珊做了各種簡要的吩咐，接著馬上就下樓打電話。然後他走進蘇珊所在的客廳。

「我叫了一輛救護車，必須把她送到醫院去。」

「她確實病得不輕嗎？」

「是的，我給她注射了一針止痛的嗎啡。但是看起來……」他突然停住不說了。「她吃了什麼東西？」

「晚飯我們吃了脆皮通心粉和牛奶蛋糊布丁，後來喝了咖啡。」

「您也吃了同樣的東西？」

「是的。」

「您沒事吧？不痛也沒有什麼不適？」

「是的。」

「她沒吃過別的東西？沒吃過魚罐頭？或者香腸？」

「沒有。午飯我們是在王座飯店吃的，那是在驗屍審訊之後。」

「果然不錯。您是藍斯奎夫人的侄女？」

「是的。」

「那是一件可惡的事，希望他們會抓到凶手。」

「是，沒錯。」

救護車來了。紀奎絲小姐被送走，醫生和她一塊過去。他告訴蘇珊早上他會給她打電話。醫生走後她上樓睡覺。

這次她腦袋一碰到枕頭就睡著了。

§

參加葬禮的人很多，大多數村民都出席了。蘇珊和恩威斯先生是僅有的兩個送葬者，但家族裡其他成員送來了各式各樣的花圈。恩威斯先生問紀奎絲小姐哪兒去了，蘇珊低聲把昨晚的情況匆匆說了一遍。恩威斯先生雙眉往上一揚。

「這件事不是很奇怪嗎？」

「噢，今天早上她好了點。他們從醫院打電話過來說的。人有時候會有這種膽汁分泌不正常的狀況。有些人就是比別人容易大驚小怪。」

恩威斯先生不再說什麼。葬禮一結束他立即趕回倫敦。

蘇珊回到小屋去。她找到了一些雞蛋，給自己做了一份蛋捲。然後走到科拉的房間，開始清理這個死去女人的東西。

醫生的到來打斷了她的清理工作。

醫生顯得很憂慮。他回答蘇珊的詢問說，紀奎絲小姐現在好多了。

「再過兩三天她就可以外出走動了，」他說，「幸好您及時把我叫來。否則的話，就很危險了。」

蘇珊凝視著他。

「她確實病得很厲害嗎？」

「班克斯夫人，請您再說一次，昨天紀奎絲小姐究竟吃過、喝過什麼東西。什麼都要講到。」

她想了一下，然後仔細說了一遍。醫生不滿意地搖搖頭。

「一定有她吃過而您沒吃過的東西。」

「我想沒有……甜餅、烤餅、果醬、茶……然後是晚餐。不，我記不得有她吃過而我沒吃過的東西。」

醫生揉了揉鼻子，在房間裡走來走去。

「一定是她吃過什麼東西的緣故嗎？一定是食物中毒嗎？」

醫生目光銳利地掃了她一眼，然後他似乎得出了結論。

「是砒霜。」他說。

「砒霜？」蘇珊吃了一驚。「您是說有人給她下了砒霜？」

「看起來是這樣。」

「是她自己下的嗎？我是說，她故意下的？」

「自殺？她說不是，她倒想知道自己怎麼會去自殺。此外，要是她想自殺，也不可能選擇砒霜。屋子裡有安眠藥，要想自殺，服多一點就行了。」

「砒霜是不是不小心攙進去的？」

「這正是我想知道的。看起來似乎很不可能，但是有過這種事情。只是如果您和她吃過同樣東西的話……」

蘇珊點了點頭說：「這似乎都不太可能……」隨即她突然倒抽一口涼氣。「哎呀，對了，結婚蛋糕！」

「什麼？結婚蛋糕？」

蘇珊做了解釋，醫生聚精會神地聽她說。

「奇怪，您說她不確定那塊蛋糕是誰送的？還有剩下的嗎？或者蛋糕盒子還在不在？」

「不知道，我去看看。」

他們一起找，最後在廚房備餐桌上發現了那個白紙板做的盒子，裡面還有一些蛋糕渣。

醫生小心地把盒子包起來。

「這由我來處理。知不知道蛋糕的包裝紙到哪兒去了？」

他們在屋裡沒找到，蘇珊說它可能被丟到鍋爐裡去了。

「您不會馬上就離開這兒吧，班克斯夫人？」

他口氣和藹，但還是讓蘇珊覺得有點不舒服。

「不會，我還得清點我姑媽的東西。我要在這兒待上幾天。」

「很好。您知道警方可能會想問一些問題。您知不知道誰……嗯，可能給紀奎絲小姐下毒？」

蘇珊搖了搖頭。

「我對她確實是了解不多。她和我姑媽一起生活了幾年……我就知道這些。」

「沒錯，正是。她看起來是個謙遜而和善的女人，非常普通。您會說，她不是那種會樹敵或很誇張的人。郵寄來的結婚蛋糕，聽起來像是某個嫉妒的女人幹的……但是誰會嫉妒紀奎絲小姐？這種理由似乎不充分。」

「是呀。」

「嗯，我得走了。我不知道在安靜的小利奇特聖瑪莉還會遇到什麼事。先是一樁謀殺案，現在又有人試圖以郵寄的方式來下毒。怪事層出不窮，真是奇怪。」

他沿著小路走向汽車。小屋裡很悶熱，蘇珊就讓門敞開著，然後慢慢走到樓上，繼續她的工作。

科拉．藍斯奎不是一個整潔或是有條理的女人。她的抽屜裡放滿了各式各樣、五花八門的東西。在一個抽屜裡，化妝用的裝飾品、信件、舊手帕和畫筆丟在一塊。在一個放滿內衣褲的抽屜裡，一些舊信和舊帳單塞在其中。另外一個抽屜裡，幾件羊毛套衫下面有一個裝著兩副假劉海的紙板盒。還有一個抽屜裝滿了舊相片和素描寫本。蘇珊瀏覽了一組顯然是多年前在法國某地拍的相片，相片中的科拉看來比較年輕、瘦削一些，她依偎在一個太過瘦高的男人肩上，那個男人滿臉鬍子，身上穿的似乎是一件棉絨外套，蘇珊猜想他就是已故的皮爾．藍斯奎。

蘇珊對這些相片很感興趣，但還是把它們放在一邊。她把所有她發現的書信文件整理成一堆，然後開始有條不紊地仔細查看。查看到四分之一左右時，她發現了一封信。她讀過兩遍後仍盯著它看，這時身後一個聲音把她嚇得叫了起來。

「您在那裡找到什麼了，蘇珊？喂，是怎麼回事？」

蘇珊氣得滿臉通紅。她的驚叫聲是不自覺發出來的，她感到羞愧，急著想解釋。

「喬治？你嚇了我一大跳！」

她表哥懶洋洋地笑了一下。

「好像是喔。」

「你是怎麼來的？」

「哦，樓下的門開著，於是我就走進來了。一樓似乎沒人，我便上樓來。如果你是問我怎麼找到這個地方的話，那我是今天早上出發來參加葬禮的。」

「我怎麼沒見到你？」

「那輛舊車跟我搗蛋。油管似乎被堵住了。我修了一會兒，最後它好像沒事了。那時參加葬禮已經太遲，但我想還是到這兒來吧。我知道你在這兒。」

他頓了一下，才繼續說道：「事實上我打過電話給你，格雷告訴我說，你好像是要到這兒來接管財產。我當時想也許我能幫你一把。」

蘇珊說：「你不是在公司有事走不開嗎？還是，你想什麼時候請假就什麼時候請假？」

「參加葬禮是個請假的最佳理由。這個葬禮又是真的。而且謀殺案總是很吸引人。無論如何，將來我也不大需要去公司上班了，並不是因為我現在有錢了，我有更好的事情可以做。」他停下來咧嘴一笑。「和格雷一樣。」他說。

蘇珊若有所思地看著喬治。她沒見過這個表哥多少次，就是見了面，也總覺得很難認出他來。她問道：「你究竟為什麼到這兒來，喬治？」

「我覺得最好做一點調查。對上次的葬禮我想了很多。科拉姨媽那天真的是投下一顆炸彈。我不知道她為什麼會說那些話，到底只是純粹的不負責任，或者是引以為樂，還是她確實有某些根據？我進來的時候，你讀得那麼認真的那封信究竟說些什麼？」

蘇珊慢慢說道：「那是理察伯父到這兒來看過科拉後寫給她的一封信。」

喬治的眼睛是那樣的黑。她過去以為他的眼睛是棕色的，沒想到竟是黑色的，黑色的眼睛總是有些奇怪，讓人覺得莫測高深，它們把雙眼後的思想隱藏了起來。

喬治慢吞吞地說道：「裡面有什麼有趣的事嗎？」

「沒有，確實沒有……」

「我可以看看嗎？」

她猶豫了一會兒，然後把信交給他。

他瀏覽著信的內容，用單調的聲音把它讀出來。

「這麼多年後，很高興再次見到你……看起來很好……平安到家，回來後不是很累……」他的聲音突然一變，刺耳地讀道：「我告訴你的事請不要向任何人說。那也許是個誤會。愛你的哥哥，理察。」他抬起頭來，看著蘇珊。「這是什麼意思？」

「什麼意思都有可能……可能只是說他的健康狀況，或者是一個朋友的流言蜚語。」

「噢，是的，有很多種可能。這很難確定，但它具有啟發性……他告訴科拉什麼了？有沒有誰知道他告訴過她什麼？」

「紀奎絲小姐可能知道，」蘇珊思索著說道，「我想她聽過他們說話。」

「噢，對了，那個跟科拉姨媽作伴的傭人。順便問一句，她在哪兒？」

「在醫院裡，砒霜中毒。」

喬治凝視著她。

「您不是那個意思吧？」

「就是那個意思。有人送給她一個下了毒的結婚蛋糕。」

喬治在臥室裡的一張椅子上坐下來，吹了個口哨。

「看來，」他說，「理察舅舅的事是真的。」

§

第二天早上，莫頓警官前來小屋拜訪。

他是一個話不多的中年人，口音中帶有鄉下地方那種輕柔的小舌顫音。他舉止冷靜而從容，但目光敏銳。

「您知道這是怎麼回事吧，班克斯夫人？」他說，「普羅克特醫生已經把紀奎絲小姐的情況告訴了您。那塊蛋糕化驗後發現，其中少許渣屑含有微量砒霜。」

「這麼說有人故意向她下毒？」

「看起來是這樣。紀奎絲小姐本人似乎不能幫我們什麼。她不斷重複說，那是不可能的，誰也不會做這種事。但是有人做了。您能不能解釋這件事？」

蘇珊搖了搖頭。

「我簡直是嚇呆了，」她說，「你們不能從郵戳上發現什麼嗎？或是筆跡上？」

「您忘了……包裝紙大概被燒掉了。而且蛋糕究竟是不是寄來的，還是個疑問。郵差小安德魯斯似乎記不起來曾經送過這個蛋糕。他有很多郵件要送，因此不敢肯定，就這樣。這事有疑問。」

「但是……有另外的可能嗎？」

「另外的可能，班克斯夫人，就是有人用一張舊牛皮紙包裝，上面已經有紀奎絲小姐的姓名、地址和蓋過戳的郵票，特地把包裹塞進信箱或是放在門內，造成一種它是透過郵寄送來的假象。」他漠然地繼續說道：「您知道，寄結婚蛋糕是個很聰明的主意。孤獨的中年女人對結婚蛋糕很容易感動，很高興別人還記得自己。一盒糖或諸如此類的東西倒有可能引起懷疑。」

蘇珊慢慢說道：「關於是誰送來蛋糕的問題，紀奎絲小姐想了很久，但她沒有絲毫懷疑。就像您說的那樣，她很高興，而且覺得榮幸。」她接著說道：「那裡面有沒有……足夠致死的毒藥？」

「在我們做過定量分析之前這很難講。這得看紀奎絲小姐是不是把整塊蛋糕都吃了。她好像是認為自己並沒有全吃。您記得嗎？」

「不，不，我不敢確定。她切了一塊要給我，我謝絕了，然後她吃了一點，還說那個蛋糕很不錯，但我想不起來她是不是把蛋糕全吃了。」

「要是您不介意，我想到樓上去，班克斯夫人。」

「當然不介意。」

她跟著他走到紀奎絲小姐的房間。她抱歉地說道：「恐怕這裡還處於相當混亂的狀況。因為我姑媽葬禮和各種事情的關係，我還沒時間整理它，後來普羅克特醫生又來了，我當時想或許我應該讓它保持原狀。」

「您真是太聰明了，班克斯夫人。並不是每個人都這麼聰明。」

他走到床頭，把手塞到枕頭下，小心地把它拿起來。他的臉上慢慢布滿了笑容。

「您看。」他說。

床單上放著一塊結婚蛋糕，看起來有點不成樣子。

「真是奇怪。」蘇珊說。

「噢，不，這並不奇怪。你們或許不這麼做了，現在年輕的女孩不是很重視結婚。但這是一個古老的習俗。把一塊結婚蛋糕放在枕頭底下，你就會夢到你將來的丈夫。」

「可是紀奎絲小姐……」

「她不想告訴我們這件事，因為她覺得在她這種年紀做這種事很愚蠢。但我認為可能就是這樣，」他的臉變得嚴肅起來。「如果不是犯蠢，紀奎絲小姐可能今天已經不在人世了。」

「但是誰會想要殺害她呢？」

四目相遇，莫頓警官的目光中有一種好奇、推測的神色，那使蘇珊感到不自在。

「您不知道嗎？」他問道。

「不知道……我當然不知道。」

「那麼我們似乎不得不查清楚了。」莫頓警官說。

12 格比的報告

兩個上了年紀的男人坐在一個滿是時髦家具的房間裡。房間裡沒有弧線，什麼東西都是方方正正的。唯一的例外幾乎就是白羅本人了，他全身都是弧線。他的肚皮滾圓得可愛，腦袋的形狀像雞蛋一樣，鬍鬚則花稍地向上捲起。

他啜飲著一杯果汁，若有所思地看著格比先生。

格比先生又瘦又小、神情猥瑣。他的相貌毫無特徵，而現在正是一副毫無表情的樣子，好像他根本不存在一樣。

他沒有看著白羅，因為格比先生從來不看任何人。

他現在說話的對象，好像是壁爐邊緣牆板左邊的那個角角。

格比先生以搜集情報而著名。很少人了解他，而且也沒有什麼人雇用他為自己服務，但是那少數的幾個人都極其富有。他們必須很富有，因為格比先生收費很貴。他的特長就是迅速獲取情報。只要格比先生靈活的大拇指輕輕一彈，成百上千個耐心、追根究柢、慢條斯理、有著各種身分的男女老少就被派出去詢問、刺探、取得成果。

事實上，格比先生現在已從這一行退下來了。但是他偶爾也「照顧」一下幾個老主顧，白羅便是其中之一。

「我已經拿到力所能及的東西，」格比先生用一種推心置腹的輕柔低語對火爐牆板說，「我把孩子們派出去。他們盡力而為……好小孩子，他們都是好孩子，但不像過去那樣了。如今他們不吃那一套。不願學習，就是這麼回事。這項工作僅僅做了兩三年，他們就認為自己什麼都知道了。而且他們還有上下班時間。這種工作方式簡直會讓人昏倒。」

他悲哀地搖搖頭，把目光轉向電源插座。

「這要歸咎於政府，」他對著插座說，「還有那些騙人的教育。這就讓他們有了想法。他們回來告訴我們他們的想法。不管怎麼說，他們多數人都不會思考。他們知道的一切都是從書本上得來的。這對幹我們這一行沒有好處。找出答案，就是一切，而不是去想。」

格比先生猛地往椅背上一靠，對著一個燈罩眨了眨眼睛。

「但是我們也不能批評政府！沒有政府，我們確實不知道還能做什麼。我可以告訴您，這年頭您可以帶著筆記本和鉛筆，衣著得體，說一口標準英語，走到任何地方去，問問人們生活中最隱祕的細節和他們過去所有的歷史，問問他們十一月二十三日的晚餐吃什麼，因為那天對中產階級者的收入是個考驗；或者問問他們當天發生了什麼事（盡量拍他們的馬屁），問他們任何問得到的事。他們十次有九次會痛快地回答您，就算在第十次會使他們大為光火，但也不會有人懷疑你的身分，懷疑政府真的是為了某種無法解釋的原因而必須詢問！我可以告訴您，白羅先生，」格比先生仍然對著燈罩說話。「這是我們最好的招數，比去查電錶或電話線路的毛病要好得多；是的，也比裝成修女、男女童子軍等上門請求捐助要好，雖然我們也使用這樣的方法。是的，『政府調查』是偵探的天賜良機，但願它永遠繼續下去！」

白羅沒說話。

隨著年齡愈來愈大，格比先生變得有點饒舌了，但是只要他認為時候一到，就會轉入正題。

「噢，」格比先生說道，他拿出一個皺巴巴的小筆記本，舔了舔手指，然後輕輕翻開。「就在這裡。喬治．格斯菲，我們先看看他。只是一些很平常的事。您不會想要知道我是怎麼查出來的吧？他在奎爾街已經待了一段時間，通常是看賽馬、賭博……他不喜歡女人。不時去一趟法國，還有蒙地卡羅。將大把時間花在賭場裡。他為人機警，從不在那裡兌現支票，但是所帶的錢比起旅行時的零用錢要多得多。這方面我沒調查下去，因為這不是您想知道的。但他在規避法律方面毫無顧忌，作為一名律師，他知道怎麼做。有理由相信他一直在利用別人的資金進行投資。最近他瘋狂投入股市以及賽馬！可惜判斷失誤，運氣又不好。三個月來他茶飯不思，在辦公室裡憂心忡忡，動輒發火，脾氣壞到了極點。但是自從他舅舅死後，一切都變了。他就像早餐吃的雞蛋（但願我們有雞蛋吃），如太陽般有勁。

「現在，談談您想要知道的具體情況。關於案發當天他在赫斯特公園賽馬場的說法，確定不是實情。賽馬場上有兩個登記賭注的人，如果他去看賽馬，必然要到其中一人那裡下賭注。那天他們沒有見過他，可能他坐火車離開了派汀頓車站，去向不明。拉客到過派汀頓車站的計程車司機認出他的相片，雖然不太有把握，但我對此並不抱多少希望。他這個人極為平常，沒有什麼特別引人注目之處。在派汀頓與行李搬運工及其他人的接觸也一無所獲。他沒有到過喬爾西車站，那個車站離利奇特聖瑪莉最近。這是一個小站，陌生的乘客很顯眼。可能在雷丁車站下了車，然後坐公車。雷丁車站的公共汽車擁擠而頻繁，有幾路車經過距離利奇特聖瑪莉不到一英里的地方，而且還有直接開到村裡去的公車。他不會坐公車去的，就算真的要去也不會坐。總之，他是一隻老狐狸。沒人見到他在利奇特聖瑪莉出現過，但他不一定會被人看見，除了從村子裡走過，還有其他一些接近小屋的方法。順便提一句，他曾在牛津大學戲劇社團待過。如果那天他去了那個小屋，那他或許就不是那個平常的喬治．格斯菲了。我可以把他的資料留在我的本子裡嗎？我得扮演一個黑市掮客。」

「您可以把他的資料留在本子裡。」白羅說。

格比先生舔了舔手指，又翻了一頁他的筆記本。

「麥可．沙恩先生。他在他那一行很受人尊敬。對自己的未來很有想法。他想當明星，而且想迅速成為明星。喜歡金錢、養尊處優，對女人來說很有吸引力，到處都有女人喜歡他。他本人對女人也有癖好……但是，事業第一，您也會這樣說。他一直在和索瑞兒・丹頓廝混，丹頓在麥可最近演的一齣戲中當主角。麥可在裡面只演一個小角色，但演得很成功，轟動一時，丹頓小姐的丈夫不喜歡他。麥可的妻子不知道他和丹頓小姐的事。她似乎對什麼都了解不多，我想她不是一個出色的女演員，但她很漂亮，瘋狂愛她丈夫。有人說，不久前他們之間有過一次爭吵，但現在似乎又和好了。那是在理察・艾伯納西先生死了以後。」

格比先生朝沙發上的一個墊子點點頭，強調他說的最後那一句。

「沙恩先生說，案發當天他和一位羅森海姆先生以及一位奧斯卡・路易斯先生在一起，商討一些劇務。可是他並沒有去見他們。他打電話告訴他們，說他非常抱歉不能赴約了。他真正做的事是去了愛默拉爾多汽車公司，這公司經營租車業務。他在十二點左右租了一輛車，坐在裡面開走了。晚上六點左右還了車。根據里程表所示，汽車跑過的里程數正好和我們所調查的事情相符。從利奇特聖瑪莉那裡沒有得到進一步證實。那天似乎沒人注意到那裡出現過陌生的車。離那裡一英里左右，多的是不會被人注意到的地方。距那個小屋幾百碼的一條小巷裡，甚至還有一座廢棄的採石場。而且在走路可及的範圍內有三個小鎮，你可以把汽車停在路邊，沒有警察會來找你麻煩，好了。我能把沙恩先生的資料留在本子裡嗎？」

「當然可以。」

「現在，說說沙恩夫人。」格比先生擦了擦鼻子，對他的左袖講起了沙恩夫人。「她說那天她去買東西，只是買東西……」格比先生把目光投向天花板。「買東西的女人都沒有什麼頭腦，她們就是這樣。前一天她聽說自己有錢了，自然就沒什麼顧忌了。她有一兩個付款帳戶都已透支，銀行一直催著她付款，因此她不能在帳單上添加費用。很有可能她這裡走走，那裡走走，什麼商店都逛到了。試衣服、看珠寶、問這問那的價格，很可能什麼都不買！她很容易接近，這點我可以保證。我手下的一位女士對演戲這一行很了解，可以引她上鉤。那位女士走進一家餐館，在沙恩夫人的飯桌旁停下來，用她們那種人慣常的方式驚呼道：『親愛的，自從看過《路在腳下》以來，我就沒再見過你了。你在那齣戲裡演得真好！最近你見過赫伯特嗎？』赫伯特是導演，沙恩夫人在那齣戲中是個失敗者，但我手下的那一番話讓事情好辦多了。她們馬上談起演戲的事來，我的手下準確無誤地隨口說出幾個名字，然後說道：『我相信我在某天某地見過您，』就這樣說出一個日子。大多數女士都會上當，說：『噢，不，那天我在……』就說出了某個地方。但沙恩夫人卻不是這樣，她只是顯得茫然，說道：『噢，可能吧。』那樣一位女士您能拿她怎麼辦？」格比先生對著散熱器神情嚴肅地搖了搖頭。

「是拿她毫無辦法，」白羅激動地說，「但是我就沒有理由知道情況嗎？我永遠也忘不了埃奇韋男爵被殺一案[5]。我幾乎被打敗了……是的，我，白羅，被一個笨蛋極其簡單的狡

5 參克莉絲蒂的《十三人的晚宴》一書。

猾所打敗。那些頭腦簡單的人，經常具有犯下一個簡單的案子然後逃之夭夭的天才。希望我們要找的那個殺人凶手——如果這個事件中確實有個殺人凶手的話……聰明、高人一等、自視甚高、會有情不自禁畫蛇添足之舉。我們還是往下說吧。」

格比先生再次求助於他的小本子。

「班克斯先生和夫人……他們說那天他們整天在家。可是她其實不在家！一點左右她進了車庫，開出車子，隨即離開了。目的地不明。

「五點左右回來，所走的里程說不清楚，因為以後她每天都開車出去，去檢查她的里程表是毫無意義的。

「至於班克斯先生，經過調查，我們發現了某些奇怪的事情。首先，我要提到，我們不知道案發當天他做過什麼。他沒去上班，理由說是要參加葬禮，他似乎已經請了兩三天的假。從那以後，他就離職不幹了，絲毫沒有為那家公司著想。那是一家很有聲譽的藥房，經營得很不錯。他們不太喜歡『班克斯少爺』，說他經常會莫名其妙地發怒。

「嗯，我說過，我們不知道藍斯奎夫人遇害那天他在做什麼。他沒有和妻子一起外出。有可能他整天都待在他們那個小寓所裡。那裡沒有門房，誰也不知道房客是外出了還是待在裡面。但是他過去的歷史很有趣。大約四個月前……就在他遇到他未來的妻子之前，他住在一家療養院裡。他沒被斷定為精神病，只是人們所謂的精神崩潰。他在配藥的時候，似乎有過某種疏忽（當時他在梅費爾的一家公司工作），那個女人康復了，公司全體職員賠禮道歉，才免於被起訴。畢竟，偶然的疏忽確實在所難免，肚量大一點的人都會可憐他，反正也沒有造成永久性的傷害。藥店沒有解雇他，但是他辭職了，說這一切使他神經受不了。後來他的情緒似乎變得相當低落，他告訴醫生，說他受到一種罪惡感的困擾，因為他所做的一切都是故意的，當時那個女人來到店裡，對他態度傲慢、言語粗魯，抱怨上次幫她配的藥配得亂七八糟。他對此懷恨在心，於是故意給她加入了一劑幾乎致命的藥品，他說：『她膽敢那樣對我說話，必須受到懲罰！』後來他哭泣起來，說他太邪惡了，不該再活下去。還說了很多諸如此類的話。對於那樣的情況，醫生們有一個很長的專業術語來表示，就是犯罪情結什麼的，而且他們相信那根本不是故意的，只是由於疏忽大意，但是他把事情看得很嚴重。」

「很有可能。」白羅說。

「對不起，您說什麼？不管怎麼說，他住進了那家精神療養院，醫生替他治療，然後認為他已痊癒，讓他出了院，他就遇見了艾伯納西小姐。然後他在那個形象良好卻沒什麼名氣的小藥房找了一份工作。他告訴他們說，他有一年半的時間不在英國，並且給了他們一份他以前在伊斯特本某家店裡工作過的證明。那個藥房沒說他什麼壞話，只有一個藥劑師說他脾氣乖戾，而且有時候舉止很奇怪。據說有一次某個顧客開玩笑說：『希望您能賣給我一種藥，能把我的老婆毒死，哈哈！』班克斯溫柔而平靜地對他說：『可以……只是要花您兩百英鎊。』那人聽了之後很不自在，對他的話一笑置之。也許只是開玩笑，但是在我看來，班克斯不是那種喜歡開玩笑的人。」

「您是怎樣得到這些情報的？真是讓我感到驚奇！其中大都是醫院的資料，以及對陌生人絕對不會說的事情！」

格比先生的目光繞著房間轉，期待地望著房門，喃喃地說：「我自有辦法……現在我們來談談住在鄉下的那兩個人。堤莫西．艾伯納西先生和夫人。他們那個地方挺不錯的，但是維護起來很花錢。他們的處境似乎很艱難，非常艱難，大都是由於稅金加上投資錯誤。艾伯納西先生喜歡生病，主要的目的是為了享受。他老是愛發牢騷，讓每個人跑上跑下、拿東拿西。他的胃口很好，身體似乎也很強壯，只是不喜歡費自己的力氣。那個白天班的女傭走了之後，屋子裡就再也沒人了，而且除非他按鈴，誰也不准擅自進入他的房間。

「葬禮後的那天早上，他的脾氣非常壞，一直責罵瓊斯太太。早飯只吃了一點點，還說他不吃午飯了，因為前一天晚上他很不舒服。他說瓊斯太太留給他的晚飯簡直不能吃，還說了更多發牢騷的話。那天早上九點半到第二天早上，他都單獨待在屋子裡，誰也沒見過他。」

「艾伯納西夫人呢？」

「在您提到的那個時間裡，她正開車從恩德比動身。她步行到凱斯史東的一個小修理廠，說她的車在兩三英里外的地方拋錨了。

「一個汽車修理工開車帶她來到那裡，檢查了一番，然後說他們必須把她的車拖回去，而且要花很長時間，他們不能保證當天修好她的車。這位女士大為惱火，但還是去了一家小旅館，安排好住宿，要了一些三明治，還說她想看一看當地的鄉村景致。那個地方在一個沼澤地的邊緣。那天晚上她很晚才回到小旅館。為我提供情報的人說，他對此並不感到奇怪。那是一個骯髒的地方！」

「時間呢？」

「她十一點叫了三明治。那裡距離大路有一英里，如果她走到那裡。就有可能搭乘便車去沃卡斯特，然後趕上一列在雷丁西站停車的南海岸特快車。我不想再細述公共汽車的細節了。如果謀殺是在那天下午……呃，相當晚的時間發生，那就有可能。」

「我知道醫生對死亡時間的估計最晚在四點半左右。」

「請注意，」格比先生說，「我應該說，沒有那種可能。她似乎是個很有教養的女士，誰都喜歡她。她對丈夫忠貞不渝，就像對待一個小孩一樣對待他。」

「是的，沒錯，這是一種母性情結。」

「她健壯有力，經常劈砍木柴，把大筐大筐的木頭拖到家裡去。對於修理汽車也很有一套。」

「我正要談到這一點。她那輛車究竟出了什麼毛病？」

「您想要確切的細節嗎，白羅先生？」

「千萬不要。我不懂機械知識。」

「這件事很難查，也很難查清楚。她的車可能一下就被人惡意做了手腳。那人對汽車的內部構造很熟悉。」

「真了不起！」白羅熱烈地說道，「每個人都有機會，每個人都有可能。天哪，我們誰都不能排除嗎？那麼李奧．艾伯納西夫人呢？」

「她也是一個很善良的女士，去世的艾伯納西先生很喜歡她。在他去世之前，她到他那裡待過兩星期左右。」

「那是在他去利奇特聖瑪莉見過他妹妹之後嗎？」

「不，在那之前。戰爭之後她的收入減少很多，她出讓她位於英格蘭的房子，住在倫敦一個小公寓。她在賽浦路斯有一棟別墅，每年到那裡住一段時間。她資助一個還在受教育的年輕侄兒，好像還資助一兩個年輕的藝術家。」

「活像個無可挑剔的聖海倫，」白羅說，他閉上了眼睛。「她那天離開恩德比時，不可能沒有僕人知道吧？請說是，我懇求您！」

格比先生懷著歉意把目光停留在白羅發亮的漆皮鞋上，這是他的目光最接近說話對象的地方。他喃喃說道：「恐怕我不能那麼說，白羅先生。艾伯納西夫人跟恩威斯先生說好，她要留在恩德比照料一些事情，於是她去倫敦拿一些衣服和行李。」

「但她並不缺少這些東西！」白羅帶著激動表示。

13 白羅與莫頓互通有無

白羅接到伯克郡警察局莫頓警官的名片，他的雙眉往上一揚。

「領他進來吧，喬治，領他進來。拿一些……警察都喜歡喝什麼？」

「我建議喝啤酒，主人。」

「多討厭！但很英國化。那就拿啤酒吧。」

莫頓警官開門見山。

「我不得不到倫敦來，」他說，「我找到了您的地址，白羅先生。在星期四的驗屍審訊上見到您時，我很感驚訝。」

「這麼說，你在那兒見到我了？」

「是的，我感到意外……而且，可以說很感興趣。您不會記得我，但我很清楚地記得您。就是在偵辦『潘伯恩案』時。」

「噢，你辦過那個案子？」

「只是參與低層的工作。那是很久以前的事了，但我從未忘記過您。」

「但前幾天你馬上就認出了我？」

「那並不難，先生，」莫頓警官忍住笑。「您的相貌……很奇特。」

他看著白羅考究的服裝，最後把目光落在白羅鬈曲的鬍鬚上。

「在鄉下地方您看來很顯眼。」他說。

「可能吧，可能吧。」白羅得意洋洋地說。

「讓我感興趣的是，為什麼您會在那裡。那類的犯罪……搶劫、施暴，通常您是不感興趣的。」

「那是一般的暴力犯罪嗎？」

「這正是我想知道的。」

「從一開始您就想知道，對吧？」

「是的，白羅先生。有些不同尋常的跡象。我們就按平常的方式工作，找一兩個人來訊問，但每個人都可以充分說出那個下午他在幹什麼。這不是您說的『一般的』犯罪，白羅先生，對此我們確信不疑。警察局長也同意這種看法。犯下這件案子的凶手希望它看起來很一般。凶手可能是那個叫紀奎絲的女人，但她似乎沒有任何動機，也沒有任何感情背景。藍斯奎夫人也許有點神經不正常，或者說是『頭腦簡單』，但是這個家庭由女主人和打雜的傭人組成，她們彼此之間沒有什麼狂熱的同性情誼。我們身邊像紀奎絲小姐這樣的人有很多，她們通常不是犯謀殺案的那種人。」

他頓了一下。

「因此，我們似乎不得不進行更深入的調查。我到這兒來是想問您究竟能不能幫助我們，一定是有什麼原因引你去參加驗屍審訊，白羅先生。」

「是的，沒錯，的確有什麼把我引到那兒去了。一輛棒極了的戴姆勒轎車。但也不只是如此。」

「您有……消息？」

「以這個詞的意義而言，還沒有什麼可以當作證據的東西。」

「但您知道一些可以作為線索的東西？」

「是的。」

「您看，白羅先生，這表示有進展了。」

他詳細描述了那件毒結婚蛋糕事件。

白羅深深吸了口氣，發出嘶嘶的聲響。

「高明……不錯，真是高明……我警告過恩威斯先生，說要照料好紀奎絲小姐。她很有可能受到襲擊。但我必須承認，我沒料到下毒這一招。我想又會是用短斧殺害她，我只是認為，天黑後她最好不要獨自在行人稀少的小巷裡走動。」

「但您為什麼會想到有人要襲擊她？我想，白羅先生，您應該告訴我這件事。」

白羅緩慢地點了點頭。

「好，我告訴您。恩威斯先生不會告訴您，因為他是個律師，而律師不喜歡談論假定的事情，或者根據一個死去的女人性格、一些不負責任的言詞做出的推理。但是他不會反對我告訴您……不，他會感到欣慰。他不要人家認為他愚蠢和胡思亂想，但是他想讓您知道那些可能——僅僅可能——是事實的東西。」

白羅頓了一下，喬治拿著一大杯啤酒走了進來。

「喝點東西，警官。不，不，您一定得喝。」

「您和我一塊喝嗎？」

「我不喝啤酒。但我會喝一杯黑醋栗果汁……我注意到了，英國人不喜歡喝這種東西。」

莫頓警官感激地看著他的啤酒。

白羅優雅地啜飲著他那杯暗紫色的液體，說道：「這一切都是從一次葬禮開始的。或者更準確地說，是從那次葬禮後開始的。」

他以眾多的手勢生動地把恩威斯先生講過的事陳述了一遍，只是他活潑的天性替故事增色了不少，讓人幾乎誤以為白羅本人親眼目睹過當時的情景。

莫頓警官頭腦極為清楚，立刻就抓住了重點。

「那位艾伯納西先生可能是被人毒死的？」

「這是一種可能。」

「屍體已被火化，再也沒有任何證據了？」

「確實如此。」

莫頓警官反覆思索。

「有意思。這裡面沒有我們想要的東西。也就是說，找不到調查理察・艾伯納西之死的理由，那只會浪費時間。」

「是的。」

「但是，有些人，一些在場的人都聽到科拉・藍斯奎說的那些話，其中一人也許認為她還會再說，而且說得更詳細。」

「她一定會說的。正如您所說的，警官，有些人。現在您明白為什麼我去參加驗屍審訊了吧，為什麼我對這個案子感興趣……因為我感興趣的就是人。」

「那麼對紀奎絲小姐的攻擊……」

「那不難明白。理察・艾伯納西到那個小屋去，他和科拉說過話，或許還提到過一個名字。而唯一有可能知道或者偷聽到的人是紀奎絲小姐。把科拉滅了口以後，凶手可能還是不安。另外那個女人是不是知道什麼事，甚至什麼都知道？當然，凶手要是夠聰明的話，他根本不會去管，不過當凶手的沒有幾個是聰明人，警官，這是我們的幸運之處。他們左思右想，疑神疑鬼，渴望萬無一失……絕對的萬無一失。他們為自己的聰明而沾沾自喜。如此一來，就像您所說的，他們的狐狸尾巴最終也就露出來了。」

莫頓警官微微地笑了一下。

白羅接著說道：「兇手試圖殺紀奎絲小姐滅口，這已經是個錯誤了。因為現在你要調查的就有兩件事。此外還有結婚蛋糕標籤上的筆跡。遺憾的是包裝紙被燒掉了。」

「是的，要不然我就可以確定結婚蛋糕是不是郵寄來的。」

「您有理由認為不是郵寄來的，對吧？」

「這只是那個郵差這麼認為，他不敢肯定。如果包裹是走鄉下郵局的話，那個女郵政局長十之八九會注意到它；但現在郵件是從凱因斯用郵車遞送，那個年輕的小夥子街頭巷尾地跑，送很多東西。他覺得那個小屋他只送過信件，而沒有包裹，但是他不敢肯定。實際上他現在感情出了一點問題，任何事情都無暇顧及。我試過他的記憶力，結果無論在哪方面他都靠不住。如果他確實遞送過那個包裹，我覺得奇怪的是，竟然沒有人注意到那個包裹，直到那個……叫什麼名字來著……格斯里先生，來過之後……」

「噢，格斯里先生。」

莫頓警官笑了。

「是的，白羅先生。我們正在調查他。畢竟，自稱是藍斯奎夫人的一個朋友，說些聽來很可信的故事，並不難做到，不是嗎？班克斯夫人不可能知道他到底是或不是。您知道，他可以把那個小包裹丟進來，弄得看起來好像是郵寄來的，並不是什麼難事。用黑色顏料描上郵戳後，再把線條抹糊一點，就可以偽造得很逼真了。」

他頓了一下，才繼續說道：「另外還有其他可能。」

白羅點了點頭。

「您認為……」

「喬治．格斯菲也來了，但他第二天才到。原本他打算過來參加葬禮，可是在路上汽車的引擎出了點毛病。白羅先生，您了解他的事情嗎？」

「了解一點。但還不夠多。」

「是嗎？我知道，有不少人對艾伯納西先生的遺囑感興趣。但我希望這並不表示要調查所有的人。」

「我已經收集了一些資訊，可以提供您隨意採用。我當然無權查問這些人。那樣做是不智的。」

「我自己會慢慢來，不能打草驚蛇。然而你一旦行動，就得做好。」

「這樣最安全可靠。朋友，那您就按慣例執行吧，好好利用你所擁有的一切資源。這很慢，但是有機會成功。至於我自己……」

「怎麼樣，白羅先生？」

「至於我自己，我要到北方去。我告訴過您，讓我感興趣的是人。是的……做一點偽裝的準備，到北方去。我打算，」白羅接著說道：「為外國難民買一棟鄉村山莊。我代表

UNARCO。」

「什麼是UNARCO？」

「聯合國難民救助組織。聽起來不錯，您不這麼認為嗎？」

莫頓警官咧嘴一笑。

14 拜訪恩德比山莊

白羅對緊繃著臉的珍妮特說道：「非常感謝，您真是太好了。」

珍妮特雙唇緊閉、面帶慍怒地離開了房間。這些外國人！他們問的是什麼問題！簡直是太無禮了！竟對艾伯納西先生毫無疑義的心臟狀況這麼感興趣，簡直稱得上是專家了。那很有可能是真的……主人去世得很突然，醫生也感到驚訝。但是一個外國醫生跑來探聽，這又關他什麼事？

李奧夫人說得倒好：「請回答龐塔利爾先生的問題。他有充分的理由問你。」

問題。老是問問題。有時候是一張張的問卷要你填寫——政府或者別人想知道你的私事是要幹什麼？問你在那次人口普查時的年齡——真是太無禮了。她才不要告訴他們！她把自己的年齡減了五歲。為什麼不呢？如果她感覺自己只有五十四歲，她就是五十四歲！

無論如何，龐塔利爾先生不是想要知道她的年齡。他還比較得體。只是詢問主人吃過什麼藥，它們放在什麼地方，還有，如果他感到身體不適……或者是健忘，會不會是因為他服藥過多。她才不會記住這些亂七八糟的事呢，主人知道自己在做什麼！龐塔利爾先生還問主人吃的藥還有沒有。它們當然全都扔掉了。心臟狀況……他還用了某個很長的詞。這些醫生，老是認為這些方面還有什麼新東西。看看他們告訴老羅傑斯的，說什麼他的脊椎裡面有一個盤狀物或諸如此類的東西。普普通通的腰痛，這就是他的病。她父親是個園丁，他患的就是腰痛。這些醫生！

這個假冒的醫務人員嘆了口氣，然後下樓尋找蘭斯坎。他從珍妮特口中知道的不是很多，但是他原本就沒指望。他真正想要做的，只是把珍妮特不願說出的情況，和海倫．艾伯納西告訴他的情況核對一下；海倫．艾伯納西講的那些情況，也是從珍妮特那兒知道的，但海倫去問的時候要容易多了，因為珍妮特認為李奧夫人完全有權力問這種問題，而珍妮特本人也確實喜歡詳述主人生命中最後幾個星期的事。對她來說，疾病和死亡都是愜意的話題。

不錯，白羅想道，他本可以信賴海倫提供給他的情報。他確實也是這麼做。但是依他的性格和長久以來的習慣，在他親自設法證實之前，他誰都不相信。

無論如何，證據很少，也不能令人滿意。歸結起來就是，醫生為理察．艾伯納西開過一些維他命膠囊。那些膠囊裝在一個大瓶子裡，在他死的時候，差不多已經被他吃完了。任何蓄意下毒的人都可以用皮下注射器，將毒藥注射到其中一顆或更多的膠囊裡，並且重新安排藥瓶，讓他離開這棟房子幾個星期後，才吃到那些致命的毒藥。或者在理察．艾伯納西去世的前一天，可能有人溜進房子裡，然後在藥瓶裡攙了一顆有毒的膠囊——或者，這種情況更有可能——用什麼東西替換了他床邊一個小瓶子裡的安眠藥。再不然，也很可能在理察的食物或飲料裡做了手腳。

白羅自己做了實驗。前門是鎖住的，但是一扇朝花園開的側門直到晚上才上鎖。在一點十五分左右，當園丁們都去吃午飯、全家人都在餐廳裡的時候，白羅進了庭院，來到側門，然後爬上樓梯走進理察·艾伯納西的臥室，一路上沒遇到任何人。他又改變了一下做法，推開一扇包著厚毛呢的門，溜進食品室。他聽到走道盡頭的廚房裡有聲音傳來，但是沒見到任何人。

不錯，的確辦得到。可是有人真的這麼做了嗎？沒有任何跡象顯示真實的情形就是這樣。並不是說白羅真的在尋找證據，他只是想弄清各種可能性。理察·艾伯納西謀殺案可能只是一種假設。需要證據的倒是科拉·藍斯奎謀殺案。他想做的只是研究那天在葬禮上的那些人，對他們做出他自己的結論。他已經有了計畫，但他首先想再和老蘭斯坎說幾句話。

蘭斯坎彬彬有禮，只是很冷淡。和珍妮特相比，他的敵意較少，但是他把這個自命不凡的外國人看成凶兆。

他放下用來擦喬治時代的茶壺的那塊皮革，挺直了他的脊背。

「什麼事，先生？」他有禮貌地說。

白羅在一張餐具室的凳子上小心謹慎地坐下來。

「艾伯納西夫人告訴我說，您原本希望在退休以後，住到北門邊的那個小屋裡？」

「是的，先生。現在這一切自然都變了。當這塊地賣出去之後……」

白羅巧妙地打斷了他的話。

「您的希望還是有可能。有專門給園丁住的小屋。北門邊的那個小屋，買主或他們的隨從並不需要。也許有可能做出某種安排。」

「那麼，謝謝您了，先生，謝謝您的建議。但我並不想……我猜想，大部分的買主會是外國人吧？」

「是的，會是外國人。那些從歐洲逃到英國來的人當中，有好幾個已經是年邁體弱。他們要是回到自己的國家去生活，就不會有什麼希望了，因為，您知道，他們的親戚都死了。他們在這裡不可能像體格健康的男人或女人那樣自己謀生。現在資金已經籌集到，並且由我代表的那個組織掌管，用來資助他們的鄉村養老院。我想，這個地方很適合。實際上，問題已經解決了。」

蘭斯坎嘆了口氣。

「您會明白的，先生，想到再也不能擁有一個私人住宅，讓我感到十分悲哀。但我知道是怎麼回事。這一家誰也住不起這裡，我想年輕的先生女士們也不想住在這兒。現在，家庭幫傭很難找到；即使找到了，也是花錢既多，又無法令人滿意。我很明白，這些漂亮的山莊不符合他們的需要。」蘭斯坎再次嘆了口氣。「這棟房子要是不得不成為一個……一個某一類的機構，那我會很高興地認為，這應該是您所提到的那一類。由於我們的海軍和空軍，還有我們那些勇敢的小夥子，幸運地在一個島上，我們在這個國家沒有受到傷害，先生。要是希特勒在這兒登陸，我們會全部出動，不讓他好過的。我的視力不夠好，開槍是開不了，但我會用乾草叉，先生。如果必要的話，我就打算這麼做。我們英國總是歡迎那些不幸的人，先生，這是我們的驕傲。我們將繼續這麼做。」

「謝謝您，蘭斯坎，」白羅口氣柔和地說道，「您主人的死對您的打擊一定很大。」

「的確如此，先生。主人年輕的時候，我就跟著他了。我這一生很幸運，先生。沒有人會有更好的主人了。」

「我和我的朋友兼……呃……同事拉勒比醫生一直在交談。我們不知道您的主人在去世的前一天，是不是有過什麼額外的憂慮……任何不快的會面？您記不記得那天是不是有人到這裡來拜訪過？」

「我想沒有，先生。我想不起有誰來過。」

「那段時間根本就沒人來訪？」

「前幾天牧師到這兒來喝過茶。另外一些修女前來募捐，還有一個年輕人來到後門，想賣給瑪喬妮一些刷子和平底鍋除垢劑。他非要人買不可。再沒有別人了。」

蘭斯坎臉上現出一副憂慮的神情。白羅不再逼他說下去。蘭斯坎已經向恩威斯先生傾訴過心裡的煩惱。對白羅他卻很不願意提供資訊。

另一方面，白羅在瑪喬妮那裡倒是馬上就成功取得了資訊。瑪喬妮不是一個信奉「良好服務」準則的人。她是一流的廚師，要想打動她的心，只有讚揚她的烹飪技術。白羅到廚房拜訪她，很有眼光地讚揚了她做的某幾道菜；瑪喬妮覺得這個人說話在行，馬上就高興得把他當成知音。他輕而易舉地查明了理察．艾伯納西在去世前一天晚上到底吃過什麼菜。瑪喬妮甚至這樣看待這件事情：「艾伯納西先生就是在我做巧克力蛋奶酥的那天晚上去世的。為了做蛋奶酥，我存了六個雞蛋，有個牛奶房工人是我的朋友。我也弄到了一些奶油。最好別問是怎麼弄到的。盡情享用就行了，艾伯納西先生就是這樣。」

那頓飯的其餘食品她也同樣細述了一番。從餐廳裡撤下來的東西在廚房裡被吃光了。儘管瑪喬妮樂於交談，但白羅從她口中卻未得到任何有價值的東西。

他取了自己的大衣和幾條圍巾，把圍巾襯在大衣裡，以抵擋英格蘭北部的寒氣，然後走到露台上，加入海倫．艾伯納西。海倫正在那兒剪一些遲開的玫瑰。

「您有什麼新發現沒有？」她問道。

「沒有。但我原本就不抱希望。」

「我知道。自從恩威斯先生告訴我說您要來，我就多方查找，但確實是什麼也沒有。」

她頓了一下，接著滿懷希望地說道：「也許這一切確實是子虛烏有？」

「被人用短斧殺害是子虛烏有？」

「我沒想到科拉。」

「但我想的就是科拉。為什麼有人非得殺害她不可？恩威斯先生告訴我說，那天當科拉突然說出那句失禮之言時，您也覺得有什麼地方不對勁，不是嗎？」

「嗯……是的，但是我不知道……」

白羅單刀直入。

「怎麼個『不對勁』？感到意外？驚訝？或者怎麼說呢……不安？不祥？」

「噢，不，不是不祥。只是有些什麼……噢，我不知道。我記不起來了，因為那微不足道。」

「但是您為什麼記不起來？是因為有別的什麼東西、某些更重要的東西使您不再想到它了嗎？」

「是的，沒錯，這一點我想您說對了。我想，大概是因為提到了謀殺吧。這把別的什麼想法都一掃而空了。」

「或許，那是某個特定的人聽到『謀殺』這個字眼時候的反應？」

「大概是吧……但是我記不起來我當時特別看著誰。我們的目光都一起盯著科拉。」

「或許是您聽到了什麼……大概，什麼東西掉了……或者打碎了……」

海倫皺了皺眉，她極力回憶。

「不……我不那麼認為……」

「噢，好吧，總有一天您會記起來的，而且它也許微不足道。現在告訴我，夫人，在那些人當中，誰最了解科拉？」

海倫想了一下。

「我想，是蘭斯坎吧。她還是小孩時，他就記得她的事。女傭珍妮特是科拉結婚之後才來的。」

「除了蘭斯坎以外，還有誰？」

海倫思索著說道：「我想……就是我了。茉蒂幾乎不認識她。」

「那麼，假定您是最了解她的人，您認為她為什麼會問到那個問題？」

海倫笑了。

「那是因為科拉很自我！」

「我的意思是說，那完全是一句不合時宜的話嗎？她是不是想到什麼就不加思索地脫口而出？或者她就是這樣惡毒，非要把大家搞得不安她才高興？」

海倫想了一下。

「您永遠都無法對一個人非常有把握，對吧？我從來都不知道科拉究竟只是天真坦率，還是幼稚得故意要駭人聽聞。這就是您的意思吧？」

「是的。我在想，假設這個科拉夫人暗自尋思：『問一下理察是不是被謀殺的，然後看看他們都會是些什麼表情，這樣做真是有意思！』她是這樣的人嗎？」

海倫顯得很疑惑。

「可能吧。小時候她當然是有一種頑皮的幽默感。但這有什麼區別嗎？」

「如此一來，有個看法就顯得很重要了，那就是拿謀殺來開玩笑是不明智的。」白羅冷淡地說道。

海倫打了一個冷顫。

「可憐的科拉。」

白羅換了話題。

「葬禮後的那個晚上，堤莫西．艾伯納西夫人留下來過夜了？」

「是的。」

「她有沒有跟您談過科拉說的話？」

「有，她說那些話真是太無禮了，就像科拉本人一樣！」

「她沒把那些話當真嗎？」

「噢，沒有，沒有。我敢肯定她沒有。」

白羅想道，第二句「沒有」聽起來突然間充滿懷疑。但是當一個人回想心頭的某個問題時，不也總是如此嗎？

「那麼你呢，夫人，您把科拉的話當真了嗎？」

在梳向一邊的灰白鬈髮下，海倫．艾伯納西的眼睛顯得很藍很藍，年輕得有點不可思議。她思索著說道：「是的，白羅先生，我想我看得很認真。」

「因為您覺得有什麼東西不對勁？」

「大概是吧。」

他等著，但是她並沒再說什麼，於是他接著說下去。

「藍斯奎夫人和她的家人彼此之間是不是已疏遠多年？」

「是的。我們都不喜歡她的丈夫，對此她很生氣，我們也因此疏遠了。」

「後來，您的大伯突然跑去看她，這是為什麼？」

「我不知道……我想他是知道或是猜到自己已經活不了多久，想要和好吧。但我的確是不知道。」

「他沒有告訴過您嗎？」

「告訴我？」

「是的，就在他去科拉那兒之前，您到這兒來了，和他在一起，他甚至沒向您提到過他的打算嗎？」

他感到她的舉止變得有些拘謹。

「他告訴我說，他打算去拜訪他弟弟提莫西，而且他也確實去了。但他從未提到過科拉。我們進屋去吧，快到吃午飯的時間了。」

她拿著剪下來的花走在他身邊，經過側門時白羅說道：「您確定，非常確定，在您拜訪艾伯納西先生期間，他沒有向您說過哪個可能與此有關的家族成員嗎？」

海倫有些不滿，她說：「您說話就像警察一樣。」

「我當過警察……曾經當過。現在我沒資格，也沒權力審問您。但是您想知道真相……要不就是我誤會您了？」

他們走進綠色客廳，海倫嘆息著說道：「理察對年輕一代感到失望。老年人就是這樣。他各方面都看不起他們，但是他沒說過什麼暗示謀殺的事。」

「噢。」白羅說道。

海倫伸手拿過一個中國碗，開始在裡面配置玫瑰。配置滿意後，她左右環顧，想找個擺設的地方。

「您插花插得真棒，夫人，」白羅說，「我認為，你做任何事情都會做得很完美。」

「謝謝誇獎。我喜歡花。我想，放在那張綠色的孔雀石桌會很好看。」

孔雀石桌上的玻璃罩底下有一束蠟花。

在她把蠟花取下來的時候，白羅漫不經心地說：「有人告訴過艾伯納西先生，說他侄女蘇珊的丈夫在配製藥方時，險些給一個客人下了毒？噢，對不起！」

他衝上前去。一個維多利亞時代的裝飾品從海倫的手上滑下來。白羅衝得還不夠快。蠟花掉在地上，玻璃罩打碎了。海倫露出一副惱火的表情。

「我真是太不小心了。不過，花沒損壞。我可以請人再做一個新的玻璃罩。我把它放到樓梯底下的大碗櫥裡去。」

白羅幫她把蠟花撿起來，放到那口深色大碗櫥裡，又隨她回到客廳，這時他才說：「這是我的錯。我不該嚇著了您。」

「你問我的是什麼問題？我都忘記了。」

「哦，沒必要重複我的問題了。真的。我已經忘記是什麼了。」

海倫走到他面前。她把手放在他手臂上。

「白羅先生，有誰的生活真正經得起嚴密的調查嗎？我們的生活非得被捲進去不可嗎？我們與此毫無關係……」

「與科拉．藍斯奎之死無關嗎？是啊。因為人們不得不審查一切。哦！這是千真萬確，每個人都有難言之隱，我們大家都是這樣，或許您也是，夫人。但是我跟您說，不可忽視任何東西。這就是您的朋友恩威斯來找我的原因。因為我不是警察。我很謹慎，我所知道的事情和我無關。但是我必須知道。由於這件事的證據不多，我只好專門和人打交道。夫人，我需要會見葬禮當天在場的每個人。如果我能在這裡會見他們，那就太好了……是的，是個好辦法。」

「恐怕，」海倫慢吞吞地說，「很困難……」

「不像您想的那麼困難。我已經想好了一個方法。這房子被售出了。所以恩威斯先生將要宣布這個消息（當然，有時候會失敗）。他會邀請每位家族成員到這裡聚會，在家具拍賣以前，他們可以選取他們想要的東西。咱們為此可以挑選一個合適的週末吧。」他停了一下，然後說：「您瞧，這不是很容易嗎？」

海倫看著他。那雙藍眼睛冷冷的……幾乎冷若冰霜。

「您在設下一個圈套吧，白羅先生？」

「啊！我希望我知道的夠多。不，我還需要多方了解情況。或是，」白羅思索著補充說道：「有足夠的測試……」

「測試？什麼樣的測試？」

「我還沒有想好。不管怎麼樣，夫人，您最好不要知道。」

「好讓我也接受測試嗎？」

「夫人，您已經是幕後之人了。現在有件事還有問題。我想，年輕人都很願意來。但是很難保證堤莫西．艾伯納西也到這裡來。但願不是這樣。不過我聽說他從不離開家。」

海倫突然微笑了起來。

「我相信您很幸運，白羅先生。我昨天從茉蒂那裡聽到消息。工人們正在家裡油漆房子，堤莫西深為油漆味所苦。他說這嚴重影響他的健康。我想他和茉蒂兩人都很高興到這裡來，也許待上一兩個星期。茉蒂還是不能很方便地四處走動……您知道她扭傷了腳踝吧？」

「我沒聽說。真不幸啊！」

「幸好他們有了科拉的女伴，紀奎絲小姐。她似乎還成了一件難得的寶貝哩。」

「怎麼回事？」白羅突然轉向海倫。「他們請紀奎絲小姐到他們那裡去？是誰建議的？」

「我想是蘇珊安排的。蘇珊．班克斯。」

「啊哈，」白羅好奇地說，「那麼是小蘇珊建議的。她喜歡做這些安排。」

「我覺得蘇珊是一個很能幹的女孩。」

「是的。她很能幹。您聽說過，紀奎絲小姐吃了一塊有毒的結婚蛋糕而差點死掉的事情嗎？」

「沒有！」海倫露出吃驚的樣子。「我現在想起來了，茉蒂在電話上說過，紀奎絲小姐剛從醫院出來，但我不知道她為什麼住院。中毒？但是，白羅先生，為什麼……」

「您真的想知道？」

海倫突然激動地說：「哦！讓他們都到這裡來！找出事實真相！絕對不要再有謀殺了。」

「那麼您將會和我合作？」

「是的……我會的。」

15 堤莫西的決定

「那塊油布看起來確實很漂亮，瓊斯夫人。您布置油布可真有一手。茶壺在廚房桌上，要喝您自己去拿吧。我照料艾伯納西先生用過上午的茶點後，馬上就來。」

紀奎絲小姐拿著一個擺設精緻的托盤，一路小跑走上樓梯。她敲了敲堤莫西的房門，聽到裡面一聲咆哮，知道那是要她進去，隨即輕快地走進房間。

「早上的咖啡和餅乾，艾伯納西先生。我希望您今天會高興一點。天氣可真不錯。」

堤莫西咕噥了一聲，懷疑地說：「牛奶上有牛奶膜嗎？」

「噢，沒有，艾伯納西先生。我很仔細地把它們排掉了，而且我還帶了小濾器，免得又形成牛奶膜。您知道，有些人喜歡喝那層膜，他們說那是奶油，事實上也是這樣。」

「那些蠢貨！」堤莫西說，「那是些什麼餅乾？」

「是一些助消化的餅乾，味道不錯哦！」

「助消化的什麼鬼東西。薑汁餅乾才是唯一值得吃的餅乾。」
「雜貨商這個星期恐怕沒進那種餅乾。這種也不錯。您嘗嘗看。」
「我知道這些餅乾味道怎麼樣，謝謝。別去弄那些窗簾，行嗎？」
「我以為您可能想要一點陽光。今天陽光明媚，天氣可真不錯。」
「我就要房間一直保持黑暗。我頭疼得要命，是油漆在作怪。我對油漆總是很敏感。我都快被毒死了。」
紀奎絲小姐試著吸了吸鼻子，然後愉快地說：「在這兒聞不到多少，工人們都在那邊。」
「你不像我這麼敏感。我正在讀的那些書，一定要放在讓我搆不著的地方嗎？」
「對不起，艾伯納西先生。我不知道那些書您還在讀。」
「我老婆在哪兒？我一個多小時沒見到她了。」
「艾伯納西夫人正在沙發上休息。」
「叫她到這兒來休息。」
「我這就去告訴她，艾伯納西先生。但是她可能已經睡著了。過十五分鐘左右再叫她可以嗎？」
「不行，告訴她我現在找她。別動那塊地毯，那是按照我喜歡的樣式布置的。」
「對不起。我覺得它滑到一邊去了。」
「我就喜歡讓它滑。去叫茉蒂，我找她。」

紀奎絲小姐告退下樓，躡手躡腳地走進客廳。茉蒂・艾伯納西坐在客廳裡，翹著腿正在讀一本小說。

「對不起，艾伯納西夫人，」紀奎絲小姐抱歉地說，「艾伯納西先生要找您。」

茉蒂把小說丟在一邊，臉上露出內疚的表情。

「哎呀，」她說，「我馬上就去。」

她伸手拿過拐杖。

妻子一走進房間，堤莫西就叫了起來。

「你終於來了！」

「真是對不起，親愛的，我不知道你要找我。」

「你弄到家裡來的那個女人，要把我逼瘋了。像一隻發狂的母雞一樣吱吱喳喳嘮叨個不停。真是典型的老處女，她就是這樣子。」

「對不起，她惹你生氣了。她只是想好好服侍，如此而已。」

「我不要任何人服侍我。我不要一個該死的老處女老是對著我聒噪。她狡猾得要命，太……」

「或許有一點吧。」

「那樣待我，好像我是一個令人討厭的小孩！真是讓人發瘋。」

「一定是這樣，我敢肯定。但是，堤莫西，拜託，請你不要對她那麼粗魯。我確實還是做不了什麼事……而且你自己也說，她的烹飪技術不錯。」
「她的烹飪技術是不錯，」艾伯納西先生勉強承認說，「是啊，她是個稱職的廚師。但是，就讓她待在廚房裡，這就是我的請求。別讓她到我身邊來煩我。」
「好，親愛的，當然。你現在感覺怎麼樣？」
「很不好。我想你最好還是派人去叫巴頓過來看我一下。那些油漆影響到我的心臟。你摸一下我的脈搏，跳得毫無規律。」
茉蒂把了一下脈，對此沒有說什麼。
「堤莫西，我們要不要住到旅館去，直到房子漆好再回來？」
「那會花很多錢。」
「這沒有多大關係了吧……我是說現在？」
「你就像所有的女人一樣，奢侈浪費、無可救藥！只因為我們繼承了我哥一筆小得令人可笑的遺產，你就認為我們可以無限期地住到麗緻飯店去了。」
「我沒那麼說過，親愛的。」
「我可以告訴你，就算有了理察的這筆錢，我們也撈不到多少好處。這個吸血鬼似的政府會來打它的主意。你記住我的話，整筆錢遲早都會繳了稅的。」
艾伯納西夫人悲哀地搖了搖頭。
「咖啡已經涼了。」這個病人說道，他厭惡地看著那杯他嘗都沒嘗過一口的咖啡。「為什麼我不能喝到一杯真正的熱咖啡呢？」

「我這就把它拿去熱一下。」

廚房裡紀奎絲小姐邊喝茶邊和瓊斯太太聊天，雖然她和藹可親，但口氣裡對瓊斯太太稍微有些居高臨下的態度。

「只要是我能做到的，我都盡量不讓艾伯納西夫人去做，」她說，「這麼跑上跑下，對她來說真是太痛苦了。」

「她服侍他確實是辛勤又周到。」瓊斯太太一面說，一面攪著杯子裡的糖。

「他是這樣一個病人，真的很悲慘。」

「也不是這樣一個病人，」瓊斯太太含糊其詞地說，「他很喜歡躺在床上，又是按鈴又是叫人把盤子端上端下。可是他其實能夠起床四處活動。當她不在的時候，我甚至見過他走到村外去了。他走起路來精神飽滿。確實需要什麼的時候，比如他的菸或一枚郵票，他都能夠自己去拿。她那次去參加葬禮，回來時在路上又耽擱了一天，他叫我在這兒待一晚上，我拒絕了他也就是為這個原因。『對不起，先生，』我說，『但是我得考慮我的丈夫。早上出來工作完全沒問題，但他下班回來後我必須去照料他。』我毫不鬆口，我就不。我當時想，要在屋子裡來來回回照料他，只要這樣服侍他一次，那他以後很多事情就會去指使別人。因此我毫不動搖。他倒也不怎麼大驚小怪。」

瓊斯太太深吸了一口氣，然後大喝一口香甜的濃茶。「啊……」她心滿意足地說道。

儘管瓊斯太太對紀奎絲小姐滿心懷疑，認為她這個人難以討好，而且「完全是個沒事找事做的老處女」，但紀奎絲小姐在分發主人的茶葉和方糖時非常大方，瓊斯太太對此倒是很讚賞。

她放下茶杯，親切地說：「我把廚房的地板好好地擦洗一遍，然後就要走了。馬鈴薯都已經削好皮了，親愛的，就放在洗手槽旁邊，您瞧瞧。」

儘管那句「親愛的」使紀奎絲小姐覺得有些受辱，但瓊斯太太已經把那麼多的馬鈴薯削好皮了，她還是很感激她的這種好意。

她還來不及說什麼，電話就響了，她匆忙穿過大廳去接電話。電話還是五十多年以前的樣式，安裝在樓梯後一個通風的走道裡，極為不便。

紀奎絲小姐還在說話的時候，茉蒂．艾伯納西出現在樓梯頂上。紀奎絲小姐抬起頭來，說道：「是李奧……夫人，是您嗎？這裡是艾伯納西家。」

「告訴她我就來。」

茉蒂緩慢而痛苦地走下樓梯。

紀奎絲小姐低聲說：「您又得再次下樓，我真是太對不起您了，艾伯納西夫人。艾伯納西先生用過早上的茶點了嗎？我馬上去拿盤子下來。」

她匆匆走上樓梯，艾伯納西夫人對著話筒說道：「是海倫嗎？我是茉蒂。」

紀奎絲小姐迎面碰上了那個病人惡狠狠的目光。在她拿起盤子時，他煩躁地問道：「誰打來的電話？」

「李奧・艾伯納西夫人。」

「噢？說不定她們會聊上一個小時。女人打起電話來就沒有時間觀念了，從不去想她們會浪費多少錢。」

紀奎絲小姐愉快地說，付電話費的是李奧夫人；堤莫西咕噥了一聲。

「把窗簾拉到一邊去，行嗎？不對，不是那幅窗簾，是另一幅。我不想讓光線一下子照在我的眼睛上。沒有理由因為我是一個病人，就得整天坐在黑暗裡。」他繼續說道：「你到那邊的書櫥裡幫我找一本綠色的……什麼事？你匆匆忙忙幹什麼？」

「有人在敲前門，艾伯納西先生。」

「我什麼都聽不到。你讓那個女人待在樓下是吧？讓她去開門好了。」

「好的，艾伯納西先生。剛才您要我找什麼書？」

這個病人閉上了眼睛。

「現在我想不起來了。是你讓我想不起來的，你最好還是走吧。」

紀奎絲小姐抓過盤子，匆匆告退下樓。她把盤子放在餐桌上，匆忙走進前廳，從艾伯納西夫人身旁經過時，後者還在聽電話。

過了片刻她回來了，低聲問道：「對不起，打斷您了。有位修女來募款。瑪麗之心基金會，我想她是這麼說的。她有一本登記簿，大多數人好像都給了半個克朗或五先令。」

茱蒂・艾伯納西對著話筒說道：「請等一下，海倫，」然後轉向紀奎絲小姐說：「我只捐款給羅馬天主教。我們有自己的教會慈善組織。」

紀奎絲小姐再次匆匆走開。

過了幾分鐘，茱蒂說了一句「這件事我要和堤莫西談一下」，才結束了談話。她放好話筒走進前廳。

紀奎絲小姐站在客廳的門邊，一動也不動，神情困惑地皺著眉頭，當茱蒂・艾伯納西開口向她講話時，她嚇得跳了起來。

「沒什麼事吧，紀奎絲小姐？」

「噢，沒有，艾伯納西夫人，恐怕我只是在胡思亂想。現在還有這麼多事情要做，我還這樣，真是太愚蠢了。」

紀奎絲小姐又像螞蟻一樣忙碌起來，茱蒂・艾伯納西緩慢而痛苦地爬上樓梯，向她丈夫的房間走去。

「是海倫來的電話。看來那個地方是要賣出去了，某個外國難民組織……」

她頓了一下，堤莫西就外國難民這個話題言詞鏗鏘地發表了他的觀點，還談到了一些枝節問題，涉及到那棟他出生並長大的房屋。

「這個國家再沒剩下什麼體面的社會準則了。我的老家！一想到它我就難以忍受。」

茱蒂接著說：「海倫非常理解你……我們……對它的感情。在把它賣出去之前，她建議我們還是到那裡造訪一次。她很擔心你的健康，還有油漆對你的影響。她想，與其住到旅館去，或許你更願意到恩德比去。那些僕人還在那裡，你可以被人照料得很舒適。」

聽到一半，堤莫西就張著嘴，憤怒地表示抗議，這時他的嘴又重新閉上了。他的目光突然變得很精明，還讚許地點了點頭。

「海倫真體貼，」他說，「太體貼了。我不知道，我得好好想一下這件事……毫無疑問，這些油漆正在毒害我……我相信油漆裡面含有砒霜。我好像聽說過這回事。另外，走動時費的力氣可能讓我受不了。怎麼做才好，真是難以決定。」

「也許你比較喜愛住旅館吧，親愛的，」茉蒂說，「一家上好的旅館費用昂貴，但是考慮到你的健康……」

堤莫西打斷了她的話。

「我希望你能明白，茉蒂，我們不是百萬富翁。海倫已經好心建議我們到恩德比去，為什麼還要去住旅館？並不是說應該由她來提出建議！房子又不是她的。法律上的細微之處我不明白，但是我想，在賣出房子、分享收益之前，房子是平等地屬於我們大家的。外國難民！這準會讓老柯尼利斯在九泉之下都不得安寧。是的，」他嘆了口氣。「我死之前要再看看那個老地方。」

茉蒂機敏地使出她的撒手鐗。

「我知道恩威斯先生提出過，在把房子裡的東西拍賣之前，家族裡的人或許想挑幾件家具、幾套瓷器或別的什麼東西。」

堤莫西一下子挺直了腰。

「我們必須去恩德比。每個人挑選的東西都必須進行精確的估價。那些女孩嫁的那些男人，我聽說過他們的所作所為，所以我不會信任他們。可能會有某些不擇手段的行為。海倫過於和藹可親。作為一家之長，我有責任到場！」

他站了起來，腳步輕快有力地在房間裡來回走動。

「是的，這是一個絕佳的計畫。寫信給海倫，告訴她我們接受邀請。我真正考慮到的人是你，親愛的。這可以讓你好好休息一下。近來你做的事情太多了。我們外出的時候，裝修工可以漆好他們的油漆，那個嘮嘮叨叨的女人也可以留下來看家。」

「她叫紀奎絲。」茱蒂說。

堤莫西揮了揮手，表示無所謂。

§

「我不敢。」紀奎絲小姐說。

茱蒂驚訝地看著她。

紀奎絲小姐渾身顫抖，她看著茱蒂的眼睛，目光裡滿是懇求。

「我知道，我很蠢……不過我就是不敢。我不敢獨自一人待在屋子裡。是不是還有誰能來……在這兒睡覺呢？」

她滿心希望地看著另外那個女人，但是茉蒂搖了搖頭。要在附近找一個人「住進來」實在是太難了，茉蒂．艾伯納西對此是再清楚不過了。

紀奎絲小姐繼續往下說，她的聲音裡透露出一絲絕望。

「我知道你會認為這真是又愚蠢又煩人，而且我也是想不到，我竟然會有這種感覺。我一直都不是一個神經質……或者說胡思亂想的女人。但現在似乎一切都不同了。一個人待在這兒，我會被嚇死的，是的，確實會被嚇死。」

「這很自然，」茉蒂說，「我真傻。已經出過利奇特聖瑪莉的那件事了。」

「我想是這樣吧……我知道，這實在不合邏輯。而且最初我也沒有這種感覺。在那件事發生以後，我並不介意單獨住在那個小屋裡。這種感覺是逐漸形成的。您會認為我這個人沒用，艾伯納西夫人，但是自從到這兒來後，我就有了這種感覺……您知道，我害怕。並不是特別害怕什麼，只是害怕……這種感覺很愚蠢，而且我也確實感到羞愧，好像我一直都在等著什麼可怕的事情發生一樣……就是那個前來敲門的修女也把我嚇了一跳。天哪，我現在的情形實在很糟糕……」

「我想這就是人家說的遲滯性驚嚇吧。」茉蒂含糊其詞地說。

「是嗎？我不知道。哎呀，你們待我這麼好，我卻這樣……這樣忘恩負義，真是太對不起了。你們會想……」

茉蒂安慰她。

「我們必須考慮做些其他的安排了。」她說。

16 喬治與蘇珊的對談

喬治．格斯菲看到一個特別的女性背影消失在門裡，他猶豫不決，稍微停頓了一下，然後點了點頭，追蹤過去。

此地是一家雙門面商店的門口，商店已經停業了。透過厚玻璃櫥窗，可以看到裡面空空如也，讓人很不安。喬治敲了敲緊閉的門。一個戴眼鏡的年輕男人開了門，他神情茫然若失，眼睛瞪著喬治。

「對不起，」喬治說，「但是我想我的表妹剛才到這兒來了。」

年輕男人退回身子，喬治走了進去。

「你好，蘇珊。」他說。

蘇珊正站在一個包裝箱上，用一呎長的尺量著什麼。她有些驚訝地轉過頭來。

「你好，喬治。你是從哪兒冒出來的？」

「我見到你的背影了。我相信那是你的背影。」

「你真聰明，我想每個人的背影都有特色吧。」

「比臉有特色多了。在臉上加幾條紗布和兩道落腮鬍，再把頭髮稍微擺弄一下，無論你和誰對面相遇，他們也認不出你是誰了，但是你在走開的那一刻要小心。」

「我會記住的。在我有時間寫下來之前，你能不能記一下七呎五？」

「當然能。什麼東西，書架嗎？」

「不是，是箱子的大小。八呎九，還有三呎七……」

那個戴眼鏡的年輕男人煩躁不安，站立的兩隻腳換來換去。他略帶歉意地咳嗽一聲。

「對不起，班克斯夫人，如果您要在這兒待上一陣子的話……」

「我當然要待上一陣子，」蘇珊說，「如果您把鑰匙留下來，我會把門鎖上，在我經過辦公室時，再把鑰匙還到那裡去。這樣可以嗎？」

「可以，謝謝。如果我們今天早上不是精簡了職員……」

蘇珊領會了這半句話中的歉意。年輕男人走到外面街上去了。

「我很高興我們甩掉了他，」蘇珊說，「房屋仲介商真的很討厭。每次想要算一下的時候，他們就唸個不停。」

「噢，」喬治說，「一家搬空的商店裡的謀殺案。一個漂亮的年輕女子陳屍在厚玻璃櫥窗後面，過路的人看見了這個情景會是多麼興奮。他們全部瞪著眼睛，就像金魚一樣。」

「你沒有任何理由謀殺我，喬治。」
「嗯，我那可敬的舅舅留給你的那份遺產，我就可以得到四分之一了。如果誰嗜財如命，這就是一個理由。」
「你看起來像是變了個人，喬治。真是……非比尋常。」
「變了？怎麼個變法？」
「就像有個廣告說的那樣：『這是您在另一頁上見到的同一個人，但是現在他用過尤賓頓健康鹽了。』」
她在另一個包裝箱上坐下來，點了一根菸。
「喬治，你一定是非常急著要老理察那份遺產吧？」
「現在說那筆錢不受歡迎的人都不夠誠實。」喬治一副輕鬆的口氣。
蘇珊說：「你處境不妙，對不對？」
「那不關你的事吧，蘇珊？」
「我只是感興趣。」
「你打算租下這個店面，用來做生意嗎？」
「我要把整個房子買下來。」
「獲得所有權？」
「是的。上面的兩層樓是套房。二樓已經空了，和商店一起買下來。至於另一層，我正在出錢請那些人搬走。」

「有錢真好，不是嗎，蘇珊？」

喬治的口氣裡有一些惡意，但蘇珊只是深吸一口氣，說道：「就我來說，有錢真是太好了。這是對祈禱的答覆。」

「可以用祈禱殺光所有上了年紀的親戚嗎？」

蘇珊毫不在意。

「這個地方確實不錯。首先，它是一棟很好的仿古式建築。我可以把樓上的客廳裝潢得獨一無二。還有兩個可愛的雕飾天花板，所有房間的造型都很漂亮。樓下這個已經用舊的地方我要把它裝潢得很時髦。」

「這是幹什麼？做服飾業嗎？」

「不是，是美容業，草本植物配製，還有潤膚乳液。」

「是全套業務嗎？」

「還是原來的業務。它很賺錢，一直都很賺錢。要想成功，需要的只是特色。我能夠做到這一點。」

喬治讚賞地看著他的表妹。他喜愛她臉上輪廓分明、豐滿的嘴唇和容光煥發的神情。這一切構成了一張生動非凡的臉蛋。他在蘇珊身上看到了那種獨特而難以界定的氣質。那是成功的氣質。

「是的，」他說，「我想你具備成功所需的一切，蘇珊。你會賺回這項投資的花費，取得成功的。」

「這裡的地段很合適，就在主要的商業街旁邊，而且門口又可以停車。」

喬治再次點了點頭。

「是的，蘇珊，你會成功的。這個計畫你想了很久嗎？」

「有一年多了。」

「那你為什麼不告訴老理察呢？他可能會資助你。」

「我是告訴過他。」

「他無意資助你嗎？為什麼？我還以為他會在你身上找到和他相仿的氣質。」

蘇珊沒回答。另一個模糊身影突然躍進喬治的腦海。那是一個瘦削、緊張、目光多疑的年輕男人。

「叫什麼名字來著……格雷，他在這裡又能做些什麼？」他問道，「我想，他不會再賣藥片藥劑了吧？」

「當然。後面要建一個實驗室，我們會有自己的潤膚乳液和美容保養配方。」

喬治忍住笑。他本來想說：「這樣小孩子就有爬著玩的遊戲圍欄了。」但他沒說。身為表哥，他不想多心，但是他有一種不安的感覺，那就是蘇珊對她丈夫的感情不可等閒視之。那和一枚危險的炸彈完全沒兩樣。就像葬禮那天那樣，他對格雷那個怪人感到迷惑不解。那個傢伙有些古怪。他相貌平平，然而，在某些方面他並不尋常……

他再次看了看蘇珊，一副心平氣和、得意洋洋的神情。

「你有艾伯納西的特質，」他說，「你是家族裡唯一有其特質的人。對老理察來說，唯一遺憾的是，你是個女人。如果你是男人，他會把全部遺產都留給你。」

蘇珊慢慢地說：「是的，我想他會那樣做。」

她頓了一下，繼續說道：「你知道，他不喜歡格雷……」

「噢，」喬治雙眉一揚。「他的損失。」

「是的。」

「嗯，無論如何，你現在事情進展順利，都是按照原計畫進行。」

說這句話的時候，他突然想到，事情到了蘇珊的手裡，似乎變得特別暢通無阻。

這個念頭瞬間讓他感到一絲不快。

他確實不喜歡這樣一個冷酷無情又能力非凡的女人。他換了話題，說道：「順便問一句，你收到海倫的信了嗎？關於去恩德比的信？」

「是的，我收到了。今天早上收到的。你呢？」

「我也收到了。對此你打算怎麼辦？」

「格雷和我想要下下個週末過去……如果那個時間對大家都合適的話。海倫似乎想要我們每個人都去。」

喬治精明地笑了起來。

「也許有誰會挑到一件比別人值錢的家具。」

蘇珊笑了起來。

「噢，我想會進行適當的估價吧。但是為執行遺囑而進行的估價，要比市場上出售的東西便宜多了。另外，我非常想得到那個財產創造者留下來的一些遺物。把一兩件可笑又有魅力的維多利亞時代飾品擺在這個地方，我覺得很有意思。讓它們彰顯它們的價值！那個時代的東西又在流行了。那個客廳裡有一張綠色的孔雀石桌，可以以它為中心做個色彩的設計。也許做一對蜂鳥標本，或者放一個蠟花做成的花冠。反正是諸如此類的東西，當作一種基調，可能很有效果。」

「我相信你的判斷。」

「我想，你會到那兒去吧？」

「噢，會去，去看看人家公平競爭……如果沒節外生枝的話。」

蘇珊笑了起來。

「你咬定會有一次熱鬧非凡的家庭鬥爭？」她問道。

「羅莎梅可能想要你那張綠色的孔雀石桌當舞台裝飾！」

蘇珊不笑了，她皺了皺眉。

「最近你見過羅莎梅沒有？」

「自從我們坐三等車廂從葬禮上回來後，我就一直沒見過漂亮的羅莎梅表妹。」

「我見過她一兩次，她……似乎很古怪。」

「她怎麼了？竭力在思考嗎？」

「不是。她似乎……嗯，似乎很不安。」

「繼承了一大筆錢，得以讓麥可演出一些丟臉又嚇人的戲而感到不安嗎？」

「噢，戲已經在進行，而且聽來的確挺嚇人的。但是，就算這樣，他們的戲可能還是很成功。你知道，麥可演技不錯。不管戲本身如何，他都能使自己受到觀眾的欣賞。他不像羅莎梅，羅莎梅外貌漂亮，演技卻很糟。」

「可憐的花瓶羅莎梅。」

「儘管如此，羅莎梅並沒有大家想像的那麼笨。有時候，她預言的某些事相當準。你可能想像不出她會注意到那些事情。那真是、真是太讓人困窘了。」

「這很像科拉姑媽……」

「是的……」

一時間兩人都感到一陣不安。因為又提到了科拉．藍斯奎。

喬治隨即表現出一副不在乎的模樣說道：「說到科拉，她的那個女伴怎麼樣了？我倒認為應該為她做些什麼。」

「為她做些什麼？你這是什麼意思？」

「嗯，可以說，這是全家人的責任。科拉是我們的長輩，而我認為那個女人要想另外找一份工作可能不容易。」

「你這樣認為？」

「是的。人是很愛惜自己的生命。我並不是說他們認為那個叫紀奎絲的女人會拿起一把短斧走向他們，但是他們會覺得那可能不吉利。人都很迷信。」

「你竟然會想到這些事情，太奇怪了，喬治。你怎麼會知道這種事？」

喬治冷冷說道：「你忘了我是一個律師，我見過很多人性古怪而不合邏輯的一面。我是說，我覺得我們或許可以為那個女人做點什麼，給她一筆津貼，幫助她度過難關，或者為她找一份辦公室的工作，如果她能勝任那種事情。我覺得我們似乎應該和她保持聯繫。」

「你不必擔心，」蘇珊說，口氣冷冰冰的，充滿了嘲諷。「我已經關照過了。她去了堤莫西和茱蒂那兒。」

喬治顯得十分吃驚。

「我說，蘇珊，那樣做明智嗎？」

「那是我在當時所能想到的最好安排了。」

喬治好奇地看著她。

「你對自己很有信心吧，蘇珊？你知道自己在做什麼，而且你不……後悔。」

蘇珊口氣輕鬆地說：「後悔？那是浪費時間。」

17 羅莎梅的懷疑

麥可從桌面上把信丟給羅莎梅。

「這事怎麼辦？」

「噢，我們去呀。你說呢？」

麥可緩慢道：「那就這樣吧。」

「可能有些珠寶。當然，那房子裡所有的東西都很可怕，淨是鳥的標本和蠟花，噁！」

「是的，那裡有點像陵墓。實際上，我想在那裡導演一兩齣短劇，特別是在那個客廳裡，你看那個壁爐和那個奇形怪狀的睡椅。它們很適合《準男爵的進步》……要是我們讓它重演就好了。」他站了起來，看了看錶。「這讓我想起來了，我得去找羅森海姆。今天晚上我可能很晚才回來，不要等我。我要和奧斯卡吃飯，商量一下取得購買權的問題，以及怎麼應付那個美國人出的價。」

「可愛的奧斯卡。這麼久沒見了，見到你他會很高興。代我向他問好。」

麥可嚴厲地看著她。他的臉上不再有笑容，一副警覺而凶惡的表情。

「你這是什麼意思……這麼久沒見面了？人家會以為我幾個月沒見過他了。」

「你是幾個月沒見過他了，不是嗎？」羅莎梅咕噥道。

「不，我見過他，一個星期前我們還在一起吃過午飯。」

「真有意思，那他一定是忘了。昨天他打電話過來，說打從《蒂利西望》首演的那個晚上以後，他就一直沒見過你。」

「那個笨蛋一定是神經錯亂了。」

麥可笑了起來。羅莎梅不動聲色地看著他，一雙眼睛又大又藍。

「你是把我當成傻瓜吧，麥可？」

麥可大加抗議。

「親愛的，我當然沒有。」

「不，你就是。但我還沒傻到完全糊塗。你那天沒有去找奧斯卡，我知道你到什麼地方去了。」

「親愛的羅莎梅，你在說什麼啊？」

「我說我知道你去了什麼地方……」

麥可的俊臉上惶惑不安，他盯著妻子。

她沉著而平靜地回盯著他。

他突然體會到，空洞無言的目光是多麼令人困窘。

他沮喪地說：「我不知道你在說什麼……」

「我是說，跟我撒那麼多謊真是愚蠢透頂。」

「聽著，羅莎梅……」

他咆哮起來，但馬上又住嘴了。妻子輕柔的話語讓他嚇了一跳。

「你很想抓住這次機會，推出這齣戲，是吧？」

「想？那是我一直追尋的夢想。」

「是的，我就是這個意思。」

「什麼意思？」

「嗯……那很值得，是不是？但總不能冒太多的險。」

他盯著她，緩慢說道：「那是你的錢，我很清楚，如果你不想冒險……」

「那是我們的錢，親愛的，」羅莎梅強調說，「我想這一點很重要。」

「聽著，親愛的。艾琳這個角色……值得再增加一點筆墨。」

羅莎梅笑了。

「我不太想演這個角色，真的。」

「親愛的，」麥可嚇壞了。「你這是怎麼啦？」

「沒什麼。」

「還說沒什麼，近來你變了，十分喜怒無常，緊張不安，怎麼回事？」

「沒什麼。我希望你……小心一點，麥可。」

「小心什麼？我一直很小心。」

「不，我認為你不小心。你總以為你能矇混過關，也以為只要你想要誰相信，誰就會相信你的話。什麼奧斯卡，太愚蠢了。」

麥可氣得滿臉通紅。

「那麼你呢？你說你要和珍妮去買東西，但是你沒去。珍妮在美國，都已經去了幾個星期了。」

「是的，」羅莎梅說，「這也很愚蠢。我確實只是去散步，在攝政王公園。」

麥可奇怪地看著她。

「攝政王公園？你一輩子也沒去攝政王公園散過步。到底是怎麼回事？你交了男朋友嗎？隨你怎麼解釋，羅莎梅，總之近來你變了。為什麼？」

「我一直在……在考慮一些事情，思考該怎麼辦……」

麥可繞過桌子，帶著幾分歉意激動地衝向她，口氣熱烈地喊道：「親愛的，你知道我瘋狂地愛著你！」

對他的擁抱，她的反應令人滿意，但兩人分開後，那雙漂亮的眼睛仍透著令人捉摸不透的算計，那讓他頗為不快。

「無論我做了什麼，你都會原諒我，對吧？」他問道。

「我想是吧，」羅莎梅含糊其詞地說，「這不重要。你知道，現在一切都不同了。我們得想想，計畫一下。」

「想想，計畫一下……想什麼？計畫什麼？」

羅莎梅皺了皺眉說：「後續行動。實際上那還只是開始，接下來必須安排好做什麼，哪些事關重要，哪些無足輕重。」

「羅莎梅……」

她坐了下來，臉上一片茫然，她怔怔的目光落在不遠處，在她的視線裡，麥可的五官模糊成一片。

直到麥可第三次叫她的名字，她才稍微回過神來。

「你說什麼？」

「我問你在想什麼……」

「噢，我在想要不要到……那叫什麼地方來著？利奇特聖瑪莉去，看看那個叫什麼的小姐，就是那個曾經和科拉姨媽住在一起的女人。」

「為什麼要去？」

「嗯，她馬上就要離開了，不是嗎？到親戚或誰家去。我想在我們問過她之前，不應該放她走。」

「問她什麼？」

「問她是誰殺害科拉姨媽的。」

麥可凝視著她。

「你是說，你認為她知道？」

羅莎梅漫不經心地說：「噢，是的，我希望是……你知道，她就住在那裡。」

「但是如果她知道，她早就告訴警方了。」

「噢，我不是說她真的知道，我只是說她可能心裡有底，因為理察舅舅到那裡去說過什麼話。你知道，他確實到那裡去過，是蘇珊告訴我的。」

「但是可能她沒有聽到他說的話。」

「噢，不，她聽到了，親愛的。」羅莎梅的口氣像在和一個不講理的小孩爭論。

「胡說，老理察．艾伯納西竟然在一個外人面前討論他對家人的懷疑，這實在讓我難以理解。」

「嗯，情形當然不是那樣。她可能隔著房門聽到了。」

「你是說偷聽？」

「我想是這樣……實際上我敢肯定。兩個女人住在一個小屋裡，除了洗衣洗碗、把貓放出去這些事情以外，就不會有什麼新鮮事了，這種生活一定乏味得要命。她當然會偷聽談話，私拆信件，誰都會那麼做。」

麥可有些沮喪地看著她。

「你會那麼做嗎？」他生硬地問道。

「我不會到鄉下去給人作伴，」羅莎梅一陣戰慄。「那樣我寧願死。」

「我是說，你會不會私拆信件以及……做這類的事情？」

羅莎梅平靜地說：「如果我想知道什麼事，我會的。誰都會那麼做，你說是不是？」

四目相遇，她的目光清澈、平靜。

「只是想知道那是什麼事，」羅莎梅說，「但不想涉入。我猜她就是這種想法……我是說紀奎絲小姐。我敢保證，她知道。」

麥可用一種窒息的聲音說：「羅莎梅，你認為是誰殺了科拉？還有老理察？」

四目再次相遇，她藍色的眼睛依舊清澈而平靜。

「親愛的，別傻了……你和我一樣清楚。但是最好最好不要提到這件事。因此我們就別提了吧。」

18 重聚的一家人

白羅坐在藏書室的壁爐邊，看著聚集前來的這群人。

他思索的目光轉向每個人。蘇珊直直地坐著，顯得活潑有生氣；她的丈夫站在她旁邊，神情茫然，手指握成環狀；喬治．格斯菲一臉輕鬆，顯然志得意滿，和羅莎梅談著在大西洋航行中的江湖郎中；羅莎梅則完全是一副無動於衷的口氣，機械地說道：「那太奇怪了，親愛的，為什麼呢？」麥可，極具個人風格，外表憔悴而英俊，很有魅力；海倫神情泰然，稍微有些冷漠；堤莫西舒舒服服地坐在那張最好的扶手椅裡，背後加了一個墊子；茉蒂健壯結實，正一心一意地照料著丈夫。白羅最後把目光轉向那個坐在這一家人以外、臉上帶著些許歉意的人——紀奎絲小姐，她穿著一件非常奇怪的「時髦」罩衫。白羅斷定，片刻之後她就會站起來，低聲說抱歉，然後離開這次家庭聚會，走到樓上的房間去。他想紀奎絲小姐知道她所處的地位。她是在艱難的生活經驗中學會這方面的事情。

白羅啜飲著飯後的咖啡，半垂著眼瞼對這些人逐一做出了評價。

他要求他們到這裡來……所有人都來，現在他們都聚在一起了。他暗自想道，現在自己要拿他們怎麼辦呢？對於所要處理的事情，他突然感到一陣厭惡。他想，這是為什麼呢？是因為海倫．艾伯納西嗎？在她身上似乎有一種意外強烈的消極抵抗，她表面顯得神情優雅、漠不關心，但她是不是把自己那種抵抗的情緒強加到他身上？她討厭重提老理察死亡的細節，他知道這一點。她不想去管這件事，希望讓它逐漸被人遺忘。對此白羅並不感到驚訝。真正讓他感到驚訝的是，自己竟然傾向於同意她的那種想法。

恩威斯先生對這一家人所做的描述真是太了不起了。他精準入微地描述了這些人。除了老律師對他們的了解和評價，白羅自己也想要觀察一番。他想過，和這些人近距離碰面以後，他對那個案子會有一個非常敏銳的看法，並不是那個案子是怎樣發生、什麼時候發生（這些問題他不打算關心。有一樁謀殺案發生了，這就是他所需要知道的一切），而是誰做的。白羅已有一輩子的經驗，而且就像一個和畫作打交道的人能夠辨認出作者是誰一樣，他相信自己也能看出那種迫於需要時會不吝出手的潛力罪犯。

但是事情沒那麼簡單。

因為依他眼前所見，每個人幾乎都具有殺人的潛力，儘管這不是必然的。喬治有可能殺人，就像走投無路的老鼠也會咬人一樣；為了執行一項計畫，蘇珊有可能殺人，而且她頭腦冷靜，做事效率高；格雷有可能，因為他稍微有些病態，他把懲罰不當一回事，而且他似乎是渴望受到懲罰；麥可有可能，因為他野心勃勃，有凶手那種過分自信的虛榮心；羅莎梅有可能，因為她看待任何事都很簡單。堤莫西有可能，因為他憎恨他的哥哥，渴望得到他哥哥的金錢、權勢。茉蒂有可能，因為堤莫西是她的「孩子」，事關她的「孩子」，她就會變得殘酷無情。他想，就連紀奎絲小姐也有可能謀殺，如果那能使她的「柳樹茶館」恢復往日貴婦般的榮光的話！那麼海倫呢？他難以想像海倫會犯下謀殺案。她太有教養了，與暴力相距遙遠。而且她和丈夫毫無疑問都深愛理察．艾伯納西。

白羅嘆了口氣。要想查明真相沒有捷徑可走。相反的，他必須採取一種更繁雜、然而在邏輯上有把握的方式。必須透過談話，而且是大量的談話。因為只有這樣，人們最終才會透過謊言或是實話把他們自己給暴露出來……

海倫介紹他給聚會的人，然後開始努力消除他在場所引起的那種嫌惡情結——家庭聚會中竟然有個陌生的外國人！他充分運用他的眼睛和耳朵，留心觀察，仔細傾聽，公開、祕密兩種方式雙管齊下！他注意到了他們之間的密切關係、對抗情緒，以及在瓜分遺產時常見的直言快語。他機敏地策畫私下密談，在陽台上散步，做出他的推斷和觀察。他和紀奎絲小姐談過她那個茶館逝去的榮耀，以及做奶油圓球蛋糕、巧克力包奶油的手指形小蛋糕需要哪幾種材料，還和她參觀過菜園，討論各種草藥在烹飪中如何正確使用的問題。他好幾次長達半個小時地聽取堤莫西談論他自己的健康問題，以及油漆味對他健康的影響。

油漆？白羅皺了皺眉。也有人曾經向他談到過油漆。是恩威斯先生嗎？

他是和人討論過另一種牽涉到油料的話題：皮爾．藍斯奎是不是畫家、科拉．藍斯奎的畫作如何……紀奎絲小姐愛得要命，蘇珊卻不屑一顧。「就像風景明信片一樣，」她曾經這麼說，「而且她也是按照明信片來畫的。」

紀奎絲小姐對此很不悅，並且尖銳地說，藍斯奎夫人是依據大自然作畫的。

「我敢打賭她是在騙人，」當紀奎絲小姐走出房間後，蘇珊對白羅說道，「我知道她是在騙人，儘管我不想這麼說，讓那個老小姐難過。」

「那麼您是怎麼知道的呢？」

白羅看著蘇珊那線條堅定而自信的下顎。

「這個人隨時充滿了自信，」他想道，「有時候，也許會過於自信……」

蘇珊繼續說下去。

「我告訴您，但您不要告訴紀奎絲。科拉姑媽有幅畫畫的是波佛勒克遜，其中有海灣、燈塔和碼頭。像這些平常的景觀，所有的業餘畫家都會坐下來畫上幾筆。但是那個碼頭在戰時被炸毀了，既然科拉姑媽的素描是在兩三年前畫的，那她就不可能是從現實自然中取材，不是嗎？但是那裡出售的風景明信片上面仍然有那個碼頭。在她臥室的抽屜裡就有那樣一張明信片。因此我猜想，科拉姑媽是到那裡去畫下『草圖』，然後回到家裡，照著一張明信片偷偷摸摸把它畫下來的！人們的祕密就這樣被發覺出來，這不是很有趣嗎？」

「是的，就像您說的，是很有趣。」他頓了一下，想到這是個不錯的開場。

「您記不得我了，夫人，」他說，「但是我記得您。今天不是我第一次見到您。」

蘇珊凝視著他。白羅興致勃勃地點了點頭。

「是的，沒錯。當時我在一輛汽車裡，包裹得密密實實。我是透過車窗見到您的，您在和車庫裡的一名汽車修理工說話。您沒有注意到我——這很自然，我坐在車裡——一個渾身包裹起來、上了年紀的外國人！但是我注意到了您，因為您年輕漂亮，看起來賞心悅目，而且您站在陽光下。因此當我到了這裡後，我暗自想道：『咦！怎麼這麼巧！』」

「車庫？那是在哪裡？什麼時候的事情？」

「噢，是在不久前，一個星期……不，時間還要久一點。」白羅清楚記得阿姆斯王座飯店的那個車庫，但是他偽稱道，「我想不起是在什麼地方。你們這個國家，我跑過太多地方了。」

「為您的難民朋友尋找合適的房子？」

「是的。您知道，我要考慮很多方面的事。價錢、地段、適不適合改建等等。」

「我想您得大幅改建吧？我們的房子，隔間多得嚇人。」

「是的，臥室一定得變動。但是二樓的房間我們多半不會動。」他頓了一下，接著說道：「你們這座古老的山莊就這樣……交給陌生人了。您感到悲哀嗎，夫人？」

「當然不會，」蘇珊覺得很有趣。「我想這是一個再好不過的辦法。沒人想住到這種地方來。再說我也沒什麼可傷感的。這不是我的老家。以前我父母住在倫敦，我們只是有時候到這兒來過聖誕節。事實上我一直覺得這房子很可怕，好像是一座朝拜財富的醜惡殿堂。」

「現在的朝拜場所很不一樣，裡面大都有內部建築，隱蔽的照明設備，以及昂貴的簡樸。但是財富仍然需要自己的殿堂，夫人。我想……我希望我的話不是很輕率，您自己也在計畫修建這樣一棟華廈吧？一切都要豪華高貴，而且是不惜血本。」

蘇珊笑了起來。

「談不上是一座殿堂，只是一個營業場所。」

「稱謂並不重要，但是它會花上很多錢。事實就是這樣，不是嗎？」

「現在什麼東西都貴得嚇人。但是我想，基本的花費還是必要的。」

「告訴我您的那些計畫。一個年輕漂亮的女人竟然這麼實際又有能力，這讓我感到驚奇。我們年輕的時候──我承認那是很久以前了──漂亮的女人只知如何享樂以及購買化妝品。」

「女人對臉蛋仍然最寶貝，這也是我做這行的原因。」

「說給我聽聽。」

於是她講給他聽。她描述了大量細節，不經意地流露自我。他欣賞她的商業頭腦、謀策計畫的膽識以及對細節的掌握。她是一個優秀大膽的設計者，把一切枝節問題一掃而空。也許能夠大膽計畫的人都必須有一點冷酷無情。

他注視著她，說道：「是的，您一定會成功的，您會一帆風順。很多人被貧困所限，而您卻沒有受到這種限制，真是幸運。沒有投資很難成功。如果有那些創意卻受限於財力的缺乏，那真是令人難以忍受。」

「我不能製造金錢！但是我可以透過某種方式籌集金錢，讓某個人來支援我。」

「噢！當然。您的伯父，也就是這房子的主人，他很富有。就算他沒死，也會像您所說的那樣『資助』您。」

「噢，不，他不會。只要關係到女人，理察伯父就有點保守。如果我是個男人……」一絲怒意在她臉上一閃而過。「他使我很生氣。」

「我明白，是的，我明白……」

「老年人不應該阻礙年輕人。我……噢，我請您原諒。」

白羅寬容地笑了起來，他捻弄著鬍鬚。

「我很老，是的，但我並不阻礙年輕人，沒人等著我去死。」

「這真是一個可怕的想法。」

「您是一個現實主義者，夫人，我們都得承認，這個世界滿是年輕人，甚至是中年人，他們都或煩或靜地等著誰死去，誰死了不是能給他們金錢，就是給他們機會。」

「機會！」蘇珊說道，她深深地吸了口氣。「一個人要的就是機會。」

白羅從她身後看去，愉快地說：「您丈夫要過來參加我們的小小討論了……班克斯先生，我們在談論機會，黃金一般的機會，這樣的機會人們必須用雙手去抓。一個人追求機會能追到什麼程度？讓我們聽聽您的意見吧。」

但是他注定聽不到格雷．班克斯對機會或是任何事的意見。實際上他發現，要想和格雷．班克斯談些什麼幾乎是不可能的事。班克斯有一種古怪而易變的特質。不知是出於他自己、還是他妻子的意願，他似乎不喜歡私下密談或是平靜地討論。不行，和格雷的「談話」失敗了。

白羅還和茱蒂．艾伯納西談了話，也是關於油漆、堤莫西能夠到恩德比來真是幸運以及海倫多麼好，竟然還邀請紀奎絲小姐……

「因為她確實是非常有幫助。堤莫西常會想吃點心……而你總不能老是麻煩別人家的僕人去做。如果在廚房旁邊的小房間裡有個煤氣爐，這樣紀奎絲小姐就可以把奧瓦爾汀或是本格爾熱一熱，而不至於打擾任何人了。而且她不怕拿東西，每天樓上樓下跑上十多次都很樂意。噢，是的，讓她一個人單獨留在家裡她當然會心生畏懼，我想那次也是天意吧。儘管我得承認，當時我大為煩惱。」

「她心生畏懼？」白羅很感興趣。

他聽著茱蒂描述紀奎絲小姐突然間精神崩潰的事。

「您是說她突然害怕起來，然而又不確定是什麼原因？這很有趣，太有趣了。」

「我自己認為那是遲滯性驚嚇。」

「可能吧。」

「戰時，有一次一枚炸彈落在離我們一英里左右的地方，當時我記得堤莫西……」

白羅把心思從堤莫西身上移開。

「那天發生過什麼特別的事情嗎？」他問道。

「哪天？」茉蒂茫然不解。

「就是紀奎絲小姐感到很不安的那一天。」

「噢，這……不，我想沒發生過特別的事。自從她離開利奇特聖瑪莉以後似乎就有些問題了，她是這麼說的。她在那兒的時候倒像是毫不在乎。」

白羅想道，這就是一個毒蛋糕所帶來的結果。在這以後，紀奎絲小姐突然害怕起來，這沒什麼奇怪的……即使搬到了史丹斯菲爾德莊園這平靜的鄉村地方，她的恐懼感還是逗留不去。不僅逗留不去，還逐漸增強。為什麼會增強呢？可是，照料堤莫西那樣苛求的疑心病患者一定非常累人，照理說，她精神上的恐懼感應該會被憤怒所吞沒才對呀！

但是，那地方有什麼使紀奎絲小姐感到害怕。那是什麼呢？她自己知道嗎？

在用正餐之前，白羅和紀奎絲小姐單獨相處了一會兒，他以外國人誇張的好奇心開始了話題。

「您知道，我是不可能向這個家庭的成員提起謀殺之事。但是我很感興趣。誰不會感興趣呢？一樁殘忍的罪行……一位敏感的畫家在一個孤零零的小屋裡受到凶手的攻擊。對她的家人來說，這真是太可怕了。但是我想，對您來說這同樣可怕吧。堤莫西．艾伯納西夫人告訴我說，當時您就住在那兒？」

「是的，我是住在那兒。龐塔利爾先生，希望您能夠諒解，我不想談論這件事。」

「我理解……噢，是的，我完全理解。」

說完這句話以後，白羅便等待著。正如他所預料，紀奎絲小姐立即開始談起這件事來。他從她那裡聽到的話都是以前就聽過的，但他深表同情的角色扮演得很好，經常發出表示理解的小聲驚嘆，並且聚精會神、興致盎然地聽她說，這使得紀奎絲小姐禁不住高興。直到她把自己的感受、醫生的話以及恩威斯先生是多麼的好這些話題全部講完以後，白羅才開始小心翼翼地進入下面的重點。

「我想，您離開那個小屋真是明智之舉。」

「我不可能再留在那裡呀，龐塔利爾先生，我真的不可能再留在那裡。」

「是的。我想如果堤莫西．艾伯納西先生和夫人到恩德比來，您會很怕單獨留在他們家吧？」

紀奎絲小姐顯得很內疚。

「這件事我真是太慚愧了，真的是非常愚蠢。我有一種恐懼感，但實在不知道這是為什麼。」

「人們當然會知道這是為什麼。有人惡劣地企圖向您下毒，而您才剛從這件事中恢復過來……」

對此紀奎絲小姐嘆了口氣，說她就是不明白。為什麼有人想對她下毒？

「但是，親愛的女士，這顯然是因為那個罪犯、那個殺人凶手認為您知道什麼事情，最後會害他被警方逮捕。」

「但是我會知道什麼？我只知道凶手是個可怕的流浪漢，或是半瘋半傻的傢伙。」

「如果凶手真是個流浪漢的話。在我看來這不大可能……」

「噢，拜託，龐塔利爾先生……」紀奎絲小姐突然變得很不安。「別再提這些事了。我不願相信。」

「您不願相信什麼？」

「我不願相信那不是……我是說，那是……」

她頓了一下，滿臉的迷惑不解。

「然而，」白羅敏銳地說，「您確實相信。」

「噢，我不相信。不相信！」

「但是我認為您相信。這就是您害怕的原因……您仍然很害怕，對吧？」

「噢，不，自從我來到這兒以後就不怕了。這麼多的人，這麼和好的家庭氣氛。噢，我不害怕，在這裡似乎什麼都很好。」

「在我看來……您必須原諒我這麼感興趣，我是一個老人，身體有些虛弱，絕大部分時間都在胡想一些使我感興趣的事情，在我看來，史丹斯菲爾德莊園一定發生過什麼事，才會使您恐懼到了極點。當今的醫學界已理解到，我們的潛意識有許多奇妙的功能。」

「是，是，我知道醫生們都這麼說。」

「我認為您潛意識裡的恐懼感，可能由於某個小小的、具體的事件而擴大到點，也許是某種外部因素在內心發生了某種作用。」

紀奎絲小姐似乎聽得很熱切。

「我相信您說得對。」她說。

「那麼，您認為這個……呃，這個外部因素是什麼呢？」

紀奎絲小姐沉思了片刻，隨即出人意料地說道：「您知道，龐塔利爾先生，我想是那個修女。」

白羅來不及談到這個問題，因為這時蘇珊和她丈夫走了進來，後面緊跟著海倫。

一個修女，白羅想道我在什麼地方聽到過關於修女的事情呢？

他決定在晚上的某個時候再談談修女這個問題。

19 遺產爭奪戰

艾伯納西全家人都對龐塔利爾先生這位「聯合國難民救助組織」的代表很有禮貌。而且他選擇用縮寫來稱呼自己的身分也做得很對。每個人都接受了UNARCO，甚至假裝對它完全了解！人類多麼不願承認自己的無知！唯一的例外是羅莎梅，她驚訝地問他：「那是個什麼樣的組織？我怎麼從未聽過？」幸好當時沒有別人在場。白羅在解釋這個組織的時候，那種神態照理說會讓羅莎梅感到萬分羞愧……對這麼一個世界知名組織竟如此無知。然而，羅莎梅只是隨便說了句：「噢！又是難民。我對難民厭煩透了。」她的這番話說出了很多人真實的感覺，但他們太傳統了，不願坦率說出自己的觀點。

龐塔利爾先生就這樣過關了，大家把他當作一個既討厭又無足輕重的人，像是一件外國裝飾品。大家普遍的觀點是，這麼特別的週末海倫實在不該讓他到這兒來，但是既來之，則安之，隨他去吧。幸好這個古怪的外國小老頭對英語似乎懂得不多。他經常是不明白你在向他說什麼，而且無論誰在說話，他聽一下馬上就一臉茫茫然了。他似乎只對難民和戰後的形勢感興趣，而且他的辭彙也只局限在這些話題裡。一般的閒聊他很難進入情況，到最後，白羅多少被大家都忘記了，他坐進椅子往後一靠，啜飲著咖啡，仔細觀察著，就像一隻貓觀察著一群小鳥吱吱喳喳飛來飛去一樣。這隻貓現在還不準備撲向前去。

在這棟房子巡迴了二十四個小時，勘查好了裡面的東西以後，理察．艾伯納西的眾繼承人已準備好聲明自己的選擇，而且，如果有必要，還準備為此打上一架。

他們剛吃過正餐後的點心，話題首先從那套上點心的斯鮑德餐具展開。

「我想我活不長了，」堤莫西說，他的口氣有種淡淡的傷感。「茉蒂和我又沒有孩子。為一些無用的財物而給自己增加負擔，實在是不值得。但是考慮到感情，我還是想要那套舊式的點心餐具。我看到它，就回憶起以前那些幸福的日子。當然，它已經過時了，而且我知道，點心餐具也值不了幾個錢。但是真的，有了它，我會很滿意……我也還想要白閨廳裡的那個鑲嵌木櫃。」

「您說得太遲了，舅舅，」喬治漫不經心地說，「今天早上，我請海倫在那套斯鮑德餐具上做了記號，歸在我的名下了。」

堤莫西臉色發紫。

「做了記號把它歸在你的名下？這是什麼意思？事情都還沒有討論好哩。你要一套點心餐具有什麼用？你又沒結婚。」

「我收集斯鮑德的東西。它是一套極品。那個鑲嵌木櫃是很不錯，舅舅，我不要它了，當作禮物送給您。」

堤莫西把那個鑲嵌木料製成的櫥櫃先丟在一邊。

「聽著，小喬治，你不能這樣做事。我的年紀比你們都大，而且我還是理察唯一在世的弟弟。那套點心餐具是我的。」

「您為什麼不要那套德雷頓餐具呢，舅舅？它的款式非常好，而且我敢說，它也充滿了許多感傷的回憶。不管怎麼說，那套斯鮑德是我的，先來先得。」

「胡說八道，沒這回事！」堤莫西氣急敗壞。

茱蒂尖聲說：「請不要讓你舅舅生氣，喬治，這對他的身體很不好。如果他要那套斯鮑德，他當然應該得到！第一選擇是他，你們年輕人必須放在後面再說。正如他所說，他是理察的弟弟，而你只是一個外甥。」

「我還可以告訴你，年輕人，」堤莫西怒氣沖沖地說，「如果理察的遺囑立得恰當，這個地方所有的東西都會全權由我處置，遺產應該是這樣立的，如果不是，我會懷疑這裡面有非法手段。是的，我再重複一遍，這裡頭有非法手段。」

堤莫西怒視著他的外甥。

「一個荒謬的遺囑，」他說，「簡直是荒謬透頂！」他的身體往後一靠，把一隻手放在心口上，呻吟著說：「這對我的身體太不好了。要是我能喝……喝一點白蘭地就好了。」

紀奎絲小姐急急忙忙跑去拿白蘭地，過了片刻，她用一個小杯子裝著那份「興奮劑」回來了。

「給您，艾伯納西先生。請您……請您不要激動。您確定不用去樓上睡覺嗎？」

「別傻了，」堤莫西一口吞下白蘭地。「去睡覺？我要捍衛我的權利。」

「說實在的，喬治，我對你感到吃驚，」茉蒂說，「你舅舅說的話完全正確。他的要求應該是第一順位。如果他想要那套斯鮑德點心餐具，就應該給他！」

「這真是太難看了。」蘇珊說。

「閉上你的嘴，蘇珊。」堤莫西說。

坐在蘇珊旁邊那個瘦削的年輕人抬起頭來，用一種比平常口氣稍微刺耳的聲音說道：「別這樣對我妻子說話！」

他從座位上半站起身子。

蘇珊趕緊說道：「沒關係，格雷，我不介意。」

「但是我介意。」

海倫說：「你就大方一點，把那套點心餐具讓給你舅舅吧，喬治。」

堤莫西氣急敗壞地說：「這不是讓不讓的問題！」

喬治向海倫稍微一鞠躬，說道：「您的願望就是法律，海倫舅媽，我放棄我的要求。」

「其實你不是真的想要，對吧？」海倫說道。

他目光尖銳地掃了她一眼，咧嘴一笑。

「海倫舅媽，您的毛病就是太敏銳了。您可以看出表象後的真相。別擔心，堤莫西舅舅，那套斯鮑德是您的，我只是想開開玩笑。」

「開開玩笑？真是的，」茉蒂．艾伯納西生氣地說，「你舅舅都可能要心臟病發作了！」

「你們別信以為真，」喬治愉快地說，「堤莫西舅舅可能比我們都活得久。他就是眾所周知那種格格作響的大門。」

堤莫西惡狠狠地把身子伸向前方。

「我現在不奇怪理察為什麼會對你感到失望了。」他說。

「怎麼？」喬治的幽默感不見了。

「摩堤默死了以後，你趕到這兒來，希望取代他的位置……希望理察會把你當作他的繼承人，對吧？但是我可憐的哥哥很快就看出了你的人品。他知道，如果你擁有了他的錢，它們會跑到什麼地方去。賽馬、賭博、蒙地卡羅，還有外國的所有賭場。可能還會更糟。他甚至懷疑你做人不正直。不是嗎？」

喬治的鼻翼顯出兩個白色的凹痕，他平靜地說道：「您最好還是注意一下您在說什麼話。」

「那次我身體不好，沒到這兒來參加葬禮，」堤莫西慢慢說道，「但是茉蒂告訴我，科拉說過什麼話。科拉是個傻瓜，但是她的那句話可能不無道理！如果是那樣的話，我知道我該懷疑誰……」

「堤莫西！」茉蒂站了起來，她神情嚴肅、平靜，就像一座巍然高聳的鐵塔。「今晚你很不舒服，必須考慮到你的健康。我不能讓你再發病。跟我來，你得服一片鎮靜劑，然後直接上床睡覺。海倫，堤莫西和我要那套斯鮑德點心餐具和鑲嵌木櫃作為對理察的紀念。我想，沒有人會反對吧？」

她的目光在這群人身上掃視一遍。沒人說話，然後她一隻手架在堤莫西的臂彎下，扶著他走出了房間，對無聊地徘徊在門口的紀奎絲小姐置之不理。

他們走後，喬治打破了沉默。

「可怕的女人！」他說，「用這個詞形容茉蒂舅媽真是再貼切不過了。看她得意洋洋地朝前走，我可不會妨礙她。」

紀奎絲小姐再次坐下來，她顯得非常難受，低聲說道：「艾伯納西夫人待人一向很好。」這句話她說得非常平淡。

麥可・沙恩突然笑了起來，他說：「你們知道，這一切棒透了！這是現實生活中的《沃伊齊繼承事件》。順便說一句，羅莎梅和我想要客廳裡的那張孔雀石桌。」

「噢，不行，」蘇珊叫了起來。「我要它。」

「又槓上了。」喬治說道，他把目光投向天花板。

「嗯，我們不必為了它而生氣，」蘇珊說，「我要它是為了我那個新的美容沙龍。只是作為一種色調，我會把一大束蠟花放在上面，那會顯得很漂亮。我可以輕輕鬆鬆地找到蠟花，但是一張綠色的孔雀石桌就不是很常見了。」

「但是，親愛的，」羅莎梅說，「那也是我們要它的原因。我們要拿它做一個新的舞台裝飾。就像你說的那樣，一種色調……絕對是復古式的。無論是蠟花還是蜂鳥標本，放上去都恰到好處。」

「我明白你的意思了，羅莎梅。」蘇珊說，「但是我認為你的理由沒有我的充分。既然是舞台裝飾，你可以把一張桌子漆成孔雀石桌，那看起來也是一樣，不過我的美容沙龍必須擺放真品。」

「現在，女士們，」喬治說，「來一個公平的決定怎麼樣？為什麼不用擲錢幣來決定它歸誰呢？或是抽籤決定？這些老法子恰好與這張桌子的歷史一致。」

蘇珊愉快地笑了。

「羅莎梅和我明天會討論這件事。」她說。

就像平常一樣，她對自己似乎很有信心。喬治頗感興趣地看看蘇珊的臉，再看看羅莎梅的。羅莎梅的臉上有一種恍惚發呆的神情。

「您會支持誰呢，海倫舅媽？」喬治問道，「可以說，機會均等。蘇珊有決心，但羅莎梅一心一意要得到它。」

「或許也用不著蜂鳥，」羅莎梅說，「一只中國式的大花瓶，再配上一個金色燈罩，就可以做一盞可愛的桌燈了。」

紀奎絲小姐匆匆忙忙說上一番和解的話。

「這棟房子裡到處都是漂亮的東西，」她說，「我敢肯定，班克斯夫人，那張綠色的桌子擺在您新開的美容沙龍裡一定很漂亮。我從未見過這樣的桌子。它一定很值錢。」

「當然，這筆錢會從我的那份遺產中扣除。」蘇珊說。

「對不起，我不是說……」紀奎絲小姐窘迫不堪。

「這筆錢也可以從我們的那份遺產中扣除，」麥可挑明說，「還包括丟掉的那些蠟花的錢。」

「那些蠟花擺在桌上看起來很合適，」紀奎絲小姐咕噥道，「很有藝術感，非常漂亮。」

但是，誰也不曾注意紀奎絲小姐好意的嘮叨。

格雷再次用他緊張而高亢的聲音說道：「蘇珊要那張桌子。」

現場原有片刻的不安，格雷的話似乎又升高了情緒。

海倫飛快地說：「喬治，你想要什麼？別跟我提那套斯鮑德餐具。」

喬治咧嘴一笑，緊張的氣氛緩和下來。

「我這樣折磨老堤莫西真是不好意思，」他說，「但他確實是令人難以置信。這麼久以來，無論做什麼他都專斷獨行，變得有些病態了。」

「您必須體諒一個病人，格斯菲先生。」紀奎絲小姐說。

「一個惹人厭的疑心病患者，那就是他。」喬治說。

「他的確是一個疑心病患者，」蘇珊贊同說，「我相信他什麼病也沒有，您說呢，羅莎梅？」

「什麼？」

「你覺得提莫西伯父是不是有什麼病？」

「不，不，我想他沒有。」羅莎梅含糊其詞，她道歉說：「對不起，我在想那張桌子要用什麼照明設備才合適。」

「你看到沒有？」喬治說，「念頭專一的女人。你的妻子是個危險的女人，麥可，我希望你認清這一點。」

「我知道。」麥可惡狠狠地說。

喬治繼續往下講，顯得非常開心。

「石桌之戰！明天即將進行，雙方彬彬有禮，卻各自懷抱堅韌不拔的決心。我們所有人都該支持某一方。我支持羅莎梅，她看起來那麼可愛、那麼容易讓步，但實際上並不是。兩位丈夫大概是各自支持自己的妻子了。紀奎絲小姐呢？她顯然是站在蘇珊那邊。」

「噢，說實在的，格斯菲先生，我不願冒昧……」

「海倫舅媽呢？」喬治絲毫不顧紀奎絲小姐的坐立不安。「您投決定性的一票。噢，呃，我忘了……龐塔利爾先生呢？」

「對不起，您說什麼？」白羅一臉茫然。

喬治考慮向他解釋一番，但又決定放棄了。他們在說什麼這個可憐的老傢伙一句也聽不懂。喬治說道：「我們只是開一個家族玩笑罷了。」

「是，是，我知道。」白羅和藹地笑了。

「因此您是決定性的一票，海倫舅媽。您支持哪一方？」

海倫笑了。

「也許我自己想要，喬治。」她故意換了話題，轉向她的外國客人。「對您來說，這一切恐怕很乏味吧，龐塔利爾先生？」

「完全不會，夫人。能夠參與你們的家庭聚會，我覺得自己很榮幸……」他鞠了一躬。「我想說的是——我不能確切表達我的意思——我很遺憾，這棟房子不得不從你們的手中轉出，進入陌生人的手中。毫無疑問，這非常遺憾。」

「不，說實在的，我們根本就沒什麼遺憾。」蘇珊讓他放心。

「您太可愛了，夫人。請讓我告訴您，這個地方對我們那些遭受迫害的老年人來說，真是十足完美。多麼和平安寧！多麼好的避風港！當不快的情緒襲上你們心頭的時候，請你們記住這一點。我聽說有人考慮在這兒建一所學院，不是正規的學校，而是一個女修道院，由 religieuses 掌管……我想，也就是你們所說的『修女』？或許你們比較希望那麼稱呼？」

「不會。」喬治說。

「那個女修道院名叫『瑪莉聖心』，」白羅接著說道，「幸運的是，因為一個匿名捐助人的善心，我們出的價錢比她們高一點點。」他直接轉向紀奎絲小姐說道：「我想，您不喜歡修女吧？」

紀奎絲小姐滿臉通紅，顯得很窘迫。

「噢，說實在的，龐塔利爾先生，您不能……我是說，那不是什麼個人的事。我認為把自己和世界隔絕起來不太好。我是說，沒有那種必要，而且那確實說得上是自私了，當然，那些教育家或是在窮人中活動的人就不同了，因為我相信她們完全是無私奉獻的女人，總是做很多好事。」

「當修女對我來說簡直是難以想像。」蘇珊說。

「那很好呀，」羅莎梅說，「你們還記得吧，去年他們重演《奇蹟》的時候，蘇妮雅・威爾斯看起來崇高聖潔，非言語所能表達。」

「讓我感到不解的是，」喬治說，「為什麼穿上中世紀的服裝就能取悅萬能的上帝。修女的衣服就是那樣，非常麻煩、不衛生而且不實用。」

「而且看起來都一個樣，不是嗎？」紀奎絲小姐說，「我住在艾伯納西夫人家的期間，有一次，一個募捐的修女前來敲門，把我嚇了一大跳。這種反應很傻，但是我當時突然想起來了，在利奇特聖瑪莉可憐的藍斯奎夫人驗屍的那一天，也有一個修女前來敲門，我覺得她們好像是同一個人耶。你們知道嗎，我覺得她似乎從頭到尾都在跟蹤我！」

「我還以為修女募捐總是成雙成對一起活動，」喬治說，「有一本偵探小說不就是以此為內容嗎？」

「這次只有一個修女，」紀奎絲小姐說，「也許她們不得不節省開銷，」她不確定地補充說：「再怎麼說，也不可能是同一個修女，因為前面那個修女當時是在為一個聖巴納巴斯的機構募款；而這個修女是為完全不同的機構，和孩子有關的機構。」

「兩個修女都有相同的外貌特徵嗎？」白羅問道。

他好像很感興趣。紀奎絲小姐轉向他。

「我想是。她的上唇……好像有一道鬍鬚。那就是真正使我感到恐懼的原因。我當時很緊張，而且想起了戰時流傳的一些故事：有些修女實際上是第五縱隊的男人裝扮的，他們乘著降落傘落在敵方的陣營中。當然我這種想法很愚蠢，我知道。」

「修女是一種不錯的偽裝，」蘇珊思索著說，「可以把你的雙腳隱藏起來。」

「事實是，」喬治說，「一個人無論看誰，絕少能夠看得正確。所以，法庭上不同的證人對同一個人的描述往往天差地別，差別大得令你驚奇不已。一個男人經常被描述成：或高或矮；瘦削或粗壯；膚色白皙或淺黑；著深色或淺色西裝等等。當然會有一個可信賴的觀察者，但是你必須判斷得出那個人是誰。」

「還有一件奇怪的事情，」蘇珊說，「就是有時候你突然在鏡子裡看到自己，竟然不知道那是誰。它看起來只是模模糊糊有點熟悉。於是你自言自語道：『這人我很熟悉……』接著你才突然意識到，那就是你自己！」

喬治說：「如果真見到自己了，而不是鏡子裡面的形象，你更認不出自己。」

「為什麼？」羅莎梅問道，她顯得滿臉迷惑。

「因為，難道你不明白，沒有人真的看過自己，別人才看得到我們。我們只能在鏡子裡見到自己，而且那是一個反過來的形象。」

「但是，那又會有什麼區別呢？」

「噢，有的，」蘇珊飛快地說，「那一定有區別。因為人臉的兩邊並不全是一樣的。他們兩邊的眉毛不同，有一個嘴角翹起來，鼻子也不是真的很直。拿枝鉛筆試驗一下就明白了……誰有鉛筆？」

有人拿出一枝鉛筆，於是他們試驗起來，把鉛筆在鼻子的左右分別比畫一下，那種滑稽的角度變化，使大家全都笑了起來。

接下來的氣氛輕鬆多了，每個人的情緒都很好。他們不再是理察·艾伯納西的遺產繼承人，聚在一起只是為了瓜分遺產；他們現在是一群正常而快樂的朋友，聚在鄉下共同度過一個週末。

只有海倫·艾伯納西還是一副沉默不語、心不在焉的神情。

白羅嘆了口氣，站起身來，向女主人禮貌地道過晚安。

「夫人，我最好還是說再見了。明天早上九點我要坐火車離開這兒。那班車很早。因此我先在這裡感謝您對我的好意和熱情招待。至於財產接管的日期，好心的恩威斯先生會安排好的。當然，那要看您方便才行。」

「您想什麼時候過來都可以，龐塔利爾先生。我……我到這兒的目的都已經達成了。」

「那您現在要回賽浦路斯了？」

「是的。」海倫．艾伯納西嘴角露出一絲微笑。

白羅說道：「不錯，您很高興完成任務。但您就沒有遺憾嗎？」

「遺憾離開英國？或者，您是說，遺憾離開這兒？」

「我是說離開這兒。」

「噢，沒什麼好遺憾。沉湎於過去沒什麼好處，不是嗎？一個人必須把過去拋在身後。」

「要是做得到就好了。」白羅天真地眨眨眼睛，對著周圍那一張張客氣的臉歉然地笑了笑。「有時候，『過去』並不願意被拋開、不願意被遺忘，不是嗎？它就站在你身邊，對你說：『我跟你還沒完呢。』」

蘇珊半信半疑地笑了起來。白羅說：「我是說真的，事實如此。」

「您是說，」麥可說道，「您的那些難民朋友到這兒來以後，也不能完全忘卻他們遭受過的苦難？」

「我不是說我的難民朋友。」

「他說的是我們，親愛的，」羅莎梅說，「他是說理察舅舅、科拉姨媽、那把短斧以及所有的事情。」她轉向白羅。「是吧？」

白羅面無表情地看著她說道：「您為什麼那樣想呢，夫人？」

「因為您是一個偵探，不是嗎？這就是您到這兒來的原因。什麼UNARCO，或者隨您怎麼稱呼它，那只是一派胡言，不是嗎？」

20 白羅身分曝光

一時之間氣氛異常緊張。白羅感覺到了這一點，儘管他自己並沒有把目光從羅莎梅平靜而可愛的臉上移開。

他稍微一點頭，說道：「您的判斷相當敏銳，夫人。」

「那倒不是，」羅莎梅說，「是有一次在某家飯店裡，有人向我指出過您，於是我就記住了。」

「可是您從未提到過這回事，為什麼您直到現在才說？」

「我認為不去提它會更有意思。」羅莎梅說。

麥可聲音些微失控地說：「我的……親愛的老婆呀。」

白羅隨即把目光轉向他。

麥可有點生氣，不僅生氣，還有點別的什麼……是擔心嗎？

白羅的目光從所有人的臉上緩緩轉過。蘇珊的臉生氣且滿是戒備；格雷的臉呆板麻木，拒人於千里之外；紀奎絲小姐嘴巴張大，一臉蠢相；喬治小心翼翼；海倫沮喪而緊張……

在這種情形下，所有人的表情都算很正常。他真希望幾分鐘前當「偵探」這個字眼從羅莎梅的嘴裡說出的那一剎那，他能夠看到他們臉上的表情。但是現在，無可避免地是另外一種情形了……

他把肩膀聳成直角，向他們點了點頭。他的語言和口音變得不那麼「外國」了。

「是的，」他說，「我是一個偵探。」

喬治．格斯菲鼻子的兩邊再次出現白色的凹痕，他說：「是誰派你來的？」

「有人委託我調查理察．艾伯納西的死因。」

「誰委託你？」

「目前，這與您無關。但是，如果能確定理察．艾伯納西屬於自然死亡，這難道不是一個佳訊嗎？」

「他當然是自然死亡。誰說不是了？」

「科拉．藍斯奎就說過他不是自然死亡。而且科拉．藍斯奎後來也死了。」

一絲不安似乎從房間裡嘆息而過，就像一陣不祥的微風。

「她是在這兒說的，就是在這個房間裡，」蘇珊說，「但是我並不認為……」

「是嗎，蘇珊？」喬治．格斯菲滿是譏諷地看了她一眼。「為什麼還要裝下去？你不會還想騙龐塔利爾先生吧？」

「當時我們確實都是這麼想的，」羅莎梅說，「對了，他的名字不叫龐塔利爾，是叫赫丘勒什麼的。」

「赫丘勒．白羅，請大家多多指教。」

白羅鞠了一躬。

沒有透不過氣來的震驚或是恐懼。對他們來說，白羅的名字似乎沒什麼意義。他們聽到「偵探」一詞時產生的恐慌，比聽到這個名字時要多。

「我可不可以問一下，您得出什麼結論了？」喬治問道。

「他不會告訴你的，親愛的，」羅莎梅說，「就算他告訴你，也不會是真的。」

所有人當中，看起來只有她覺得這件事有趣。

赫丘勒．白羅若有所思地看著她。

§

那天晚上白羅睡得不好。他一直感到不安，而且不確定為什麼不安。若干難以捉摸的談話片段、各式各樣的眼神、古怪的動作，在寂寞的夜裡似乎都充滿了意義，令人心神難安。他已經在睡眠的門檻上了，然而睡意還是不來。每每在他正要睡著的時候，總有什麼突然閃進他的腦海，重新把他驚醒過來。油漆，堤莫西和油漆。油漆，油漆的氣味……它們不知怎麼回事又和恩威斯先生聯繫起來。油漆和科拉、科拉的畫、風景明信片……科拉作畫不老實……不，還是回到恩威斯先生身上吧。恩威斯先生說過什麼話？或者是蘭斯坎？理察·艾伯納西去世當天，家裡來了位修女。一個留著鬍鬚的修女。史丹斯菲爾德莊園的一位修女……在利奇特聖瑪莉也有一個。竟有那麼多修女！羅莎梅在舞台上扮演修女看起來十分聖潔。羅莎梅說他是一個偵探，她說完後每個人都盯著她看。科拉那天說完「他是被謀殺的，不是嗎」以後，他們一定也是這樣盯著科拉看。當時海倫·艾伯納西覺得「不對勁」的地方是什麼呢？海倫·艾伯納西……把過去拋在身後……到賽浦路斯去……海倫手中的蠟花「嘩啦」一聲掉在了地板上，那是在他說過……說過什麼之後呢？他記不太清楚了……

隨後他睡著了，睡夢中他看見了什麼……

他夢見了那張綠色的孔雀石桌。桌上擺著那個罩著玻璃的蠟花座，只是這一切都塗上了一層厚厚的深紅色油漆。油漆是血的顏色。他能夠聞到油漆的味道，堤莫西在那裡呻吟，說：「我就要死了，就要死了……結果就是這樣。」茉蒂站在他身旁，高大威嚴，手裡拿著一把很大的刀子，附和著他說道：「是的，這就是結果……」結果……一張死亡時睡的床，周圍點著蠟燭，一個修女在祈禱。要是他能夠看清那個修女的臉，他就會知道……

白羅醒了過來……他確實知道了！

是的，這就是結果……

儘管還有很長的路要走。

他把睡夢中各種零星的片段梳理了一遍。

恩威斯先生、油漆的氣味、堤莫西的房子。這裡面一定有什麼東西，或者可能有什麼東西……蠟花……海倫……打碎的玻璃罩……

§

海倫．艾伯納西在房間裡過了一段時間才入睡。她正在思考。

坐在梳妝台前，她失神地注視著鏡中的自己。

她是迫不得已才讓白羅到家裡來的，她並不想這麼做，但是恩威斯先生的吩咐使她難以拒絕。現在整件事都公開化了，再也不可能讓理察．艾伯納西安靜地躺在墳墓裡了。這一切都是由科拉那幾句話所引起……

葬禮後的當天……她想，當時他們的表情是怎麼樣？他們用什麼眼神看著科拉？而她自己又是怎樣呢？

喬治說過那些話是什麼意思？關於看自己的那段話？

有句諺語。「看自己要像別人看我們一樣」……像別人看我們一樣。

她漫不經心注視著鏡子的目光突然聚焦起來。她在看自己，但那並不是真正的她，不是別人看她時的自己，不是那天科拉看她時的自己。

她右邊的……不，她左邊的眉毛比右邊的拱得稍高。嘴唇呢？沒問題，嘴唇的曲線很勻稱。如果她遇見了自己，她一定看不出那與現在她鏡中的模樣有多少不同，不像科拉那樣。科拉……那副神情又清晰地浮現眼前。葬禮後的那一天，科拉把腦袋歪到一邊，問她的那個問題，看著她……

突然間，海倫把雙手蓋在臉上，喃喃自語道：「這沒有什麼意義……這不代表什麼意義……」

§

恩威斯小姐做了一個愉快的夢，夢中她正與瑪麗王后玩撲克牌，但突然，她被一陣電話的鈴聲驚醒過來。

她不想去管它，但鈴聲一直響個不停。她睡意朦朧地從枕頭上抬起頭來，看了看床邊的錶。六點五十五分。這個時間究竟會是誰打電話來呢？一定是有人撥錯號碼了。

惱人的「叮叮」聲響個不停。恩威斯小姐嘆了口氣，抓起一件睡衣，然後向客廳走去。

「這裡是肯辛頓六七五四九八。」她拿起話筒，口氣嚴厲地說道。

「我是艾伯納西夫人，李奧．艾伯納西夫人。我可以跟恩威斯先生說話嗎？」

「噢，早安，艾伯納西夫人。」那句「早安」有點言不由衷。「我是恩威斯小姐。我弟弟恐怕還在睡覺。剛才我也在睡覺。」

「對不起，」海倫不得不道歉。「可是我必須馬上和您的弟弟說話，這很重要。」

「可以晚點再說嗎？」

「恐怕不行。」

「噢，那好吧。」恩威斯小姐口氣尖刻。

她敲了敲弟弟的房門，隨即走了進去。

「又是那些姓艾伯納西的人！」她抱怨道。

「呃！姓艾伯納西的人？」

「李奧．艾伯納西夫人。早上七點不到就打電話來！真是的！」

「李奧夫人是嗎？啊！真令人意外。我的睡衣在哪兒？噢，謝謝。」

片刻之後，他說道：「我是恩威斯。是你嗎，海倫？」

「是我。這麼早把您從床上叫起來真是萬分抱歉。葬禮後的那天，科拉說理察是被謀殺致死的，把我們都嚇壞了，當時我不知怎麼回事，老覺得有什麼地方不對勁，您曾經告訴過我，如果我想起什麼事，就馬上打電話給您。」

「噢！那你是已經想起來了嗎？」

海倫的聲音顯得迷惑不解。

「是的，但是那說不通。」

「這讓我來判斷。是不是你注意到了當時某個人有不對勁？」

「是的。」

「告訴我吧。」

「這似乎很荒謬，」海倫的聲音聽起來充滿歉意。「但我對此確信不疑。這是我昨晚打量鏡子中的自己時，才突然想起來的。噢……」

這一小聲驚叫未完，電話那頭立刻傳來一個古怪的聲音，那是一個沉悶而笨重的聲音，恩威斯先生根本分辨不出那是什麼。

他急切地說道：「喂，喂，您還在嗎？海倫，您還在嗎？海倫……」

21 是誰打昏了海倫

恩威斯先生陸續跟接線生及其他人一說再說後，終於在過了近一小時後和白羅說上話。

「謝天謝地！」恩威斯先生說道，他口氣裡的惱火讓人覺得情有可原。「要電話局撥通這個號碼似乎是難上加難。」

「沒有什麼奇怪的，因為話筒沒掛上。」

恩威斯先生在電話這頭聽來，覺得白羅的口氣簡直是冷酷無情。

恩威斯先生尖刻地說道：「出了什麼事？」

「哦，大約二十分鐘前，女僕發現李奧．艾伯納西夫人倒在書房的電話旁。她昏迷不醒，嚴重的腦震盪。」

「您是說有人擊中她的腦部？」

「我是這麼想的。她摔倒了，頭撞在大理石門擋上，這只是一種可能。但我並不這麼想，醫生也不這麼想。」

「當時她正在跟我通電話。我就奇怪怎麼突然被打斷了。」

「這麼說她是在跟您通電話？她說了什麼？」

「她說，前陣子科拉．藍斯奎說理察是被謀殺致死時，她覺得有什麼地方不對勁，有點奇怪，那種感覺她不太清楚該怎麼說，但可惜她記不起來當時為什麼會產生那種印象。」

「然後，她突然間記起來了？」

「是的。」

「於是打電話告訴您？」

「是的。」

「很好。」

「沒有什麼好的，」恩威斯先生煩躁地說，「她才開始要跟我講，就被打斷了。」

「她講了多少？」

「沒什麼重要的。」

「對不起，這要由我來判斷，而不是您。她究竟說過什麼？」

「她提醒我說，我曾經跟她說，如果她想起什麼印象特別深刻的事，就馬上告訴我。她說她已經想起來了，但那『說不通』。我問她是不是那天某個人有什麼不對勁，她說是的，就是這樣。她說她是在照鏡子時突然想起來的……」

「然後呢？」

「就這麼多。」

「她沒有暗示與這相關的某個人？」

「如果她告訴了我，我怎麼可能不讓您知道呢？」恩威斯先生尖酸地說。

「對不起，如果她說了，您當然會告訴我。」

恩威斯先生說道：「我們只能等待她從昏迷中清醒了。」

白羅嚴肅地說道：「她可能有很長一段時間醒不了，或許再也醒不過來了。」

「有那麼嚴重嗎？」恩威斯先生的聲音有些顫抖。

「是的，有那麼嚴重。」

「可是……那太糟糕了，白羅。」

「是的，是很糟糕。這也就是我們等不了的原因。因為這表示我們要對付的那個人不是極為殘忍，就是被嚇到變殘忍了。」

「可是，聽著，白羅，海倫到底怎麼樣了？我很擔心。您能不能保證她在恩德比很安全？」

「不，她不安全。所以她現在不在恩德比。救護車已經來過了，要把她送往一家私人療養院，在那裡她會得到特別的護理，而且不管是家人還是其他人，誰都不許去看她。」

恩威斯先生嘆了口氣。

「這樣我就放心了！她很可能處在危險之中。」

「她之前的確是處在危險之中！」

恩威斯先生的聲音聽起來有一種深深的感動。

「我非常敬重海倫·艾伯納西。我一直都很敬重她。她是個個性很特別的女人。在她生活中有某些……怎麼說呢……某些壓抑。」

「噢，壓抑？」

「我一直這樣覺得。」

「因此就有了在賽浦路斯的那棟別墅。沒錯，那說明了很多……」

「我不想讓您就此認為……」

「您不能阻止我怎麼想。但是現在，我要拜託您做一件小事。等一下。」

停了片刻，白羅再次說道：「我得確信沒有人偷聽，一切都沒問題。現在我要告訴您託您辦的事。您必須去旅行。」

「旅行？」恩威斯的聲音聽起來有點沮喪。「噢，我明白了……您要我到恩德比去？」

「不是。這兒的事由我來處理。不，您不用走得那麼遠。這次旅行不會讓您遠離倫敦。請您趕到貝利聖埃蒙茲去……說實在的，你們英國的城鎮都是些什麼名字！到那兒後租一輛車，開到福斯迪克醫院去。那是一家精神療養院，然後找朋里思醫生，向他詢問一個近期出院的病人資料。」

「什麼病人？不管怎樣，那一定是……」

白羅打斷了他的話。

「那個病人的名字叫格雷・班克斯。查清楚他接受治療的是什麼精神病。」

「您是說格雷・班克斯瘋了？」

「噓！您小心說話。我還沒吃早餐，我想，您也還沒吃吧？」

「是沒吃。我太擔心了……」

「是呀。那麼，請您還是先吃早餐吧。休息一下，十二點剛好有一班去貝利聖埃蒙茲的火車。如果我有什麼消息，在您動身之前，我會給您打電話。」

「自己小心，白羅。」恩威斯先生有點擔心地說。

「噢，這個，當然！我可不想把頭撞在大理石門擋上。您放心，我會採取各種預防措施。現在，暫時先說再見吧。」

白羅聽到電話那頭話筒掛上的聲音，然後是非常輕微的卡嗒一聲。他不禁笑了一下，有人把客廳裡的電話掛上了。

他走到客廳裡，空無一人。他躡手躡腳地走到樓梯後的小櫥櫃，然後往裡面看。就在這時，蘭斯坎穿過供傭人進出的門走了過來，手裡拿著一只裝著烤麵包的托盤和一個銀咖啡壺。看到白羅從小櫥櫃那裡出現，顯得有點吃驚。

「已經準備好早餐了，先生。」他說。

白羅若有所思地打量著他。這個年老的管家臉色蒼白，身體抖個不停。

「振作點，」白羅說道，拍了拍他的肩膀。「一切都會好起來的。把咖啡送到我的臥室會不會很麻煩？」

「當然沒問題，先生。我讓珍妮特送上來，先生。」

當白羅往樓上走時，蘭斯坎不滿地看著他的背影。白羅穿著一件有著三角形和正方形圖案的進口絲綢睡衣。

「一個外國人！」蘭斯坎惱火地想，「一個外國人在這棟房子裡！李奧夫人又被打得腦震盪！真不知道最後會怎麼樣。自從理察先生去世後，什麼都變了。」

珍妮特送咖啡上來的時候，白羅正在穿衣服。他表示同情的低語聲，讓珍妮特聽了很舒服，因為他強調說，發現海倫暈倒在地一定使她深受震驚。

「確實如此，先生，我打開書房的門，拿著吸塵器走進去，結果發現李奧夫人倒在地上，當時的情景我永遠也忘不了。她倒在那裡……我還以為她死了。她一定是站在電話旁邊，突然暈了過去……想想，她竟然那麼早就起床了！以前我從來不知道她會這麼早。」

「說的也是！」他漫不經心地附和道，「我想，當時沒有別的人起床吧？」

「剛好提莫西夫人也起床活動了，先生。她一向都起得很早，經常在早飯前散散步。」

「她屬於早起的那一代，」白羅點點頭說道，「現在的年輕人……他們沒那麼早吧？」

「確實如此，先生，我送茶給他們的時候，他們睡得正香呢。而且，我受到那麼大的震驚，一面忙著叫醫生，一面先喝了杯茶讓自己鎮定下來，送茶給他們的時候，已經很晚了。」

她走開了，白羅思索著她的話。

茉蒂．艾伯納西已經起床活動了，幾個年輕人還在睡覺。但這根本就說明不了什麼，白羅想道，誰都可能聽到海倫的開門關門聲，然後跟蹤下樓偷聽她打電話，之後再故意做出在床上沉睡的樣子。

「但是，如果我料想得沒錯……」白羅想道，「料想正確對我來說是自然而然的事情，這是我的習慣……那麼就沒有必要調查這人如何那人怎樣了。首先，可能有些證據，我必須找到它們。然後……再做一次小小的演講，先不採取行動，看看會發生什麼……」

珍妮特一離開，白羅就喝光他的咖啡，穿上大衣，戴上帽子，走出房間，敏捷地從後面的樓梯跑下去，穿過側門離開了房子。他腳步輕快地走完通向郵局那四分之一英里的路程，要求打長途電話。片刻之後，他再次接通了恩威斯先生。

「是的，又是我！別管我委託您去做的那件事。那是一個玩笑！有人偷聽我們講話。現在，老兄，真的要拜託您做件事。還是像我說的那樣，您必須去搭火車。但不是去貝利聖埃蒙茲。我要您趕往堤莫西．艾伯納西先生的家裡。」

「但現在堤莫西和茉蒂在恩德比。」

「確實如此。他們家除了一個叫瓊斯的女人之外，再沒有別人，他們外出的時候，用一筆不小的錢說服那個女人幫他們看家。我要你做的就是從那屋子裡拿一樣東西出來！」

「親愛的白羅，我不能墮落到去作賊呀！」

「不是要你去作賊。你跟那個認識你又挺和善的瓊斯太太講，就說艾伯納西夫婦要你來取那個東西，帶到倫敦去。她不會懷疑什麼的。」

「是，沒錯，她可能不會懷疑，但是我不喜歡這樣。」恩威斯先生聽起來極為勉強。

「為什麼你自己不能去拿你想要的東西呢？」

「老兄，因為我是一個長著外國臉孔的陌生人，又是一個可疑人物，瓊斯太太馬上就會為難我！如果是你，她就不會那樣了。」

「是，是，這一點我明白。但是當堤莫西和茉蒂聽到這件事以後，他們會怎麼想？我認識他們都有四十多年了。」

「你認識理察．艾伯納西也有這麼久了！科拉．藍斯奎還是個小女孩的時候，你就認識她了！」

恩威斯先生用一種殉難者的口氣問道：「你確定有這種必要嗎，白羅？」

「這是戰爭期間人們在海報上問的老問題。你的旅行確實有必要嗎？我跟你說，這很必要，極其重要！」

「我要去拿的那個東西是什麼？」

白羅告訴了他。

「可是，說實在的，白羅，我不明白……」

「你沒必要明白。我明白就行了。」

「你要我怎麼處置那個該死的東西？」

「把它帶到倫敦，送到艾爾姆帕克花園的一個地址去。要是你有鉛筆，就記下地址。」

恩威斯先生依言記下來後，仍舊用他那種殉難者的口氣說道：「我希望你知道自己在做什麼，白羅。」

他聽起來滿腹狐疑，白羅的回答卻沒有絲毫的猶豫。

「我當然知道我在做什麼，我們就快知道結果了。」

恩威斯先生嘆了口氣。

「要是我們能夠猜到當時海倫要告訴我什麼就好了。」

「沒必要去猜，我知道。」

「你知道？可是，我親愛的白羅……」

「等到以後再解釋。但是這點你可以放心，我知道海倫．艾伯納西在照鏡子的時候看到了什麼。」

§

這頓早餐吃得很不安。羅莎梅和提莫西都沒露面，但是其他人都在，他們明顯放低了聲音談話，吃的東西也比平時少。

喬治是第一個恢復興致的人。他天性活潑而樂觀。

「我希望海倫舅媽會沒事，」他說，「醫生總是喜歡危言聳聽。什麼叫腦震盪？通常是過個兩三天就完全沒事了。」

「戰爭期間，我認識的一個女人也是得了腦震盪，」紀奎絲小姐侃侃而談。「她走在托特漢姆大院路時，一塊磚頭還是什麼的擊中她，那正是炸彈橫飛的時候，她根本就沒有任何感覺，繼續走她的路。十二個小時後，她倒在一列前往利物浦的火車上。你們信不信，她竟然完全想不起來自己曾到車站去趕那班火車，或做過任何事情。當她在醫院裡醒過來後，還不知道是怎麼回事。她在醫院裡待了將近三個星期。」

「我搞不懂的是，」蘇珊說道，「海倫在那個奇怪的時刻打了什麼電話？她又是給誰打電話？」

「她覺得不舒服，」茱蒂果斷地說，「醒來後可能覺得頭暈，然後下樓打電話給醫生，隨即感到一陣暈眩，接著就倒下去了。唯一合理的解釋就是這樣。」

「倒楣的是腦袋撞上了門擋，」麥可說，「要是她一頭栽在那張厚厚的絨面地毯上，就不會有什麼事。」

門開了，羅莎梅皺著眉頭走了進來。

「我找不到那些蠟花，」她說，「我是說，理察舅舅葬禮那天放在孔雀石桌上的那些蠟花。」她責備地看著蘇珊。「你沒有把它們拿走吧？」

「我當然沒拿！真是的，羅莎梅，可憐的海倫伯母都得了腦震盪，被送到醫院去了，你竟然還想什麼孔雀石桌啊？」

「我不懂為什麼我不該想著孔雀石桌。如果你得了腦震盪，你就不知道周圍發生了什麼事。而且那也與你無關，海倫舅媽的事我們幫不上什麼忙，麥可和我明天中午以前一定得回倫敦，因為我們要見傑克．利戈，商量《準男爵的進步》這齣戲的上演日期。所以我一定要處理好那張石桌的事情。但是我想再看看那些蠟花。現在桌上放著一只中國式的花瓶，很漂亮，但樣式不是仿古的。我真的很想知道那些蠟花到哪兒去了，或許蘭斯坎知道。」

蘭斯坎正好往裡面望，想看看他們的早餐是否吃完了。

「我們都吃過了，蘭斯坎，」喬治邊說邊站了起來。「我們的外國朋友怎麼樣了？」

「他正在用送到樓上去的咖啡和烤麵包，先生。」

「UNARCO的Petit déjeuner[6]。」

「蘭斯坎，你知不知道原來放在客廳裡那張綠桌上的蠟花到哪兒去了？」羅莎梅問道。

「我知道被李奧夫人弄破了，夫人。她正打算找人做一個新的玻璃罩，但我想她還沒處理好。」

「那現在蠟花在哪兒？」

「可能在樓梯後的小櫥裡，夫人。等著修理的東西通常都放在那裡。要不要我替您去確認一下？」

「我自己去看。跟我來，親愛的麥可。那兒很黑，自從海倫舅媽出事以後，任何黑暗的角落我絕不會一個人去。」

一聽這話，每個人的反應都很激烈。茱蒂用她低沉的嗓音問道：「你這是什麼意思，羅莎梅？」

「嗯，她是被人用棍棒打暈的，不是嗎？」格雷．班克斯尖銳地說道：「她是突然昏倒，才摔倒的。」

羅莎梅笑了起來。

「她是這麼告訴你的嗎？別傻了，格雷，她當然是被人用棍棒打暈的。」

喬治尖銳地說道：「你不應該說這樣的話，羅莎梅。」

「才怪，」羅莎梅說，「她絕對是被人打暈過去的。我是說，各種情況綜合起來就是這樣顯示。屋子裡有個偵探在尋找線索，理察舅舅被人下毒，科拉姨媽被人用短斧砍死，紀奎絲小姐吃了下過毒的結婚蛋糕，現在海倫舅媽又被人用一件鈍器打倒在地。你們知道，這樣的事情還會繼續下去。我們會一個接一個被人殺掉，最後剩下來的那個人就是他了……我是

6 法語，意思是「早餐」。

說，那個凶手。但那不會是我……我是說，被殺的人中不會有我。」

「為什麼會有人想殺你呢，漂亮的羅莎梅？」喬治輕蔑地問道。

羅莎梅的雙眼睜得大大的。

「噢，」她說，「當然是因為我知道得太多了。」

「你知道什麼？」茱蒂．艾伯納西和格雷．班克斯幾乎是齊聲問道。

羅莎梅心不在焉、天使般地笑了笑。

「你們大家都想知道嗎？」她說道，口氣令人愉快。「快來，麥可。」

22 涼亭裡的告白

中午十一點，白羅在藏書室裡召集了一次非正式的會議。每個人都在，白羅若有所思地把圍成半圓形的每張臉孔環顧了一遍。

「昨天晚上，」他說，「沙恩夫人跟你們挑明說，我是一個私人偵探。就我本身來說，我原本希望把我的……怎麼說呢，把我偽裝的時間稍微延長一點。但是沒關係！今天，或者不超過明天，我就會把真相告訴你們。現在請仔細聽好我不得不說的話。

「在我這一行中，我是一個著名的人物，可以稱得上是非常著名。實際上，我的天賦無與倫比！」

「是啊，龐塔……不對，是叫白羅先生吧？我從來就沒聽過您，這不是很可笑嗎？」喬治露齒笑道。

「不可笑，」白羅嚴肅地說，「但很可悲！唉，現在的人缺乏真正的教育。很明顯，人們除了經濟，別的都不學，再不就是學會怎樣應付智力測驗！但我還是接著說吧。我是恩威斯先生一個多年的朋友……」

「這麼說，就是他搞的花樣！」

「如果您要那麼說也行，格斯菲先生。恩威斯先生因他的老朋友理察·艾伯納西先生的死而感到很不安。葬禮那天，艾伯納西先生的妹妹藍斯奎夫人說的一些話尤其讓他煩惱。就是在這個房間裡說的一些話。」

「他太傻了，就像科拉一樣，」茉蒂說道，「恩威斯先生應該很理智，不會去在意那些話！」

白羅繼續說道：「在發生藍斯奎夫人被殺的那種……怎麼說呢，那種巧合之後，恩威斯先生感到更加煩惱了。他只要求一件事：確信藍斯奎夫人的死只是一種巧合。換句話說，他想確信理察·艾伯納西的死屬於自然死亡。為了這個目的，他委託我做一些必要的調查。」他的話停頓了一下。「而我已經調查過了……」

再次停頓。誰都沒說話。

白羅仰首而言。

「好吧，我調查的結果你們應該是樂意聽的……沒有理由相信艾伯納西先生不是屬於自然死亡，沒有理由相信他是被謀殺致死！」他笑了，得意洋洋地伸開雙手。「這是個好消息，不是嗎？」

依他們看來，這似乎難以說是一個好消息。他們凝視著他，除了一個人以外，其他所有人的目光似乎都充滿懷疑。

唯一的例外是堤莫西．艾伯納西，他極力地點頭表示同意。

「理察當然不是被謀殺的，」他生氣地說，「真不明白為什麼有人會有一時片刻那樣的想法！這只是科拉的把戲，就這樣。她想把我們大家都嚇一跳，她想開個玩笑。儘管她是我妹妹，但我得說，她一直有點神經不正常，可憐的女孩。嗯，這位叫什麼的先生，我很高興您得出正確的結論，雖然恩威斯先生委託您來探究事情的真相，但我覺得這真是厚顏無恥。如果他認為他可以從遺產中付錢給您，那我可以告訴您，他別妄想！真是厚顏無恥，不請自來！多管閒事，恩威斯是什麼人？如果全家人滿意……」

「但是全家人都不滿意，堤莫西舅舅。」羅莎梅說。

「嘿，怎麼了？」

堤莫西皺著眉頭不滿地看著她。

「我們不滿意。你看海倫舅媽今天早上又是怎麼了？」

茉蒂尖銳地說：「海倫正值容易中風的年紀，就是這麼回事。」

「我明白了。」羅莎梅說，「您認為這又是一種巧合？」

她看著白羅。

「巧合不是太多了嗎？」

「確實會發生各種巧合。」白羅說道。

「胡說，」茉蒂說，「海倫覺得不舒服，下樓打電話給醫生，然後……」

「但是她沒有打電話給醫生，」羅莎梅說，「我問過他……」

蘇珊尖銳地問：「那她打電話給誰？」

「我不知道。」羅莎梅說，她臉上掠過一絲惱火。「但是也許我能查清楚。」她滿懷希望地加了一句。

§

白羅坐在那個維多利亞風格的涼亭裡，把他的大懷錶從口袋裡掏出來，放在面前的桌上。

他已經宣布說，要在十二點之前坐火車離開這裡。現在還有半個小時。半個小時的時間可以讓某個人下定決心前來找他。或許還不止一個人……

那棟房子裡的絕大多數窗戶都可以清楚看到這個涼亭。不久以後，一定會有什麼人到這兒來嗎？

如果沒人來，那就是他對人性的認識還有所欠缺，而且他主要的依據也不夠正確。

他等待著。在他頭上，一隻蜘蛛正在蛛網裡等待著蒼蠅。

首先來的是紀奎絲小姐。她激動不安，語無倫次。

「噢，龐塔利爾先生……我想不起您真正的名字了，」她說，「我不得不來跟您告白，雖然我並不想這麼做，但我確實覺得應該這麼做。我是說，在可憐的李奧夫人今天早上出了那件事以後……我認為沙恩夫人說得很對，這不是巧合，也絕對不是中風，不像堤莫西夫人說的那樣。因為我父親中風過，那完全是一種不同的樣子，而且，不管怎樣，醫生清清楚楚說過那是腦震盪！」

她頓了一下，歇了口氣，帶著懇求的目光看著白羅。

「是的，」白羅口氣柔和，鼓勵她說下去。「您想告訴我什麼吧？」

「我說過，我不想這麼做……因為她對我太好了。她和堤莫西夫人商量，給我找了一份工作，給了我一切需要。她對我實在是太好了。這也就是我覺得自己忘恩負義的原因。她甚至把藍斯奎夫人那件麝鼠皮外套給了我，那件外套真是漂亮極了，非常合身，即使只在衣服背面有毛皮也沒關係。而且當我想把她的紫水晶胸針還給她時，她聽都不願意聽……」

「您是在說班克斯夫人吧？」白羅口氣柔和地說道。

「是的，您知道……」紀奎絲小姐低下目光，愁悶地絞著手指。突然她喘了口氣，抬起頭來說道：「您知道，我聽過……」

「您是說您碰巧聽到過一次談話……」

「不，」紀奎絲小姐搖搖頭，一副下定決心、勇往直前的神情。「我寧願說實話，而且告訴您也沒多大關係，因為您不是英國人。」

白羅理解她，所以一點也不生氣。

「您是指，對一個外國人來說，偷聽別人講話、私拆或是偷看四處亂丟的信件是很自然的事？」

「噢，我從未私拆過別人的信件。」紀奎絲小姐口氣震驚地說道，「不是那樣。但是那天……理察．艾伯納西先生來看他妹妹的那天，我確實聽過他們的談話。您知道，這麼多年後，他突然出現，我覺得好奇，真的很想知道為什麼……你知道，如果你的朋友不是很多，或者沒有多少自己的生活時，你真會不由自主地感興趣……我是說，當你和別人在一起生活的時候。」

「這非常自然。」白羅說。

「是的，我確實認為這很自然……儘管這樣做真的很不對。但是我做了，我聽到了他說的話！」

「您聽到了艾伯納西先生和藍斯奎夫人說的話？」

「是的。他說了一些話，比如：『和堤莫西說沒有什麼用，他藐視一切，簡直就不聽你說話。但是我想，我要把這件事跟你講完才舒服，科拉。還活著的就剩我們三個人了。雖然你總喜歡說傻話，但是很多常識你都懂。因此，如果你是我，這件事你會怎麼辦？』

「藍斯奎夫人說什麼我聽不太清楚，可是我聽到了『警方』這個字眼。接著艾伯納西先生的聲音提高了許多，他說：『我不能這麼做。當這是我自己侄女的問題時，我就不能這麼做。』接下來廚房裡的什麼東西煮開了，我不得不跑過去看著，等我再回來時，艾伯納西先生說：『要是能夠避免的話，即使我是橫死，我也不想把警方找來。這點你明白吧，親愛的妹妹？但是別擔心。既然我知道，我就會採取所有可能的預防措施。』然後他接著說下去，說他立了一份新的遺囑，並且她……科拉的生活也不會有問題。接下來，他說科拉和她的丈夫生活得很幸福，過去他也許是犯了一個很大的錯誤。」

紀奎絲小姐停了下來。

白羅說道：「我明白了，我明白了……」

「但是我不想說……不想講這些事情。我認為藍斯奎夫人不會想讓我講。不過現在……今天早上李奧夫人遭到攻擊，然後您又是那麼平靜地說這是一種巧合……可是，噢，龐塔利爾先生，這並不是什麼巧合！」

白羅笑了。他說：「是的，這不是什麼巧合……謝謝您前來告訴我，紀奎絲小姐，這非常重要。」

§

他稍微費了一番工夫才把紀奎絲小姐打發走。而且他也必須這麼做，因為他期望有人進一步向他吐露祕密。

他的直覺準確無誤。紀奎絲小姐剛走，格雷．班克斯就大踏步走過草坪，匆匆地衝進涼亭。他臉色蒼白，額頭上滿是汗珠，眼神激動得有些奇怪。

「哼！」他說，「我還以為那個蠢女人再也不走了。今天早上你說的話都是錯的，錯得一塌糊塗。理察．艾伯納西確實是被人殺害的。我殺了他。」

白羅的目光上上下下地打量著這個激動的年輕人，他並不驚訝。

「這麼說是你殺了他？怎麼殺的？」

格雷．班克斯笑了。

「對我來說這並不難。你肯定會發現到這一點。我可以拿到十五種或者二十種不同的藥物，那都可以殺了他。讓他服藥的方式我頗費思量，但是最後我想出了一個絕妙的主意。妙就妙在當時我不必待在附近任何地方。」

「聰明。」白羅說道。

「是的，」格雷謙遜地垂下了目光，似乎感到很高興。「確實如此……我真的認為這很巧妙。」

白羅饒有興味地問道：「你為什麼要殺他？是為了讓你的妻子得到那筆錢嗎？」

「不不，當然不是，」格雷突然間變得激動而生氣。「我不是一個貪財的人。我和蘇珊結婚不是為了錢！」

「是嗎，班克斯先生？」

「他就是那麼想的，」格雷的口氣突然充滿惡毒。「理察．艾伯納西！他喜歡蘇珊，很欣賞她，他以蘇珊是艾伯納西家族的一個榜樣而感到自豪！他認為蘇珊嫁給我不值得，認為我不行，還鄙視我！可能我的口音不對，我的穿搭不對。他是一個勢利鬼，一個可惡的勢利鬼！」

「我不這麼認為，」白羅口氣溫和地說，「據我所知，理察．艾伯納西並不是一個勢利的人。」

「他是，他是勢利鬼，」這個年輕人近乎歇斯底里地說道，「他認為我什麼都不是，他嘲笑我……雖然總是很有禮貌，但在那種形式下，我能夠看出他不喜歡我！」

「可能吧。」

「誰都別想這麼待我而不受到懲罰！他們以前就試過！有個女人以前經常到我這兒來開藥，她對我很粗魯。你知不知道我怎麼對付她？」

「知道。」白羅說。

格雷顯得很吃驚。

「這麼說您知道那回事？」

「是的。」

「她幾乎完蛋了。」他滿足地說道，「這足以證明我不是那種可以隨便被嘲弄的人！理察・艾伯納西鄙視我，結果怎麼樣？他死了。」

「一次非常成功的謀殺。」白羅神情嚴肅地祝賀他，接著說道：「但是你為什麼會來坦白……向我坦白？」

「因為你說一切你都查清楚了，你說他不是被人謀殺的。我不得不向你表明，你並不如你想像的那麼聰明。另外，另外……」

「是的，」白羅說道，「另外什麼？」

格雷一下子癱在長凳上。他的臉色變了，突然間怔怔出神。

「這是錯誤、邪惡的，我必須受到懲罰……我必須認罪，甘受懲罰，去贖罪……是的，去贖罪！去懺悔！報應啊！」

此時，他的臉上燃燒著一種幻化的光彩。白羅奇怪地打量了他一會兒。然後他問道：「您有多想擺脫你的妻子？」

格雷的臉色變了。

「蘇珊？蘇珊很了不起，非常了不起！」

「是的，蘇珊很了不起，這是一個沉重的負擔。蘇珊全心全意地愛著您，這也是一個負擔嗎？」

格雷坐著正視前方，接著用一種小孩子生氣似的口吻說道：「為什麼她不能不管我？」

他跳了起來。「現在她來了，正穿過草坪，朝這兒走來。我得要走了。但是剛剛我告訴您的，您會不會告訴她？您跟她說我去警察局了，去自首。」

§

蘇珊氣喘吁吁地走進涼亭。

「格雷到哪兒去了？他剛才在這兒！我看到他了。」

「是的。」白羅頓了一下才說道：「剛才他過來告訴我，毒死理察．艾伯納西的人就是他……」

「一派胡言！我想，您沒有相信他吧？」

「我為什麼不能相信他？」

「理察伯父去世的時候，他不在這附近！」

「或許是吧。科拉．藍斯奎死的時候，他在哪兒？」

「倫敦，當時我們倆都在倫敦。」

白羅搖了搖頭。

「不，不，那說明不了什麼。比如說，那天整個下午您都開車出去了。我想我知道您到哪兒去了……您去了利奇特聖瑪莉。」

「我沒有！」

白羅笑了。

「夫人，當我在這裡遇到您的時候，正如我告訴您的那樣，這並不是我第一次見到您。藍斯奎夫人的驗屍審訊結束之後，您人在王座飯店的車庫裡，那個時候您在那裡正和一位修車工人說話，旁邊的一輛汽車裡有一位年老的外國紳士，您沒有注意到他，可是他已經注意到您了。」

「我不明白您的意思，那是在進行驗屍的那一天啊。」

「噢，但是想想那個修理工跟您說過什麼！他問您是不是受害者的親屬，您說您是她的侄女。」

「他只是幸災樂禍。他們都是一些幸災樂禍的人。」

「他接下來的話是：『噢，我想我以前在什麼地方見過您。』以前他在哪兒見過您，夫人？那一定是在利奇特聖瑪莉，因為在你說出你是藍斯奎夫人的侄女之前，他就對你存有印象了。他是不是在那個小屋的附近見到您？那又是在什麼時候？這是一個需要調查的問題。而調查的結果就是：科拉．藍斯奎死去的那天下午，您在那兒，在利奇特聖瑪莉。當時您把車停在那個採石場，驗屍的那天早上您就是把車停在那兒。有人見到了那輛車，並且把車牌號碼記了下來。現在，莫頓警官知道那輛車是誰的了。」

蘇珊凝視著他。她的呼吸變得很快，但她並不緊張。

「你在胡說八道，白羅先生。你都讓我忘記我到這兒來的目的了……我想來看一下，發現你身邊沒有旁人……」

「您想向我坦白，那樁謀殺是您而不是您丈夫犯下的？」

「不，當然不是。您以為我是傻瓜嗎？我已經告訴過您，那天格雷絕對沒有離開倫敦。」

「既然當時您自己不在倫敦，就不可能確定這個事情。您為什麼要去利奇特聖瑪莉，班克斯夫人？」

蘇珊深深地吸了一口氣。

「好，如果你一定要知道，我就告訴你吧！葬禮那天，科拉說的話使我感到很不安。我一直想著這件事。最後我決定開車去看她，問問她為什麼這麼想。格雷認為這是個傻念頭，因此我沒告訴他我要去哪兒。我在三點左右到了那裡，敲門、按鈴，但是沒人回答，因此我想她一定是不在家或者外出了。這就是一切過程。我沒有轉到小屋的後面去，如果去了，我可能會見到那扇被打碎的窗戶。然後我就回倫敦了，沒感覺有不對的地方。」

白羅的臉色不置可否。他說：「為什麼您丈夫聲稱是他犯的罪？」

「因為他……」蘇珊顫抖地想吐出某句話，最後卻放棄了。白羅抓住了那句話。

「您準備開玩笑地說『因為他瘋了』……只是這個玩笑太接近事實了，對吧？」

「格雷沒事的，他好好的，沒什麼事。」

「我知道他的一些過去，」白羅說，「在遇到您之前，他在福斯迪克精神病療養院待過幾個月。」

「醫生從未診斷過他是瘋子。他是一個自願住院的病人。」

「確實如此。我同意不能把他歸入瘋子的範疇。但毫無疑問，他精神失常，有一種懲罰情結。我懷疑他自孩提時代起就有了這種心理。」

蘇珊飛快而急切地說道：「你不了解，白羅先生。格雷從未有過任何機會。這就是我迫切需要理察伯父的錢的原因。理察伯父太講求實際了，他不能理解。我知道格雷一定要有所成就，他一定要感覺自己是個舉足輕重的人物，而不只是一個藥劑師助理，聽任別人的擺布。現在一切都會不同了，他會有自己的實驗室，可以製作出自己的配方。」

「是的，沒錯，您可以把全世界都給他，因為您愛他，愛得太深而得不到安全感或者幸福。但是一個人接受不了的東西，你就不能給他。這一切的結果，就是他仍然不想做那樣的人……」

「你是指誰？」

「蘇珊的丈夫。」

「你真是殘酷！而且是胡說八道！」

「只要是與格雷有關的事，您就肆無忌憚。想要您伯父的錢……不是為了自己，而是為了您的丈夫。您有多想要那筆錢？」

蘇珊怒氣沖沖地轉身跑開了。

§

「我原本以為，」麥可．沙恩輕浮地說，「我只是過來說再見的。」

他笑了，他的笑有一種獨一無二、令人迷醉的特質。

白羅見識到了這個男人生氣勃勃的魅力。

他沉默地打量了麥可．沙恩一會兒。在這次全家人的聚會中，他覺得他對這男人了解得最少，因為麥可．沙恩如果只想表現某方面的特質，他就只表現出那種特質。

「您的妻子是個十分特別的女人。」白羅侃侃而談。

麥可眉毛往上一揚。

「你這麼認為嗎？我同意她是個可愛的女人，但她並不是那麼有頭腦。」

「她不會刻意表現得很聰明，」白羅同意他的觀點。「但是她知道她想要什麼。」他嘆了口氣。「沒有幾個人知道自己想要什麼。」

「噢，」麥可再次露出微笑。「你是說，她老想要那張孔雀石桌嗎？」

「或許是吧，」白羅頓了一下，接著說道：「還有那張石桌上的東西。」

「你是說那些蠟花？」

「就是那些蠟花。」

麥可皺了皺眉頭。

「我不是很了解你，白羅先生。」他的臉上再次露出笑容。「我無法用語言表達我的感激，因為我們都走出了困境。只要稍微有一點點懷疑我們之中是誰謀殺了年老可憐的理察舅舅，就讓人感到不快。」

「當你見到他的時候，你覺得他就是那樣嗎？」白羅詢問道，「年老可憐的理察舅舅？」

「當然，他保養得非常好，而且所有的……」

「身體機能俱全……」

「噢，是的。」

「還有，感覺非常敏銳？」

「或許是吧。」

「一個非常敏銳的性格鑑定家。」

麥可臉上的微笑一直不曾改變。

「你別指望我會同意這一點，白羅先生。他並不認同我。」

「或許，他認為您不是那種忠誠的人？」白羅提示道。

麥可笑了起來。

「這是一個多麼過時的想法！」

「但這是真的，不是嗎？」

「我不知道你這麼說是什麼意思？」

白羅將手指尖對到一起。

「您知道，已經有過調查了。」他喃喃說道。

「你做的調查？」

「不只是我。」

麥可・沙恩目光銳利快速地掃了他一眼。白羅注意到，他的反應很快。麥可・沙恩不是傻瓜。

「你是說，警方很感興趣？」

「您知道，他們是絕對不會只把『科拉・藍斯奎謀殺案』當作偶然的案件。」

「他們一直在調查我？」

白羅一本正經地說：「他們對藍斯奎夫人遇害那天，她的親屬們的活動很感興趣。」

「這下可就麻煩了。」麥可用一種富有魅力、推心置腹而又表示悔恨的腔調說。

「是嗎，沙恩先生？」

「比您想像的還要麻煩！您知道，我告訴羅莎梅說，那天我是和一個名叫奧斯卡・路易斯的人一起吃午飯。」

「事實上，你們當時並沒有一起吃午飯？」

「是的，事實上我開車去看一個名叫索瑞兒・丹頓的女人。那是一個非常有名的女演員，在她的最後一齣戲中我和她同台演出。你看，這真是太麻煩了，因為，雖然這個解釋大可讓警方滿意，但羅莎梅就饒不了我了。」

「噢！」白羅顯得很謹慎。「你們之間的這種友誼有點麻煩？」

「是的……事實上，羅莎梅讓我發過誓，說再也不去看那個女人。」

「沒錯，我看得出這件事可能很麻煩……我們私下講，您和那位女士有過私情嗎？」

「噢，這種事情多得是！這完全不表示我喜歡這個女人。」

「但是她喜歡您吧？」

「嗯，很討厭……女人就是那樣纏人。可是，警方會對這種解釋滿意，對吧？」

「您這麼認為嗎？」

「嗯，如果我當時在和索瑞兒調情，怎麼可能隔空用短斧殺害科拉。索瑞兒在肯特郡有一所小屋。」

「我明白了，我明白了。那個丹頓小姐，她會為您作證嗎？」

「她不會願意作證……但是這關係到謀殺，我想她不得不作證吧。」

「就算您當時沒和她在一起，或許她也會為您作證。」

「你這是什麼意思？」麥可突然間怒氣沖沖。

「那位女士喜歡您，女人的心在男人身上的時候，她們願意為真相作證，但也勇於為謊言發誓。」

「你的意思是，你並不相信我？」

「我相不相信你無關緊要。您要說服的人不是我。」

「那是誰？」

白羅笑了。

「是莫頓警官。他穿過側門，剛剛來到平台上。」

麥可．沙恩迅疾轉過身子。

23 白羅的旁敲側擊

「我聽說您在這兒，白羅先生。」莫頓警官說。

這兩個男人一起在平台上踱著步。

「我是和帕韋爾主任一塊從曼奇菲爾德過來的。拉勒比醫生打電話給他，告訴他李奧・艾伯納西夫人出的事，他就到這兒來調查。醫生沒有把握。」

「那麼您呢，朋友，」白羅詢問道，「您是從哪兒來的？從你們伯克郡到這兒來路程可不短。」

「我是想問幾個問題，而我要問問題的那些人似乎都被召集到這裡，這倒好辦了。」他頓了一下，接著說道：「您正在處理嗎？」

「對，我正在處理。」

「結果是李奧・艾伯納西夫人被人打昏了。」

「您不能因此而責備我。如果她找的是我……但是她沒有。相反的，她打電話給她在倫敦的律師。」

「也就是在向他揭密的過程中，『砰』地一棒打來！」

「就像您說的那樣，『砰』地一棒打來！」

「當時她跟他說了什麼？」

「幾乎沒說上什麼。她只來得及告訴他說，她正在照鏡子。」

「噢！是的，」莫頓警官達觀地說，「女人就是這樣。」他目光銳利地看著白羅。「這給了您什麼啟示吧？」

「是的，我想我知道當時她打算告訴他什麼了。」

「了不起的猜測大師，不是嗎？您一直都是這樣。嗯，那究竟是什麼？」

「對不起，您是在調查理察·艾伯納西的死因嗎？」

「從公務上說，不是。從實際上說，當然是，如果這關係到藍斯奎夫人那樁謀殺案的話……」

「是的，這關係到那樁謀殺案。但是，朋友，我要請您再給我幾小時的時間。到那時我就會知道我的猜想——您知道，那只是猜想——是否正確。如果確實是……」

「如果確實是什麼？」

「那麼或許我就能讓您得到一個具體的證據。」

「對此我們自有辦法。」莫頓警官有些反感地說。他斜眼看著白羅。「您一直在隱瞞什麼？」

「沒有，完全沒有。我那麼說，是因為我猜想的那個證據實際上可能並不存在。我只是從各種談話的片段來推斷它是存在的。也有可能，」白羅的口氣猶疑不定。「我推斷錯了。」

莫頓笑了。

「但這種情況您不是經常發生吧？」

「是的。我必須承認──是呀，我不得不承認──我確實發生過這種情況。」

「我必須說，我很高興聽到這句話！老是正確，有時候很令人厭倦。」

「確實如此。」白羅使他確信這一點。

莫頓警官大笑起來。

「您是要我把審問拖一下？」

「不，不，完全不是。您就按原計畫進行吧。我想，你們還沒打算逮捕誰吧？」

莫頓搖了搖頭。

「沒有足夠的證據那樣做。首先，我們不得不按檢察官的決定辦事，為此我們還有很長的一段路要走。不，我們只能聽一下案發當天某些當事人的行蹤報告……有個人可能要小心應付。」

「我知道了，是班克斯夫人？」

「您真是聰明，不是嗎？那天她在那兒，她的車停在那個採石場。」

「沒人確實見到她當時在駕駛汽車？」

「是的。」警官接著說道：「您知道，問題就出在她閉口不提那天到過那兒。對此，她必須做出令人滿意的解釋。」

「她很善於解釋。」白羅冷冰冰地說。

「是的，她是個聰明的年輕女士，也許聰明得有點過了頭。」

「太聰明絕對不是什麼好事。很多凶手就是這樣被逮到的。喬治・格斯菲還有什麼情況？」

「沒什麼確切情況。他屬於那種很平凡的人，全國上下，在火車、汽車或是自行車上，像他這樣的年輕男人很多。一般人大概過了一個多禮拜後，就很難記得他們是星期三或星期四在什麼地方，或注意到什麼人。」他頓了一下，接著說道：「我們得到了一個相當奇怪的訊息，這則訊息是從某個女修道院的院長那兒得來的。她的兩個修女挨家挨戶去募款，在藍斯奎夫人遇害的前一天，她們好像去了她的那個小屋，她們敲門、按鈴，但是沒人聽到。這很自然，藍斯奎夫人到北方參加艾伯納西的葬禮去了；紀奎絲放假一天，到波恩茅斯旅行去了。重點在於，她們說，小屋裡有某個人在，她們說聽到裡面有嘆氣和呻吟的聲音。我懷疑那是不是一天後的事情，那個女修道院院長則非常肯定，認為那不可能是一天後的事情。這一切行程都登記在一個本子上。那天是不是有人抓住這兩個女人同時外出的機會，在小屋裡找什麼？是不是那人沒有找到他或她想要的東西，第二天又回到小屋裡來了？我並沒有非常重視嘆氣聲，更不怎麼看重那個呻吟聲。就是修女也很容易受暗示的影響，一個發生過謀殺案的小屋必定得有呻吟聲。重點在於，小屋裡是不是有一個不應該在那兒的人？如果是，那又是誰？所有艾伯納西家的人當時都在葬禮上。」

白羅問了一個看來毫不相干的問題。

「在那個地區募款的修女，是否後來某一天又回來再募一次？」

「她們確實再次來過，那是在大約一個星期以後。我相信就是在驗屍的那一天。」

「這就對了，」白羅說道，「再正確不過了。」

莫頓警官看著他。

「你為什麼對修女這麼感興趣？」

「不管我願不願意，我得注意她們不可。警官，您也不能忽視這個線索，那個有毒的結婚蛋糕送來的那天和修女再次拜訪是同一天。」

「您不會是認為……那是一個荒謬的想法？」

「我的想法絕不荒謬，」白羅神情嚴肅地說，「現在，親愛的，我必須讓您去問問題，調查艾伯納西夫人受到攻擊一事了。我得去找理察．艾伯納西的外甥女。」

「您對班克斯夫人說的話要小心。」

「我不是指班克斯夫人。我是指理察．艾伯納西的外甥女[7]。」

§

白羅發現羅莎梅坐在一條長凳上，低頭看著下面的小河，小河瀑布似地落下，流過杜鵑花灌木叢。她凝視著河水。

「我希望，我沒有打擾我們的奧菲利婭[8]，」白羅一面說，一面在她旁邊坐下來。「或許您在思考戲裡面的角色？」

「我從未演過莎士比亞的戲，」羅莎梅說，「除了在輪演劇團的專用劇場演過一次之外。那次我在《威尼斯商人》裡扮演潔西卡，一個悲慘的角色。」

「可是不無哀婉。『聽到悅耳的音樂我從未感到快樂。』可憐的潔西卡，她是一個受人憎恨鄙視的猶太人女兒，心靈的負擔是多麼重。當她帶著父親的錢跑到情人那裡去時，她對自己一定也是充滿疑惑。有錢的潔西卡是一回事，沒錢的潔西卡可能又是另一回事了。」

羅莎梅轉頭看他。

「我以為您走了，」她略微責備地說，隨即低頭瞄了一眼手錶。「現在十二點多了。」

7　英文中「侄女」、「外甥女」同為 niece，文中的 niece，白羅意指羅莎梅，但莫頓理解為蘇珊。

8　奧菲利婭是莎士比亞名劇《哈姆雷特》（*Hamlet*）中王子的女友。

「我錯過了火車。」白羅說。

「為什麼？」

「您認為我是為了某個理由錯過的？」

「我想是吧。您行事精確，不是嗎？如果您想趕一班火車，我想您是會趕上的。」

「您的判斷很了不起。夫人，您知道，我一直坐在那個小涼亭裡，盼望您也許會到那兒找我一下？」

羅莎梅凝視著他。

「為什麼我該去找你？您在藏書室裡算是和我們說過再見了。」

「確實如此。你真的沒有什麼……想告訴我嗎？」

「沒有，」羅莎梅搖了搖頭。「我有很多要考慮的事，都是很重要的事。」

「我明白了。」

「我並不是考慮很多的人，」羅莎梅說，「那是在浪費時間。但這件事確實很重要，我想一個人應該要安排自己想要的生活。」

「這也正是您現在正在做的事？」

「嗯，是的……我打算做一項決定。」

「關於您先生的事嗎？」

「從某種程度上說，沒錯。」

白羅等了片刻，然後說道：「莫頓警官剛到這兒，」他沒有等羅莎梅發問就繼續說下去。「他是負責調查藍斯奎夫人死因的警官。他到這兒來想聽您說說她遇害那天您在做什麼。」

「我明白了。確定不在場證明。」羅莎梅高興地說。

她漂亮的臉蛋鬆弛下來，一副頑皮快樂的神氣。

「這下麥可就倒楣了，」她說，「他還認為我真的不知道他那天跑到那個女人那兒去了。」

「您是怎麼知道的？」

「從他說要和奧斯卡去吃午飯的神情上就看出來了。您知道，他說得很隨便，鼻子稍微有些抽動，當他說謊的時候總是這個樣子。」

「謝天謝地我沒有娶您，夫人！」

「然後，我當然打了電話給奧斯卡，以便證實這一點，」羅莎梅接著說道：「男人總愛說些愚蠢的謊言。」

「恐怕他不是一個很忠誠的丈夫吧？」白羅大膽說道。

羅莎梅並未迴避這個問題。

「是的。」

「但是您不在乎？」

「嗯，從某種程度上說，這很有意思，」羅莎梅說，「我是說，有個其他女人都想從你身邊搶走的丈夫很有意思。我討厭嫁給誰都不想要的男人……就像可憐的蘇珊那樣。格雷實在是太不討人喜歡了！」

白羅仔細打量著她。

「設想一下，說不定誰真的陰謀得逞，從您身邊把您丈夫給搶走了呢？」

「不會的，」羅莎梅說，「現在不會。」她加了一句。

「您是說……」

「現在不會，因為我們有理察舅舅留下來的錢。麥可是有點喜歡那些蠢貨——那個叫索瑞兒．丹頓的女人幾乎把他勾到手了，她想永遠得到他——但是對麥可來說，演戲永遠是最重要的。現在他可以大刀闊斧地開始新的事業，演他自己的戲。他在表演的同時也當藝術指導。您知道，他野心勃勃，也確實做得不錯，不像我這樣。我喜歡表演，但是演技蹩腳……儘管我長相漂亮。不，我再也不會擔心麥可了，因為，您知道，那是我的錢。」

四目相遇，她的目光顯得很平靜。白羅覺得這真是奇怪，理察．艾伯納西的侄女和外甥女都深深愛上不能回報她們愛情的男人。羅莎梅漂亮非凡，蘇珊美麗誘人，充滿性的吸引力。蘇珊需要而且依戀「格雷愛她」的幻想；羅莎梅卻目光銳利，根本就沒有什麼幻想，但是她知道自己想要的是什麼。

「重點在於，」羅莎梅說，「我不得不做一項重大的決定——關於將來的決定。麥可現在還不知道。」她的臉上露出一絲微笑。「他已經知道那天我並沒有去逛街買東西，他對攝政王公園頗有疑慮。」

「這和攝政王公園有什麼關係？」白羅顯得迷惑不解。

「您知道，在逛了哈利大街以後，我到了那兒。只是散散步，想想事情。麥可自然認為，如果我真的去了那兒，一定是去會某個男人！」羅莎梅快樂地笑了笑，加了一句：「他無法容忍！」

「但是為什麼您就不能到攝政王公園去呢？」白羅問道。

「您是說，只是到那兒去散散步？」

「是的。以前您從來沒有去過嗎？」

「從來沒有。我為什麼要去？我到攝政王公園去幹什麼？」

「就為了您……沒什麼。」他接著說道：「我想，夫人，您必須把那張綠色的孔雀石桌讓給您的表姐蘇珊。」

羅莎梅的眼睛睜得大大的。

「為什麼我要讓給她？我要它。」

「我知道，我知道。但是您……您還有丈夫，而可憐的蘇珊，她就要失去她的丈夫了。」

「失去他？您是說格雷會跟誰跑了？我不相信會有這種事。他看起來太不討人喜歡了。」

「失去丈夫的方式並不只有背叛，夫人。」

「您是說……」羅莎梅凝視著他。「您不會是以為格雷毒死了理察舅舅、殺害了科拉姨媽，並且在海倫舅媽頭上打了一棒吧？這種想法真是荒謬。就連我也不至於這麼想。」

「那麼是誰幹的？」

「當然是喬治。喬治是個邪惡的傢伙，您知道，他和某種貨幣詐騙有些牽連……我是從我蒙地卡羅的一些朋友那兒聽到這件事。我猜理察舅舅也了解了，便把他排除在遺囑之外。」羅莎梅得意洋洋地加了一句：「我一直都知道那是喬治幹的。」

24 白羅揪出凶手

電報是那天傍晚六點左右送來的。

經過特別要求，它是由專人送來，而不是透過電話告知。白羅在前門附近已經徘徊了一些時候，當蘭斯坎從送電報的人那裡接過電報時，他馬上就要了過來。

他迫不及待地打開電報，動作不像平時那麼講究。電報內容包括十個字和一個簽名。

白羅如釋重負，長長地吐了口氣。

然後他從口袋裡抽出一張一英鎊的鈔票，遞給了那個目瞪口呆的電報使者。

「有時候，」他對蘭斯坎說，「不必那麼節省。」

「可能吧，先生。」蘭斯坎有禮貌地說。

「莫頓警官在哪兒？」白羅問道。

「有位警察先生……」蘭斯坎有些厭惡地說，這微妙地暗示出他不可能記住警官這種人的名字。「已經走了。另外一個，我相信他在書房裡。」

「好極了，」白羅說，「我馬上就到那兒去。」

他再次拍了拍蘭斯坎的肩膀，說：「振作點，我們就快到達終點了！」

蘭斯坎顯得有些迷惑，因為他想的是「離開」，而不是「到達」。

他說：「那麼您不打算坐九點半的火車走了，先生？」

「不要喪失希望。」白羅告訴他。

白羅走開了，隨即又轉過身來問道：「不知道您能不能記起來，在您主人葬禮的那一天，藍斯奎夫人到了這兒後，最初和您說的那幾句話？」

「我記得非常清楚，先生，」蘭斯坎說，他的臉色開朗起來。「科拉小姐……對不起，是藍斯奎夫人，不知怎麼回事，我總是把她當作科拉小姐……」

「這很自然。」

「她對我說：『您好，蘭斯坎，以前您經常帶著蛋白酥皮到小屋來給我們吃，這已經過去很久了。』以前所有的孩子都有他們自己的小屋，就在花園的籬笆邊上。夏天的時候，如果有聚會，我經常帶給年輕的先生小姐們……您知道，先生，我是指年紀比較小的……一些蛋白酥皮。科拉小姐很喜歡吃我給他們帶的東西，先生。」

白羅點了點頭。

「是的，」他說，「我也是這麼想。沒錯，這件事很有意義。」

他走進書房，找到莫頓警官，然後一語不發地把電報遞給他。

莫頓面無表情地讀完電報。

「這裡面的字我一個也看不懂。」

「把一切告訴您的時間已經到了。」

莫頓警官咧嘴一笑。

「聽起來就像維多利亞戲劇裡的年輕小姐說的話。但是您也該發現什麼了。這種局面我撐不了多久。那個叫班克斯的傢伙一再說是他毒死理察·艾伯納西的，而且吹噓說我們查不出來他是怎麼下的毒。讓我感到迷惑的是，為什麼只要一發生謀殺案，總有人站出來大喊大叫那是他們幹的！您認為這對他們有什麼好處？這一點我一直都不明白。」

「這樣一來，就可以避開自己應負的責任，換句話說，直抵福斯迪克療養院。」

「更有可能是在布羅德摩精神病院。」

「這種說法同樣可信。」

「是他幹的嗎，白羅？那個叫紀奎絲的女人把她告訴您的故事又講了一遍，那和理察·艾伯納西講到他侄女時說的話相符合。如果是她丈夫幹的，那也會把她牽扯進去。不知怎麼回事，您知道，我難以想像這位小姐犯下這麼多罪行。但是為了竭力包庇他，她什麼都願意做。」

「我會把一切告訴您……」

「是，是，把一切告訴我！看在老天爺的份上，趕緊把一切告訴我吧！」

§

這次白羅把聽眾聚集在那間大客廳。

看著他的每張臉上，爬滿的不是緊張，而是樂趣。莫頓警官和帕韋爾主任威嚴畢露。在警方接管進行訊問、聽取陳述的情況下，私家偵探白羅簡直像是笑話。

當堤莫西以眾人都聽得見的聲音向他的妻子低語時，也正是表達了大家的感覺。

「該死的江湖騙子！恩威斯一定是老糊塗了！我能說的就是這句話。」

看起來白羅似乎得費一番工夫，才能使自己顯得舉足輕重。

他以稍帶自負的態度開始講話。

「我第二次鄭重宣布我要走了！今天早上我說要坐十二點的火車走。現在是傍晚，我宣布我要搭九點半的火車走……馬上就走，也就是說，在吃過晚餐之後。我要走，是因為這兒再也沒有我要做的事了。」

「本來就可以這麼告訴他，」堤莫西的評論仍然聽得一清二楚。「從來就沒有什麼他要做的事。這幫厚顏無恥的傢伙！」

「我到這兒來，原本是想解開一個謎。而這個謎現在已經解開了。首先，請讓我回顧一下了不起的恩威斯先生引導我注意到的各種要點。

「第一，理察．艾伯納西先生突然去世。第二，在他的葬禮之後，他的妹妹科拉．藍斯奎說了『他是被謀殺的，不是嗎？』。第三，藍斯奎夫人被人殺害了。問題在於，這三起事件是不是互相關聯？讓我們看一下接下來又發生了什麼。紀奎絲小姐是那個死去女人的伴護，她在吃下一塊含有砒霜的結婚蛋糕之後病倒了。這是那一連串事件中的第二步。

「今天早上我對你們說過，我在調查的過程中，什麼也沒發現。完全是一無所獲，無法證實艾伯納西先生是被毒死的。同樣地，我也可以說，我沒有發現什麼能夠確切證明他不是被毒死的。但是隨著我們繼續調查下去，事情就變得容易些了。毫無疑問，科拉．藍斯奎在葬禮後說了那個駭人聽聞的問題。這一點誰都同意。同樣毫無疑問的是，在第二天，藍斯奎夫人被人謀殺致死，凶器是一把短斧。現在讓我們看一下發生的第四件事。當地的郵差堅信這一點，儘管他不能明確斷言，他沒有在正常的郵路上送出過一個裝有結婚蛋糕的包裹。如果這是真的，那麼那個包裹是由專人留在那裡的。儘管我們不能排除某個『不知姓名的人物』，但我們仍必須特別注意在現場的那幾個人，他們最有機會把包裹放在之後會被發現的地方。那就是：紀奎絲小姐，她當然算一個；蘇珊．班克斯，那天她前來參加驗屍；恩威斯先生（當然，我們必須考慮恩威斯先生，記住，在科拉說那句令人不安的話時，他也在場）；另外還有其他兩個人：一個是自稱為格斯里先生的老紳士，他是一個藝術批評家；此外是一個或幾個修女，那天一大早上門來募捐。

「我決定從一個假設開始，假設那個郵差的記憶是正確的。所以，就必須仔細審查受到懷疑的這幾個人。紀奎絲小姐無論如何也不能從理察．艾伯納西的死亡中獲利，藍斯奎夫人的死也只是使她稍微得到一點好處；實際上，後者的死使她失了業，要想找到一份新工作可能很難。此外，紀奎絲小姐還砒霜中毒，被送進了醫院。

「蘇珊．班克斯的確從理察．艾伯納西的死亡中獲得了好處，而且也從藍斯奎夫人的死亡中獲得少許的利益，雖然她的動機一定是為了安全起見。她可能有充分的理由相信紀奎絲小姐偷聽了科拉．藍斯奎和她哥哥之間的談話，那次談話提到她，因此她可能認為必須要除掉紀奎絲小姐。別忘了，她自己拒絕分享那個結婚蛋糕，而且紀奎絲小姐是晚上得病，但她直到早上才叫醫生來。

「恩威斯先生從兩個人的死亡中都不能獲利，但他控制著艾伯納西先生大部分的事業，以及信託基金，因此理察．艾伯納西不可以活得太久，這理由也很充分。但是你們會說，如果謀殺案和恩威斯先生有關，他為什麼會來找我？

「對於這個問題我會回答：一個凶手對自己抱有過分的信心，已經不是第一次了。

「現在我們談談我所說的其他兩個人。格斯里先生和一個修女。如果格斯里先生確實是格斯里先生，那個藝術批評家，那麼這就可以把他排除在外。這種情況同樣適用於那個修女，如果她確實是修女的話。問題在於，這些人是他們自己呢？還是別的什麼人？

「一個修女貫穿在這件事當中。我可以說，這似乎有個奇怪的，動機……也許有人會這麼說。一個修女來到堤莫西．艾伯納西家的大門前，紀奎絲小姐相信那是她在利奇特聖瑪莉所見到的同一個修女。在艾伯納西先生去世的前一天也有一位修女，或者說幾位修女，前來拜訪過……」

喬治．格斯菲咕噥道：「三個修女變成了一個。」

白羅繼續說道：「於是我們就有了幾種情況……艾伯納西先生的死、科拉．藍斯奎的被殺、下過毒的結婚蛋糕，以及『修女』的『動機』。

「我還要加上這個案子引起我注意的其他特徵：一個藝術批評家的來訪、油漆的氣味、波佛勒克遜港的風景明信片，最後是那張孔雀石桌上的一束蠟花，現在那裡擺著一只中國式花瓶。

「就是在考慮這些東西時，我查明了事情真相。現在我就把真相告訴你們。

「今天早上我已經告訴你們真相的基本部分了。理察．艾伯納西突然去世，如果沒有他的妹妹科拉在葬禮上說的那句話，那麼根本沒有什麼理由懷疑他的去世有何蹊蹺。所謂的『理察．艾伯納西謀殺案』全憑科拉的一句話形成。那句話的後果，是你們都相信真的發生了謀殺，你們相信這件事，並不是因為那句話本身，而是因為科拉．藍斯奎的性格。因為她一直以在尷尬的場合上說出事情的真相而著稱。因此所謂的『理察謀殺案』不僅僅憑恃科拉說過什麼話，而且是由於科拉本人。這時我想到我突然問過自己的一個問題：你們對科拉．藍斯奎的了解有多深呢？」

他沉默了片刻，蘇珊尖銳地問道：「你這是什麼意思？」

「根本就不了解……這就是答案！年輕的一代根本沒見過她，就是見過，也是在小時候。那天在場的人裡頭，實際上只有三個人確實認識科拉。管家蘭斯坎，他又老又瞎；堤莫西．艾伯納西夫人，她也只是在結婚前後見過科拉幾次；另外就是李奧．艾伯納西夫人，她非常了解科拉，但也有二十多年沒見過她了。

「因此我想：『設想一下，說不定那天前來參加葬禮的並不是科拉．藍斯奎？』」

「您是說科拉姑媽……不是科拉姑媽？」蘇珊懷疑地問道，「您是說被謀殺的人不是科拉姑媽，而是別人？」

「不，不，被謀殺的人是科拉．藍斯奎。但是在她被謀殺的前一天，前來參加她哥哥葬禮的那個人並不是科拉．藍斯奎！那個女人那天來此只為了一個目的——利用理察突然死亡的這個事實，她要讓親屬認為他是被人謀殺的。在這方面，她做得非常成功！」

「胡說！為什麼要這麼做？這有什麼意義？」茉蒂衝口而出。

「為什麼？為了讓人把注意力從另一樁謀殺案上面移開。從科拉．藍斯奎本人的謀殺案上面移開。因為如果科拉說理察是被人謀殺的，而第二天她自己又被人殺害了，那麼人們會認為這兩起死亡必然有一定的因果關係。但是，如果科拉被人謀殺了，她的小屋闖進了人，而且刻意偽裝的搶劫案並不能使警方信服，那麼，他們會注意……注意什麼？他們會密切注意她家的情況，不是嗎？懷疑也就落在和她同居一屋的那個女人身上了。」

紀奎絲小姐像是用一種愉快的語氣抗議道：「噢，真是的，龐塔利爾先生，您不會是認為，為了一枚紫水晶胸針和幾幅一文不值的素描，我會犯下一樁謀殺案吧？」

「這倒不會。」白羅說，「您是為了別的東西。紀奎絲小姐，在那些素描裡，有一幅描繪的是波佛勒克遜港的風光，班克斯夫人很聰明，知道那幅素描是從一張風景明信片上複製下來的，因為從風景明信片上可以看到那個舊碼頭還在原來的地方。但是藍斯奎夫人畫畫總是從現實生活中取材。我記得恩威斯先生提過，當他第一次到科拉的小屋時，裡面有一股油畫顏料的氣味。您會畫畫，不是嗎，紀奎絲小姐？您父親是個畫家，您對畫很了解。設想一下，科拉從拍賣會上買來的畫裡面有一幅很有價值，但她不懂那幅畫的真正價值，而您卻知道。那您會怎麼辦？您知道她在等著她的一個老朋友前來拜訪，那是一個著名的藝術評論家。之後她哥哥突然去世。這時一個計畫躍進您的腦海。您可以輕而易舉地在她早上喝的茶裡放入鎮靜劑，讓她服下，這使她在理察葬禮的那一整天都昏迷不醒，同時您卻在恩德比扮演著她的角色。您聽她談過恩德比，對它很了解。她就像那些上了年紀的人一樣，對自己小時候的事情談得很多。您向老蘭斯坎說起蛋白酥皮和小屋，以防萬一有人對你產生懷疑，這一點足以使他確信您的身分；您就這樣輕輕鬆鬆地扮演好你的角色。是的，您那天把您對恩德比的認識運用得很好，提到這又提到那，不斷回憶起以前的事。沒有人懷疑您其實不是科拉。您穿著她的衣服，稍微加了點襯墊，而她戴假劉海，這對您來說也很容易做到。二十年來，誰都沒見過科拉……二十年可以讓人產生很大變化，我們經常都能聽到這樣的話：『我絕對認不出她來！』但是言談舉止的習慣不容易被忘記，科拉有某些特定的習慣，這些習慣您都在鏡子前細心練習過。

「奇怪的是，您就是在這方面犯了第一個錯誤。您忘了鏡子裡的影像是相反的。當您在鏡子裡看到自己完美無缺地像小鳥似的把腦袋歪到一邊，您沒有意識到實際上動作是相反的。比如說，您看到科拉把腦袋歪向右邊，但是您忘了，為了做出那個神態，在鏡子裡您實際上把自己的腦袋歪向了左邊。

「在您說出那句語驚四座的話語時，正是這一點使海倫．艾伯納西感到迷惑和憂慮。在她看來似乎有什麼東西『不對勁』。不久前的一個晚上，當羅莎梅．沙恩說出一句令人感到意外的話時，我自己也體驗到，在那樣的場合下聽到一句令人感到意外的話會發生什麼……無一例外，每個人都在看著說話的人。因此，李奧夫人覺得有什麼『不對勁』，那表示是科拉．藍斯奎有什麼地方不對勁。不久前的一個晚上，在大家談到鏡子裡的相貌和『打量自己』之後，我想李奧夫人在一面鏡子前實驗過。她自己的臉不是特別勻稱。她可能想到科拉，記起科拉以前經常把腦袋歪到右邊去。她照著做了，然後往鏡子裡面看……這時，在她看來，鏡子裡的影像有點『不對勁』，剎那間，她意識到了葬禮那天是什麼東西不對勁了。她思索出了事情的原委：要不是科拉開始習慣把腦袋歪向和以前相反的方向（這幾乎不可能），那就是科拉並不是科拉。在她看來，這兩點都說不通。但她決定把她的發現立即告訴恩威斯先生。某個習慣早起並已經四處活動的人跟蹤她下樓，因為擔心她可能會揭露什麼，於是就用一個重重的門擋把她打倒在地。」

白羅頓了一下，接著說道：「現在，我還是告訴您吧，紀奎絲小姐，艾伯納西夫人的腦震盪並不嚴重。她很快就能夠自己把故事告訴我們。」

「我絕對沒做過這種事，」紀奎絲小姐說，「這是一個惡毒的謊言。」

「那天確實是你，」麥可．沙恩突然說道。他一直審視著紀奎絲小姐的臉。「我早就應該看出來。我模模糊糊覺得以前曾在什麼地方見過你……但一個人當然是不會多看……」他住了口。

「是的，區區一個伴護，誰都懶得多看一眼，」紀奎絲小姐說，她的聲音有些顫抖。「一個做粗賤工作的人，一個做粗賤工作的人！簡直是一個傭人！但是接著說吧，白羅先生。繼續你異想天開的胡說八道！」

「當然，在葬禮上提出理察是被人謀殺的，僅僅只是第一步，」白羅說，「您還有更多保留的地方。您隨時準備承認您偷聽了理察和他妹妹之間的談話。毫無疑問，實際上他只告訴了她一個事實，那就是他活不長了。這也解釋了他回到家後給她寫的那封信裡那個含義隱晦的詞。『修女』是您的另一說法。那個修女……或者說幾個修女，是在驗屍審訊的那天到小屋來拜訪，這給了您靈感，於是您就提出有一個修女『四處跟蹤您』，您急於聽到堤莫西夫人會在恩德比對海倫．艾伯納西說什麼，您就用到了這個說法。而且您希望陪堤莫西夫人到恩德比去，親自去看看眾人的反應。至於您用砒霜給自己下毒，雖然嚴重但不致命，這實際上已是一種非常古老的伎倆了，而且我可以說，正是這樣才使莫頓警官開始懷疑上您。」

「但是那幅畫呢？」羅莎梅問道，「那是一幅什麼樣的畫？」

白羅緩慢地展開一份電報。

「今天早上我打電話給恩威斯先生——他是一個認真負責的人——叫他趕到史丹斯菲爾德莊園去，以艾伯納西先生的名義（說到這裡，白羅冷冰冰地盯了提莫西一眼）到紀奎絲小姐的房間裡查看一下那些畫，藉口要重新裝畫框，給紀奎絲小姐一個驚喜，從中挑出那幅『波佛勒克遜港』。我要他把畫帶回倫敦，然後去拜訪格斯里先生……我事先就打電報告訴過格斯里先生。那幅匆匆畫成的『波佛勒克遜港』素描被移去，原畫露了出來。」

他舉起電報，唸道：

無疑是一幅維梅爾[9]的作品。格斯里

紀奎絲小姐突然間如火山爆發般地滔滔不絕起來，令人震驚不已。

「我知道那是一幅維梅爾的作品。我知道！她不知道！還大放厥詞說什麼林布蘭和義大利文藝復興前的作品，可是當一幅佛梅爾的作品擺在她眼前，她卻認不出來！她總是空談藝術，實際上對藝術一無所知！她是一個愚蠢透頂的女人，總是對這個地方嘮叨個沒完——恩德比、小時候他們在這裡做的事情，以及理察、提莫西、蘿拉和所有其他人。總是說恩德比奢華豪富，總是說那些孩子得到的東西都是最好的。聽一個人一小時又一小時、日復一日連續不斷地嘮叨相同的事情，你們不知道那有多厭煩。你必須回答說：『噢，就是這樣，藍斯奎夫人。』『真的嗎，藍斯奎夫人？』假裝很感興趣，實際上卻是厭煩、厭煩、厭煩透頂……沒有什麼可指望的……然後，出現了一幅維梅爾的作品！我在報紙上看到過，幾天前一幅維梅爾的作品還賣了五千多英鎊！」

「你殺了她，手段那麼殘忍，就為了五千英鎊？」蘇珊的口氣充滿懷疑。

「有了五千英鎊，」白羅說，「就可以開一家茶館了……」

紀奎絲小姐轉向他。

「至少，」她說，「您是理解的。這是我唯一的機會了。我得有一筆資金。」她著迷於她的夢想，聲音因此而顫抖。「我要把我的茶館取名叫『棕櫚樹』，用一些小駱駝作為菜單表架。偶爾可以買到一些很不錯的瓷器、一些外銷剩下的次級品，不是那種經濟實惠卻糟糕透頂的白色玩意兒。我打算把這家店開在某個高級地區，附近常有體面的人出入。我想到過拉伊或者奇切斯特……我敢保證我會把店開得很成功。」她頓了一下，接著出神地說道：「橡木桌，還有小小的柳條椅，上面放著紅白條紋的座墊……」

9　維梅爾（Johannes Vermeer, 1632-1675），荷蘭風俗畫家，亦作肖像及風景畫。

一時之間，那個永遠也不會出現的茶館，比起恩德比那維多利亞風格的客廳，似乎顯得更加真實……

打破這片沉默的是莫頓警官。

紀奎絲小姐很有禮貌地轉向他。

「噢，當然，」她說，「我馬上好。我不想給您帶來什麼麻煩。反正，如果我開不了我的『棕櫚樹』茶館，那麼一切似乎都無關緊要了……」

她和莫頓警官走出了房間，蘇珊用她還在顫抖的聲音說道：「我從沒想過會是一個淑女般的女凶手。這真是太可怕了……」

25 最後的沉默

「我還是不明白那些蠟花。」羅莎梅說。

她藍色的大眼睛責備地凝視著白羅。

他們在倫敦海倫的公寓裡。海倫坐在沙發上休息，羅莎梅和白羅正陪著她喝茶。

「我不明白那些蠟花和這件事有什麼關係？」羅莎梅說，「或者說那張孔雀石桌。」

「那張孔雀石桌和這件事確實沒什麼關係。但那些蠟花卻是紀奎絲小姐所犯的第二個錯誤。她說它們擺在那張孔雀石桌上顯得很漂亮。您知道，夫人，她不可能在那裡見過那些蠟花。因為在她和堤莫西．艾伯納西夫婦來到恩德比之前，那些蠟花已經被打碎，並且收了起來。因此她一定是扮作科拉．藍斯奎到恩德比時，才見過那些蠟花。」

「她實在是很愚蠢，不是嗎？」羅莎梅說。

白羅伸出食指向她搖了搖。

「夫人，這應該讓您知道談話有多危險。我一直深信，如果你能誘使一個人和你長談，無論是什麼話題，遲早他會把自己給暴露出來。紀奎絲小姐就是這樣。」

「那我可得小心了。」羅莎梅若有所思地說。

隨即她變得高興起來。

「您知道嗎，我就要有小孩了。」

「啊哈！這就是您到哈利大街去購物、到攝政王公園去散步的原因吧？」

「是的。您知道，我非常不安，又很驚訝，因此我不得不到什麼地方去想一想。」

「我記起來了，您說過您並不是經常那樣。」

「嗯，沒事何必傷腦筋。但是那次我得為將來做好決定。我已經決定離開舞台，就做一個母親。」

「一個非常適合您的角色。我已經預見《素描》和《說長道短者》中那些令人愉快的畫面了。」

羅莎梅高興地笑了。

「是的，那確實很不錯。您知不知道，麥可很高興。我真想不到他會高興。」她頓了一下，接著說：「蘇珊得到了那張孔雀石桌了。我想過，因為我就要有小孩了……」

她沒把話講完。

「蘇珊的化妝品生意大有前途，」海倫說，「我想她已經做好一切準備，就要大展鴻圖了。」

「是的。她天生就是要成功的，」白羅說，「她像她的伯父。」

「我想，您是指理察，而不是堤莫西吧？」羅莎梅說。

「她絕不像堤莫西。」白羅說。

他們笑了起來。

「格雷到什麼地方去了，」羅莎梅說，「蘇珊說他在臥床療養嗎？」

她詢問地看著白羅，白羅一語不發。

「我想不出他幹嘛老說是他殺了理察舅舅，」羅莎梅說，「您認為那是某種形式的表現癖嗎？」

白羅轉到原來的話題上去。

「我收到堤莫西．艾伯納西先生一封非常友好的來信，」他說，「關於我對他、對你們家族的效勞，他表示極為滿意。」

「我真的認為堤莫西舅舅太令人退避三尺了。」羅莎梅說。

「下個星期我打算和他們聚聚，」海倫說，「他們就快把花園收拾好了，但是傭人仍然很難找。」

「我想，他們很懷念可怕的紀奎絲吧，」羅莎梅說，「但到了最後，或許她也會殺了堤莫西舅舅。要是這樣，那該多有趣啊！」

「看來您似乎覺得很有趣啊，夫人。」

「噢！不是這樣的，」羅莎梅含糊地說，「但我真的以為那是喬治幹的。」她變得高興起來。「也許哪一天他會犯下一樁謀殺案。」

「那也會很有趣。」白羅諷刺地說。

「是的，難道不是嗎？」羅莎梅贊同地說。

她又吃了一塊擺在她面前的巧克力包奶油手指形小蛋糕。

白羅轉向海倫。

「您呢，夫人，您要到賽浦路斯去了？」

「是的，再過兩星期。」

「那麼讓我祝您旅途愉快。」

他拿起她的手鞠了一躬。她和他來到門前，留下羅莎梅神情恍惚地猛吞奶油蛋糕。

海倫突然說道：「我想讓您知道，白羅先生，比起其他任何人來，理察留給我的那份遺產更有意義。」

「有那麼大的意義嗎，夫人？」

「是的。您知道，在賽浦路斯有一個小孩……我丈夫和我彼此很忠誠，但非常遺憾的是我們沒有孩子。他去世以後，我的孤獨感強烈得簡直難以忍受。戰爭末期，我在倫敦當護士的時候，遇到了某個人……他比我年輕，而且已經結婚了，儘管不是很幸福。我們在一起相處了一段短暫的時光，就這樣。他回了加拿大，回到他妻小的身邊去了。他一直不知道……我們有孩子。他不會要的，但是我要。對我來說，這似乎是一個奇蹟。我已經是一個中年女人，一切都已拋在身後。有了理察的這筆錢，我可以教育我所謂的侄兒，給他一個好機會，開始自己的事業，」她頓了一下，接著說道：「我從來沒有告訴過理察。他喜歡我，我也喜歡他，但是他不會理解。您對我們都這麼了解，因此我想，我願意讓您知道這件事。」

白羅再次拿起她的手，鞠了個躬。

§

回到家之後，他發現他家壁爐旁的那個扶手椅上坐了一個人。

「哈囉，白羅，」恩威斯先生說道，「我剛從審判庭上回來。他們當然判她有罪。但如果她最終被送到布羅德摩精神病院去，我不會感到驚訝。自從她被關起來以來，無疑已經精神錯亂了。她十分高興，您知道，而且極其和藹。她花了很多時間設計周密的計畫，準備開茶館連鎖店。她最新的一家茶館名叫『紫丁香叢』。她要開在克羅默。」

「不知道她是否一直都有點瘋狂？但是，我不這樣認為。」

「天哪，是啊！當她計畫那場謀殺時，她和你我一樣清醒。她非常殘忍地執行她的計畫。在她看似散漫的外表下，您知道，她其實腦子非常清楚。」

白羅微微顫抖了一下。

「我想起，」他說，「蘇珊・班克斯說過的話……她從未想過會是一個淑女般的女凶手。」

「為什麼想不到？」恩威斯說，「這個世界上什麼樣的人都有。」

他們都沉默了。白羅想起了他所認識的殺人凶手們……

專文推薦

藏在日常細節中的冒險

楊照（作家）

一開始，就都在那裡了。

一九二〇年，阿嘉莎・克莉絲蒂出版了《史岱爾莊謀殺案》，神探白羅就已經退休了。而且在這個案子裡，藉由敘述者海斯汀的轉述，就鋪陳出克莉絲蒂小說最基本的偵探原則：

「那些看來或許無關緊要的小細節……它們才是重要的關鍵，它們才是偉大的線索！」

「豐富的想像力就像洪水一樣，既能載舟亦能覆舟，而且，最簡單直接的解釋，往往就是最可能的答案。」

「沒有任何謀殺行為是沒有動機的。」

還有，一個不討人喜歡的死者，一群各有理由不喜歡死者、因而也就都有殺人動機的人，這些人彼此之間構成複雜的關係，有的互相仇視，有的互相愛戀，麻煩的是，有些愛人其實貌合神離，有些仇人其實私下愛慕；更麻煩的是，不論是愛或是仇，都有可能是扮演出來的。

一個外來的偵探必須周旋在這些嫌疑者之間，從他們口中獲取對於案情的了解，換句話說，他必須在很短的時間內，搞清楚誰是誰、誰跟誰吵架、誰跟誰偷情，然後判斷誰說的哪一句是實話、哪一句是謊言。常常謊言比實話對於破案更有幫助。

再偷偷透露一下，如果要和小說裡的凶手及小說背後的作者鬥智，就像克莉絲蒂對英國社會的了解，祕訣就在於要去追究小說裡的人物背景，尤其是他們的階級地位。基本上，階級地位愈高、權力愈大、愈有錢者，說的話就愈不要相信。例如在《史岱爾莊謀殺案》中，僕人、園丁說的話遠比有頭有臉的人說的要可信多了。就算要說謊，他們的謊言也比較天真，而且往往出於善良動機。當你歸納線索時，就會知道他們並非故意說謊，那是因為他們的認知受到蒙蔽或誤導，而你慢慢就從這蒙蔽或誤導中被引導到真相。

《史岱爾莊謀殺案》出版那年，克莉絲蒂三十歲，但書稿其實早在五年前就寫好了，畢竟要找到有人願意出版一個看來再平凡不過的家庭主婦寫的小說，並不是那麼容易。

所有和克莉絲蒂接觸過的人，都對於她的「正常」留下深刻印象。她看起來就和她那個年紀的典型英國家庭主婦一樣，害羞、靦腆，只能在社交場合勉強跟人聊些瑣事話題，完全無法演講，甚至連只是站起來對眾賓客說幾句客套話，請大家一起舉杯，她都做不到。她不演講，也很少答應接受採訪，就算採訪到她也很難從她口中得到有趣的內容。她會講的，幾乎都是記者本來就知道、或者自己就可以想得出來的。

例如說白羅這個神探的來歷。克莉絲蒂回答：他應該是個外國人，這樣就能在英國日常生活中看出英國人自己看不出的線索。她自己碰過的外國人，只有第一次大戰剛爆發時到英國避難的比利時人。比利時警察怎麼能跑到英國來？那一定是因為他已經退休了。他有潔癖，所以對於現場會有特殊的直覺，馬上感受到不對勁的地方。一個有潔癖的人，好像應該長得矮小些才相稱，一個矮小有潔癖的人最適當的名字，就是希臘神話裡的大力士「赫丘勒斯（Hercules）」，製造出荒唐的對比趣味。那白羅這個姓是怎麼來的呢？克莉絲蒂很誠實地說：「我不記得了。」

一切都如此順理成章，一切都如此合邏輯，不是嗎？有記者問她怎麼看自己的舞台劇〈捕鼠器〉，創下了英國劇場、甚至全世界劇場連演最多場紀錄的名劇？克莉絲蒂的回答也還是中規中矩，合理合節：那是一齣小戲，在一個小劇院演出，成本很低，任何人想到了都可以帶家人或朋友去看，老少咸宜，並不恐怖，也不特別荒謬打鬧，可是又什麼都有一點，包括恐怖和荒謬打鬧的成分。

她的身上找不出一點傳奇、怪誕色彩，那她為什麼能在五十年間持續寫偵探小說，創造了那麼多謀殺，還創造了那麼多詭計？

首先因為她是女性，以及她的身世，包括她的階級身分，使得她在描寫故事場景時比一般男性作者來得敏感。因為在她之前的偵探推理小說男性作家的階級身分都是高高在上，基本上他們會從較高的角度看社會，比較看不到底層的感受。

而她的婚變以及婚變中遭逢的痛苦，都使她更能體會與觀察，將英國社會的複雜細節融入小說的核心情節，讓探案與線索分析結合在一起。

克莉絲蒂一生結過兩次婚，第一次在一九一四年，婚後不久，丈夫就參加了歐戰，是英國皇家空軍最早一批飛行員。一九二六年，這個丈夫有了外遇，直率地向克莉絲蒂要求離婚，在那之前，克莉絲蒂的媽媽才剛過世，雙重打擊之下，又遇到車子無法發動，克莉絲蒂崩潰了，她棄車而走，忘記了自己究竟是誰，躲進一家鄉間旅館，登記時寫了她心裡唯一有印象的名字——她丈夫情婦的名字。

離婚後，一次在晚宴中，有人提起近東烏爾考古的最新收穫，克莉絲蒂就取消了原定要去西印度群島的計畫，改訂了跨越歐洲到君士坦丁堡的「東方快車」，是的，就是這趟旅程給了她寫《東方快車謀殺案》的靈感。不過更重要的是，在烏爾，她認識了一位年輕的考古學家，比她小十四歲，這個人後來成了她的第二任丈夫。

這位考古學家陪她去參觀在沙漠中的烏克海迪爾城，卻在沙漠中迷路困陷了。幾小時中克莉絲蒂卻沒有一點驚慌不安，當下考古學家就決定要向她求婚。

原來，克莉絲蒂的內心是有這種冒險成分的。要不然她不會兩次選到的，都是喜愛冒險的丈夫，而她本身大概也不會吸引一個在各種危險情境下挖掘古代寶藏的人，讓他願意向一個大他十四歲的女人求婚。

這樣說吧，維多利亞時代後期的英國環境，壓抑限制了克莉絲蒂冒險、追求傳奇的內在衝動，她只好將這樣的衝動寄託在丈夫和寫作上。她一邊陪著第二任丈夫在近東漫走，一邊在小說中寫各式各樣的謀殺與探案。謀殺和探案都是冒險，還有，偵探偵查中做的事——蒐集線索，還原命案過程——其實和考古學家的考掘，如此相似！

克莉絲蒂寫得最好的，正是「藏在日常中的冒險」。她個性中的雙面成分，造就了特殊的偵探魅力。既嚮往非常傳奇，卻又有根深柢固的日常邏輯信念，兩者都在克莉絲蒂的小說中扮演了重要角色。她的謀殺案幾乎都和日常習慣緊密編織在一起，日常環境成了凶手最重要的掩護。有些日常規律明顯地被破壞了，讓我們很自然以為那會是謀殺的線索，沿著這些線索形成了閱讀中的推理猜測，然而白羅早就提醒了，真正重要的反而是那些「細節」，也就是看來像是依隨日常邏輯進行的事，或說藏在日常邏輯中因而不被看重的事，那裡要嘛藏著凶手的核心詭計、煙幕，要嘛藏著凶手致命的破綻。

凶案的構想，就是如何讓異常蓋上日常、正常的面貌，又如何故意將日常、正常予以扭曲，製造假象；那麼偵探要做的，就是如何準確地在日常中分辨出真正的異常，將假的、明顯的異常撥開來，找出細節堆疊起來的異常真相。

此外，克莉絲蒂的小說裡隱藏著極其曖昧的情感價值觀，最典型、最有名的就是《東方快車謀殺案》。透過追查過程，讓讀者知道為什麼凶手要訴諸於這種手段，其動機具有可同情之處，再加上克莉絲蒂對身分階級的觀察，她比較相信或讓讀者相信那些沒有權力、地位的人，隨著偵查節奏去認識可能或必須懷疑的人。克莉絲蒂最擅長營造「多重嫌疑犯」的小說特質，因為讀者在閱讀時必須被迫去認識很多不一樣的人。在她最受歡迎的作品，大概都具備這樣的特質。

當然，她的作品中還有兩個最突出的神探，即白羅和瑪波。白羅是比利時人，但為什麼必須是外國人？這是因為英國人具有高度階級意識，這種觀念一路滲透到所有互動細節，包括人與人之間如何說話。而白羅因為不是英國人，他會發現一般英國人不太看得出來的東西，以及兩個人互動的方法哪裡不正常。至於瑪波為什麼得是老太太？她一如那個年代的老人家，總是靜靜坐著打毛線，因為不起眼，自然讓人放鬆防備，所以瑪波探案的線索都是來自於這樣的互動模式。

然而，白羅有很明顯的優勢，瑪波的身分使她基本上只能進行「靜態」的辦案，案子的空間受到侷限，白羅卻可以跨越各種空間，恣意揮灑。而且白羅擁有警官身分，可以合理出現在各種犯罪現場，瑪波能出現的地方，相形之下就勉強、不自然多了。白羅是明白的outsider，在英國，只要他出現，就會覺得有外人在而感到緊張，於是很容易露出平常不會表現的行為；瑪波則看起來是insider，但實質上是outsider，因為總是沒人發現她、當她空氣人。這兩人的探案，是兩個極端。雖然讀者最愛白羅，但克莉絲蒂自己偏愛瑪波勝於白羅。

不管後來的偵探、推理小說發展了多少巧妙詭計，克莉絲蒂卻不會過時，因為她的推理如此密切地和日常纏繞在一起；活在日常中，我們就無可避免被克莉絲蒂的「日常細節推理」吸引，隨時讀來都充滿驚奇趣味。

名家盛讚克莉絲蒂（依推薦時間排序）

金庸（作家）

克莉絲蒂的寫作功力一流，內容寫實，邏輯性順暢，也很會運用語言的趣味。閱讀她的小說，在謎底沒有揭露之前，我會與作者鬥智，這種過程非常令人享受。其作品的高明之處在於：布局的巧妙完全意想不到，而謎底揭穿時又十分合理，讓人不得不信服。

詹宏志（作家、PChome 網路家庭董事長）

推理小說在從先輩柯南．道爾等人的發明中出現力量時，誕生了一位《天方夜譚》故事中每天說故事說個不停的王妃薛斐拉．柴德，也就是「謀殺天后」克莉絲蒂，整個世界對聽這些故事才有如此的熱情。他們捨不得睡覺，每天問後來還有嗎、還有嗎，永遠不肯離去，這就是克莉絲蒂對推理小說的最大貢獻。

可樂王（藝術家）

所謂「克莉絲蒂式」的推理小說，就是一場和一個天才的寫作者或高明的恐怖份子在紙上捕掠捉殺的戰事。即便是一列火車、一處飯店或一間酒吧，在克莉絲蒂寫來皆充滿神祕和猜謎。在人生適合的下午裡，我總是一面嚼著口香糖，一面跟著矮子偵探白羅穿梭謀殺現場，克莉絲蒂的推理作品無疑是推理世界中最充滿「魔術性」的小說。

吳若權（作家、節目主持人）

我從小就對推理小說情有獨鍾，克莉絲蒂一系列的作品尤其令我愛不釋手。多年來，閱讀推理小說的經驗讓我覺悟：讀者在文字情節中推展開來的驚嘆，不只是因緣於故事的本身，而是自我性格的投射。從這個觀點來看克莉絲蒂一系列的作品，她簡直就是洞徹人性的算命師。而讀者，在她的文字中，發現了自己無可奉告的命運。

藍祖蔚（國家電影及視聽文化中心董事長）

做過藥劑師，難免懂得毒藥；嫁給考古學家，難免也就嫻熟文明的神祕；再加上曾經失蹤九天，一切不復記憶的離奇經驗，的確提供了寫作靈感，但若少了想像力，那些片羽靈光縱使辛辣如辣椒，卻不足以成菜。

推理小說重布局、重人物描寫，克莉絲蒂最厲害的卻是犀利的人性觀察，她一手創造的白羅探長，潔癖個性完全和她相反，更將她所憎厭的人格特質集於一身，殊不知，唯有不對著鏡子寫作，才能夠跳出框架與制式反應，開闢無限寬廣的新世界，建構多面向的詭異迷宮。

看完她的小說，你只會更加訝異，到底是什麼樣的心靈才能成就這般視野？

李家同（作家、前暨南大學校長）

克莉絲蒂的整體布局十分細膩，最後案情也都講解得非常詳細，回頭去看，在書中都找得到線索。故事的情節與內容也很好看，不是像一個流氓在街上被殺掉那麼單調。……看小說應該要花腦筋、要思考，從小就要養成思辨的能力，看她的小說，就是對邏輯思考能力極佳的訓練。

袁瓊瓊（作家）

雖然被公認是冷靜理性的謀殺天后，但是在理性之下，克莉絲蒂的底色依舊是感情。克莉絲蒂很明白，所有的慾望之後，都無非是某種愛情。在以性命相搏的犯罪世界裡，凶手以終結他人的性命來遂私欲，不過是為了成全自己的愛，或者是成全自己的恨。

鄧惠文（精神科醫師）

以推理小說作家而言，克莉絲蒂的風格相當獨樹一格。她的偵探在辦案時，靠的不光是科學證據的搜集，而是大量運用犯罪心理學，及對人性的深刻了解。例如在《五隻小豬之歌》中，白羅便是藉由聽取嫌疑犯訴說案情時所不自覺顯露的主觀意識及中心思想，而看出其中破綻，找出真凶。白羅是靠腦袋辦案，以心理層面去剖析案情，即使人們敘述的是同一件事，他可以聽出不同角色因出發點及看待角度不同所透露的情緒觀感，從而抽絲剝繭，還原事實真相。

克莉絲蒂所塑造的人物也生動且各具特色，不同個性所出現的情緒反應描寫，皆細膩而準確，讓讀者產生豐富的想像空間，一展卷便欲罷而不能。

吳曉樂（作家）

克莉絲蒂使用的語言平易近人，主要是以角色與情節的對應來斧鑿出故事的深度，堆疊出讓讀者回味的迂迴空間。而她筆下的角色往往性別、階級、性格、族群各異，塑造出多元又豐富的人物群像。

文學作品不問類型，若要流傳於世，最終仍得上溯至「人性」的理解與反思。而阿嘉莎．克莉絲蒂的作品中，我們可以看到人類屢屢得和自己的人生討價還價，或千方百計讓主觀意識與客觀條件達成某種程度的整合，讀者在重建人物的心理軌跡時，也見識到自身的是非成敗，我認為，這也是克莉絲蒂的作品能夠璀璨經年、暢銷不衰的主因。

許皓宜（心理學作家）

克莉絲蒂筆下的故事看似在談人性的醜惡，實則像一位披著小說家靈魂的心靈引導者，用她的文字訴說著人們得不到「愛」時的痛苦。於是在故事終了的剎那，你不得不對人生多了幾分「看透感」：原來，我們心裡的那些痛苦、報復與自我折磨的慾望，不是因為「憤恨」，而是起於對「愛的失落」。這或許是我們在情感世界中最珍貴且深刻的一種覺察了。

推理小說荒謬驚悚嗎？不，它其實很寫實。它幫我們說出心裡的苦、怨、醜陋的慾望，於是，我們可以重新學習愛了。

一頁華爾滋 Kristin（影評人）

從有記憶以來，閱讀克莉絲蒂最迷人之處往往不在真正的凶手是誰，而是在於「Why」（為什麼）與「How」（如何進行），在於人性與心理描摹的故事肌理。依循其書寫脈絡，會發覺不只是邏輯清晰、布局縝密、著重細節，她總能完美掌握敘事節奏，書中人物彷彿真實存在般鮮明躍然紙上，讀者情緒會隨精準文字保持流轉、跳動、收放，掩卷時並無太多真相水落石出的暢快，反倒淡淡的惆悵化為餘韻襲上心頭，原來還是種種意料之外，卻屬情理之中的人性盲目使然。私以為，那成就了克莉絲蒂的推理故事之所以無比迷人的主因之一。

冬陽（推理評論人）

雖然阿嘉莎．克莉絲蒂的作品並非我的推理閱讀啟蒙，卻是養成閱讀不輟的重要推手。首先，她無庸置疑是個說故事能手，打開我名為好奇的開關；其次是設計犯罪事件的巧妙多元，既日常又異常，凶手更是叫人意想不到。沒錯，我相信每個當讀者的都忍不住想破案，想早偵探一步識破詭計，或者像考試結束鈴響前一秒，瞎猜都要指著某個角色大喊「你就是犯人」！然後會忍不住作弊——不是翻到最後幾頁窺探真凶身分，而是往前翻查讓人起疑的段落、偵探顯然掌握重要線索的時刻，直到忍不住豎白旗投降，看神探（我知道啦，真正把我耍得團團轉的聰明人是作者）頭頭是道地分析我遺漏錯置的片片拼圖，終於看清真相全貌。這，就是偵探推理，我因此熟悉遊戲規則、沉醉在每一場迷人故事裡，成為這個類型書寫的俘虜，享受至今不疲的美好滋味。

石芳瑜（作家、永樂座書店店主）

布局細膩、處處留下線索，破案解說詳細，說明了這位安靜、害羞的推理小說女王心思縝密，且充滿想像力。密室殺人，完美犯罪，《東方快車謀殺案》不愧為古典推理小說的經典。再加上神祕的東方色彩，隨著火車抵達的迫切時間感，連非推理小說迷都會神經拉緊，讀完大呼過癮。

家庭主婦缺少人生經驗？處女座的阿嘉莎．克莉絲蒂充分展現她過人的寫作天分，靠得是從小開始的閱讀，以及對偵探小說的著迷。三十歲寫下第一本偵探小說《史岱爾莊謀殺案》的克莉絲蒂，在那個時代並不能說是「早慧」，但寫作生涯五十五年中，共創作了八十部偵探小說，卻令人難以企及。這位害羞靦腆的小說女神，大概是相信只要有足夠的理由，每個人都有殺人的可能！

余小芳（暨南大學推理研究社指導老師、台灣推理作家協會常務理事）

學生時代加入推理社團，社課指定讀物便是經典作品《一個都不留》，成為我對克莉絲蒂的初步印象，自此沉浸於推理小說的世界。隔年寒假陪同學參與轉學考，在斜風細雨的走廊中，滿足讀完《東方快車謀殺案》。隨著歲月遠走，已昇華成趣味回憶。

踏入推理文學領域需要認識的作家，阿嘉莎．克莉絲蒂絕對名列其中，她的作品常有英國小鎮風光、莊園式的謀殺、設備豪華的交通工具等，還有特色鮮明的偵探活躍其中。書中少有血腥、暴力的橋段，布局巧妙且結構嚴密，手法純粹、知性，故事內容與人物性格融為一體，以高超的想像力結合說好故事的能耐，為推理小說開創新局面。克莉絲蒂推理全集重編改版，值得新舊讀者一起探索。

林怡辰（國小教師、教育部閱讀推手）

多年後，還是難忘第一次閱讀阿嘉莎．克莉絲蒂作品的感動和激動。這套將近一世紀的作品，文筆流暢，邏輯縝密，過程中不斷與作者較量、猜出凶手，直到最後解答不禁佩服，蛛絲馬跡處處展現作者的精妙手法，於是又拿起另一部作品，再次沉溺在謀殺天后所編織的日常世界中的奇幻，無可自拔。犯罪動機和手法穿越時空限制，如今讀來合理且依舊令人感動，閱讀中趣味橫生，難怪成為後來諸多偵探小說的原型。

克莉絲蒂創作生涯中產出的八十部推理作品，至今多部躍上大銀幕，無怪乎被稱之為「經典」，喜愛推理偵探作品的人不可不讀，你會驚異於她在文字中施展的魔法！

張東君（推理評論家、科普作家）

我愛克莉絲蒂！這位在台灣有時會被稱為克奶奶的超級暢銷推理小說家，即使是自認沒讀過她的書的人，也都會在各種書籍或影視作品中看到對她致敬的片段。由於她喜歡旅行和冒險，那些經驗與體驗都成為書中的場景，因此閱讀她的作品時，不只是雀躍地跟著偵探推理，也有了虛擬的旅行體驗。或者當成旅遊導覽書，在出發去尼羅河、去英國鄉間、去搭船搭火車時，就塞一本克奶奶的作品到隨身背包中。

我還是大學新生時，就聽學姐說她哥哥經常看克奶奶的小說，而且邊看邊狂笑。於是我跟著效仿，在某次搭飛機之前買了第一本小說當旅伴，不只看得超開心，看完後還到處找尋書中出現的那種有兜帽的斗篷，當成出門時的必備用品。克奶奶的作品是跨越文字、國界的。只要看過一本，就會不停地追下去。還好，真的是還好只有八十本。何況這次是全新校訂的紀念珍藏版，當然不能錯過！

發光小魚（**呂湘瑜**）（文史作家、助理教授）

一部好的偵探小說，除了情節設計巧妙之外，還需要洞悉人性，如此方能合理地交代人物的言行舉止與動機。阿嘉莎．克莉絲蒂便是其中翹楚，她的作品不管是偵探、愛情小說或戲劇，必要元素都是謎題與人性。在寧靜無波的場景下暗潮洶湧，永遠都有意料之外，讀者的情緒也會隨著劇情的進行起伏糾結。克莉絲蒂觀察到時代的變化，將犯罪心理融入作品中，於是，看她的小說不只能得到解謎的快樂，同時對人性也能夠有所省思。

此外，克莉絲蒂豐富的人生歷練及旅行經歷，例如一九二二年的環球之旅、居住過也旅行過的巴黎和埃及，甚至是追隨考古學家丈夫前往的中東，都讓她的小說讀來更加充滿異國情調。如果你也愛旅行，不如就讓我們一同搭上那一班南法的藍色列車，或由伊斯坦堡出發的東方快車，跟著白羅鑽進一樁奇案，一嘗旅程中破解謎題的快感吧。

盧郁佳（作家）

國小時，家裡買了一套阿嘉莎．克莉絲蒂全集，從此成了我的毒品，在白癡課本將我的腦袋啃嚙成海綿般空洞時，撫慰受創的心靈，那時我仍對人心險惡一無所知。

數學課教你列算式，樂趣遠不如克莉絲蒂教你住宅平面圖、偷換時序的密室魔術，你從庭園長窗進房間，我從房門直通鄰房，他從走廊進房……從而學會故事是建構邏輯。她文風多變，時而《四大天王》中讓神探白羅向助手海斯汀大賣關子，眉頭緊皺，山雨欲來，預示天翻地覆，只能靠他拯救世界；時而用維吉尼亞．吳爾芙《自己的房間》中俏皮的語言，讓貧苦村姑安妮在《褐衣男子》中回憶南非出生入死的冒險，竟源於她耽讀村裡圖書館爛舊的冒險愛情小說，還有戲院每週末放映〈帕米拉歷險記〉，帕米拉每集從飛機跳落高空、搭潛艇、爬上摩天大樓，每次被黑幫老大抓到總不一刀斃命，卻老要用瓦斯毒死她，暗示續集又會逃出生天。

長大才發現，克莉絲蒂小說就是我的〈帕米拉歷險記〉：它以歌劇般輝煌龐大的天真陰謀、精細的人際觀察（一句話重音放在哪個字、從膝蓋鑑定女人的年齡等），召喚年輕讀者抱持浪漫精神投入未知的壯遊，瘋魔、衝撞、冒犯，傷痕累累毫無懼色。正如瓦斯在冒險片中太多、現實中卻太少；陰謀在現實中沒有克莉絲蒂寫得那麼複雜，但她刻畫的心理卻是現實中解謎的試金石。

賴以威（臺灣師範大學電機系副教授）

或許可以為經典下幾個定義：該領域的愛好者更都讀過；不是這個領域的愛好者，許多人也都聽過；影響後續的作品，在很多著作中都可以看到它的影子；值得反覆再三閱讀，每隔一陣子再讀都可以獲得閱讀的樂趣，有更多的體悟。我永遠記得第一次讀《東方快車謀殺案》時，被那宛如嚴謹設計數學謎題的鋪陳、推進給深深吸引、震撼。從這幾個角度來說，克莉絲蒂的推理小說被稱之為「經典」，可說是當之無愧。

謝哲青（作家、旅行家、知名節目主持人）

克莉絲蒂小說的魅力在於透過每個角色的對白，藉由不斷的說話來表現人物的個性，以彰顯其人格特質中一些無法被忽略的事實。我們從他們的言語、講話的過程和字裡行間，竟然就能知道誰是兇手。

我從克莉絲蒂的小說學到很多，除了推理小說有趣的事實之外，最重要的是，我在工作的職場跟人應對的時候，如何從語言和對話裡去捕捉某些隱而不顯的事實。許多人們欲蓋彌彰的東西，無論心事也好、祕密也好，克莉絲蒂都會用文學的手法，讓你理解語言的奧妙和魅力。

克莉絲蒂的書寫會讓你覺得彷彿自己也在現場，你可以從聽到的對話當中，學會如何理解人心的一些小技巧，這是小說家最出色、最偉大的地方。我們必須學習傾聽別人說話——這些人講話是真誠的嗎？他想要跟你分享什麼資訊？這些資訊可靠嗎？——這是我在閱讀推理小說時，最大的收穫和理解。

阿嘉莎・克莉絲蒂大事記

1890		• 九月十五日出生於英格蘭德文郡托基鎮。
1894	4 歲	• 開始在家自學，父母親、姐姐教導閱讀、寫作、算術和彈鋼琴。
1895	5 歲	• 家中經濟走下坡，舉家搬至法國，學會流利的法語。
1905	15 歲	• 在巴黎寄宿學校學鋼琴和聲樂，但生性極度害羞，未成為職業鋼琴家，最終回到英國。
1907	17 歲	• 陪同母親前往埃及調養身體，對社交活動充滿興趣，但尚未對日後感興趣的埃及古物點燃熱情。 • 回英國後繼續寫作、參與業餘戲劇表演。
1908	18 歲	• 寫出第一篇短篇小說〈麗人之屋〉，同時也寫出第一部愛情小說《白雪黃漠》，以筆名向出版社投稿，但屢遭退稿。
1912	22 歲	• 與英國皇家軍官亞契・克莉絲蒂（Archibald Christie）熱戀。 • 八月爆發第一次世界大戰，亞契奉派到法國作戰。
1914	24 歲	• 耶誕夜結婚，亞契隨即返回戰場。克莉絲蒂參與紅十字會工作，在醫院擔任護士和藥劑師，因此對藥理和毒物非常熟悉，造就後來多部推理小說情節都以毒藥殺人。
1916	26 歲	• 開始嘗試寫推理小說，寫出第一部小說《史岱爾莊謀殺案》，主角偵探赫丘勒・白羅的靈感，來自於大戰期間英國鄉間的比利時難民營。本書歷經數家出版社退稿後，終獲柏德雷・海德（The Bodley Head）圖書公司的出版機會，之後並簽下另五本小說的合約。
1919	29 歲	• 前一年亞契返回英國，八月生下女兒露莎琳。

1920 30歲 •出版《史岱爾莊謀殺案》。

1922 32歲 •出版第二部小說《隱身魔鬼》，主角是夫妻檔偵探湯米和陶品絲。
•與亞契至南非、澳洲、紐西蘭、夏威夷和加拿大等國旅行十個月，在南非得到《褐衣男子》的靈感。

1923 33歲 •三月出版第三部小說《高爾夫球場命案》，白羅再度登場。

1926 36歲 •四月母親過世，克莉絲蒂陷入憂鬱。
•六月在「威廉·柯林斯父子出版社」出版《羅傑艾克洛命案》。
•八月亞契因外遇提出離婚，十二月初一次爭吵後，克莉絲蒂離家棄車失蹤，消息登上全國新聞。

1927 37歲 •一月在悲痛心情中寫出《藍色列車之謎》，第一次創造出聖瑪莉米德村，即後來瑪波小姐居住的村子。
•分居期間在雜誌刊登以白羅為主角的短篇小說，後來集結出版《四大天王》。
•十二月在雜誌刊登短篇小說〈週二夜間俱樂部〉，瑪波小姐初登場，後來收錄在一九三二年出版的短篇小說集《十三個難題》。

1928 38歲 •十月正式離婚，仍保留「克莉絲蒂」姓氏。
•秋天搭乘「東方快車」前往土耳其的伊斯坦堡，再轉往伊拉克首都巴格達，參觀考古現場烏爾，認識考古學家伍利夫婦（Leonard and Katharine Woolley）。

1930 40歲 •二月應伍利夫婦之邀再訪烏爾，認識考古學家麥克斯·馬龍（Max Mallowan），九月於英國愛丁堡結婚。這段婚姻開啟克莉絲蒂旺盛的創作生涯，兩人到中東考古現場的旅行為許多作品帶來靈感。

- 婚後克莉絲蒂開始維持固定的寫作行程。十月出版《牧師公館謀殺案》，是第一部以瑪波小姐為主角的小說。
- 出版第一部以「瑪麗．魏斯麥珂特」（Mary Westmacott）為筆名的《撒旦的情歌》，並陸續發表了五部非犯罪小說。

1932　42歲　• 出版《危機四伏》。

1934　44歲　• 出版《東方快車謀殺案》，是白羅海外辦案三部曲之一，故事靈感來自中東的旅行經歷。一九七四年第一次改編成電影大獲好評。

1936　46歲　• 出版《美索不達米亞驚魂》，白羅海外辦案三部曲之二。

1937　47歲　• 出版《尼羅河謀殺案》，白羅海外辦案三部曲之三，故事背景是年輕時與母親同遊的埃及。一九七八年第一次改編成電影大受歡迎。

1939　49歲　• 二次大戰期間，克莉絲蒂在大學學院醫院擔任義務藥師，學習到最新的毒藥知識，對於推理小說寫作大有助益。
- 出版《一個都不留》，是克莉絲蒂最著名作品之一。

1941　51歲　• 出版《密碼》，呈現出克莉絲蒂對戰爭的看法。
- 出版《豔陽下的謀殺案》。

1942　52歲　• 出版《藏書室的陌生人》、《五隻小豬之歌》等名作。

1944　54歲　• 以「瑪麗．魏斯麥珂特」為筆名出版第三部作品《幸福假面》，被美國書評人發現是克莉絲蒂的作品，讓她從此失去匿名創作的自在樂趣。

1950	60 歲	• 獲選為皇家文學學會的會員。
1953	63 歲	• 出版《葬禮變奏曲》。
1956	66 歲	• 一月獲頒大英帝國爵級大十字勳章（GBE）。 • 十一月以「瑪麗·魏斯麥珂特」為筆名出版《愛的重量》，是這個筆名的最後一部作品。
1958	68 歲	• 成為「偵探作家俱樂部」主席。
1960	70 歲	• 馬龍獲頒大英帝國爵級大十字勳章。
1961	71 歲	• 獲得艾克塞特大學頒發榮譽文學博士學位。
1968	78 歲	• 馬龍獲封為爵士，克莉絲蒂亦被稱為馬龍爵士夫人。
1971	81 歲	• 獲頒大英帝國爵級司令勳章（DBE），獲封為女爵士。
1973	83 歲	• 出版最後一部創作《死亡暗道》，亦為湯米和陶品絲最後一次辦案。
1974	84 歲	• 最後一次公開露面，出席電影《東方快車謀殺案》首映會。
1975	85 歲	• 八月六日，白羅成為有史以來第一次在《紐約時報》頭版刊出訃聞的小說主角，宣傳九月即將出版的《謝幕》，這也是白羅最後一次辦案。
1976	86 歲	• 一月十二日去世。 • 十月出版《死亡不長眠》，瑪波小姐的最後一次辦案。

克莉絲蒂推理原著出版年表

1920 史岱爾莊謀殺案 The Mysterious Affair at Styles（神探白羅系列）
1922 隱身魔鬼 The Secret Adversary（神探湯米＆陶品絲系列）
1923 高爾夫球場命案 The Murder on the Links（神探白羅系列）
1924 白羅出擊 Poirot Investigates（神探白羅系列）
1924 褐衣男子 The Man in the Brown Suit（神探雷斯上校系列）
1925 煙囪的祕密 The Secret of Chimneys（神探巴鬥主任系列）
1926 羅傑艾克洛命案 The Murder of Roger Ackroyd（神探白羅系列）
1927 四大天王 The Big Four（神探白羅系列）
1928 藍色列車之謎 The Mystery of the Blue Train（神探白羅系列）
1929 七鐘面 The Seven Dials Mystery（神探巴鬥主任系列）
1929 鴛鴦神探 Partners in Crime（神探湯米＆陶品絲系列）
1930 牧師公館謀殺案 The Murder at the Vicarage（神探瑪波系列）
1930 謎樣的鬼豔先生 The Mysterious Mr. Quin（神探鬼豔先生系列）
1931 西塔佛祕案 The Sittaford Mystery
1932 十三個難題 The Thirteen Problems（神探瑪波系列）
1932 危機四伏 Peril at End House（神探白羅系列）
1933 十三人的晚宴 Lord Edgware Dies（神探白羅系列）
1933 死亡之犬 The Hound of Death
1934 三幕悲劇 Three Act Tragedy（神探白羅系列）
1934 李斯特岱奇案 The Listerdale Mystery
1934 帕克潘調查簿 Parker Pyne Investigates（神探帕克潘系列）
1934 東方快車謀殺案 Murder on the Orient Express（神探白羅系列）
1934 為什麼不找伊文斯？ Why Didn't They Ask Evans?
1935 謀殺在雲端 Death in the Clouds（神探白羅系列）
1936 ABC 謀殺案 The A.B.C. Murders（神探白羅系列）
1936 底牌 Cards on the Table（神探白羅系列）
1936 美索不達米亞驚魂 Murder in Mesopotamia（神探白羅系列）

1937　巴石立花園街謀殺案 Murder in the Mews（神探白羅系列）
1937　尼羅河謀殺案 Death on the Nile（神探白羅系列）
1937　死無對證 Dumb Witness（神探白羅系列）
1938　白羅的聖誕假期 Hercule Poirot's Christmas（神探白羅系列）
1938　死亡約會 Appointment with Death（神探白羅系列）
1939　一個都不留 And Then There Were None
1939　殺人不難 Murder Is Easy/Easy to Kill（神探巴鬥主任系列）
1940　一，二，縫好鞋釦 One, Two, Buckle My Shoe（神探白羅系列）
1940　絲柏的哀歌 Sad Cypress（神探白羅系列）
1941　密碼 N Or M?（神探湯米＆陶品絲系列）
1941　豔陽下的謀殺案 Evil Under the Sun（神探白羅系列）
1942　五隻小豬之歌 Five Little Pigs（神探白羅系列）
1942　藏書室的陌生人 The Body in the Library（神探瑪波系列）
1943　幕後黑手 The Moving Finger（神探瑪波系列）
1944　本末倒置 Towards Zero（神探巴鬥主任系列）
1945　死亡終有時 Death Comes as the End
1945　魂縈舊恨 Remembered Death（神探雷斯上校系列）
1946　池邊的幻影 The Hollow（神探白羅系列）
1947　赫丘勒的十二道任務 The Labours of Hercules（神探白羅系列）
1948　順水推舟 Taken at the Flood（神探白羅系列）
1949　畸屋 Crooked House
1950　謀殺啟事 A Murder Is Announced（神探瑪波系列）
1951　巴格達風雲 They Came to Baghdad
1952　殺手魔術 They Do It with Mirrors（神探瑪波系列）
1952　麥金堤太太之死 Mrs. McGinty's Dead（神探白羅系列）
1953　黑麥滿口袋 A Pocket Full of Rye（神探瑪波系列）
1953　葬禮變奏曲 After the Funeral（神探白羅系列）

1954 未知的旅途 Destination Unknown
1955 國際學舍謀殺案 Hickory, Dickory, Dock（神探白羅系列）
1956 弄假成真 Dead Man's Folly（神探白羅系列）
1957 殺人一瞬間 4:50 from Paddington（神探瑪波系列）
1958 無辜者的試煉 Ordeal by Innocence
1959 鴿群裡的貓 Cat Among the Pigeons（神探白羅系列）
1960 哪個聖誕布丁？ The Adventure of the Christmas Pudding（神探白羅系列）
1961 白馬酒館 The Pale Horse
1962 破鏡謀殺案 The Mirror Crack'd from Side to Side（神探瑪波系列）
1963 怪鐘 The Clocks（神探白羅系列）
1964 加勒比海疑雲 A Caribbean Mystery（神探瑪波系列）
1965 柏翠門旅館 At Bertram's Hotel（神探瑪波系列）
1966 第三個單身女郎 Third Girl（神探白羅系列）
1967 無盡的夜 Endless Night
1968 顫刺的預兆 By the Pricking of My Thumbs（神探湯米＆陶品絲系列）
1969 萬聖節派對 Hallowe'en Party（神探白羅系列）
1970 法蘭克福機場怪客 Passengers to Frankfurt
1971 復仇女神 Nemesis（神探瑪波系列）
1972 問大象去吧 Elephants Can Remember（神探白羅系列）
1973 死亡暗道 Postern of Fate（神探湯米＆陶品絲系列）
1974 白羅的初期探案 Poirot's Early Cases（神探白羅系列）
1975 謝幕 Curtain: Hercule Poirot's Last Case（神探白羅系列）
1976 死亡不長眠 Sleeping Murder（神探瑪波系列）
1979 瑪波小姐的完結篇 Miss Marple's Final Cases（神探瑪波系列）
1991 情牽波倫沙 Problem at Pollensa Bay
1997 殘光夜影 While the Light Lasts

國家圖書館出版品預行編目（CIP）資料

葬禮變奏曲 / 阿嘉莎・克莉絲蒂（Agatha Christie）著 ; 楊恒達、秦啟越譯. -- 二版.-- 臺北市 : 遠流出版事業股份有限公司, 2023.04
面； 公分. -- (克莉絲蒂繁體中文版20週年紀念珍藏 ; 25)
譯自 : After the funeral
ISBN 978-626-361-003-3(平裝)

873.57 112002179

克莉絲蒂繁體中文版 20 週年紀念珍藏 25

葬禮變奏曲

作者 / 阿嘉莎・克莉絲蒂
譯者 / 楊恒達、秦啟越

主編 / 陳懿文、余式恕 校對 / 呂佳真
封面、內頁設計 / 謝佳穎 排版 / 連紫吟、曹任華
行銷企劃 / 舒意雯 出版一部總編輯暨總監 / 王明雪

發行人 / 王榮文
出版發行 / 遠流出版事業股份有限公司
地址 / 104005臺北市中山北路一段11號13樓
電話 / (02)2571-0297 傳真 / (02)2571-0197 郵撥 / 0189456-1
著作權顧問 / 蕭雄淋律師

2002年10月1日 初版一刷
2023年4月1日 二版一刷
定價 / 新臺幣380元 (缺頁或破損的書，請寄回更換)

ISBN 978-626-361-003-3

YLib 遠流博識網 http://www.ylib.com E-mail: ylib@ylib.com
遠流粉絲團 https://www.facebook.com/ylibfans